JN234041

ロマン派の空間

吉野昌昭 編著

松柏社

はしがき

　ロマン派に限られることではないが，文学作品の意味は時代の変化と共に変っていくものであろう。作家や作品は歴史的な存在として，各時代の意識につねに晒されており，時代と人の求めるところによって再評価されつづけることになる。T. S. Eliot の古典論や伝統論を引き合いに出すまでもなく，また比較的最近の canon 見直し論を取り沙汰するまでもなく，作品にはつねに新しい光が当てられるはずである。しかし，作品は批評される一方で無言のうちに，批評する側の問題意識や精神構造を隠すべくもなく露にしてしまうものでもある。

　この論集では，私たちはイギリス・ロマン派文学にそれぞれの問題意識を対峙させている。そして，それぞれの論文は，ロマン派空間のなかで（または，この空間をめぐって）互いにゆるやかに結びついてはいるが，特定の批評意識や批評方法を共有しているわけではない。執筆者はそれぞれの問題意識を踏まえて個性ある主張をしているはずである。そしておそらく，ロマン派を切ったつもりで，自分自身が切られているはずでもある。

　以下に各論文の概要を記すが，これは各執筆者が作成したものを編者が適宜まとめたものである。

　第一論文「ポウプの自然とワーズワスの自然」は，いわば本書の「はしがき」として書かれている。ポウプとその時代の自然観とワーズワスの自然観との対比を試みたものであるが，狙いとしては，ロマン派空間をやや距離を置いたところから，マクロな視点から眺めることにある。ワーズワス論からロレンス，イェイツ論にいたる以下の諸論考のためのスリップ・ウェイの役割をはたすことを目的としている。

　第二論文「ワーズワスとスノードン登山──「詩人の心の成長」をめぐっ

て──」は，ワーズワスの実体験と作品との関連を究明したものである。つまり，生涯3度（1791年，1793年，1824年）にわたるワーズワスのスノードン登山のうち，91年と93年の登山が『序曲』第13巻冒頭の'Snowdon Lines'作成とどのように関わっているかを扱っている。比較的最近出版されたワーズワスの伝記や研究書に拠れば「スノードン登山」詩行は1791年夏の体験の産物と言うのが定説となっているが，本稿は，基本的には'Snowdon Lines' 1793年登山起源説を主張する。だが，それは1791年説を必ずしも全面的に否定するものではなく，「スノードン登山」詩行誕生の契機となった実体験の時期の特定に，現在行われている以上の幅をもたせることを提案したものである。'Snowdon Lines'の解釈に際し，もし1793年の登山体験（フランスからの帰国後，心中の極限的な悲哀・不安・恐怖・罪悪感・メランコリーを癒すために敢行された登山）の反映・影響という視点を欠けば，ワーズワスという詩人の誕生の秘密の核心を見落とすことになりかねない。『序曲』第13巻の冒頭に'Snowdon Lines'が置かれるとき，そこに語られる感想と思索は──少なくとも詩人の心情・実感としては──もはや到底フランス体験（1791年11月から1792年11月）以前のものではあり得ない。'Snowdon Lines'が比較的単純な＜歓喜の歌＞（5巻本『序曲』）から複雑な＜内省の歌＞（13巻本『序曲』）へと密かにその性格を変えたとき，この詩行は実質的に1793年登山体験の記録へと変貌を遂げるのである。

　第三論文「'A Poet Speaking to Men'の誕生とワーズワスの平等の意識」は次のような主張を行っている。すなわち，ワーズワスは1802年 *Lyrical Ballads* の'Preface'に350行余りを付加し，詩人論を展開しているが，そこにみられる詩人像は，人間の「感情」，それも下層の人々の「感情」を読者（上，中流階級）に「語りかける詩人」（'A Poet Speaking to Men'）であった。このような詩人論が形成された背景には，救済されるべき対象としての下層の人々（これは1790年代の詩に顕著に見られる）

が読者を教育するための手本となる，という価値観の転換があった。この価値の転換は，1798年 Lyrical Ballads のための詩作の頃に彼が到達した自然認識と密接に結びついてなされた。本稿は，1798年 Lyrical Ballads のための詩作の頃から1802年頃までに焦点をあて，ワーズワスが「語りかける詩人」像を見いだし得たその要因をまず明らかにし，その上で「語りかける詩人」に内在する平等の意識に注目し，人間の救済は政治革命や社会革命によっては実現されなかったが，詩作によって平等の意識を人々に語り継ぐという意味において，ワーズワスがリベラルな詩人であったことを主張するものである。

　第四論文「ワーズワスの「荒地」」は罪の意識を扱う。ワーズワスが1793年から98年にかけて体験した精神的な危機について，これまで革命思想に対する挫折感がその主要な原因と考えられてきた。本稿は，彼の詩にしばしばみられる＜罪の意識＞に着目し，ワーズワスの「危機」の核心にはアネット・ヴァロンへの＜罪の意識＞があったと結論づける。ワーズワスは＜罪の意識＞を詩作のなかに投影し，象徴的な「荒地」の風景に昇華することで精神的なカタルシスを体験し，それとともに，風景詩人から象徴詩人へと変貌する契機を見出したのである。

　第五論文「ワーズワスのエピファニーをめぐって」は，いわゆる 'spots of time' の内実を透視しようと試みている。『序曲』における 'spots of time' のエピソードには，詩人の幼年時代の様々な幻想体験がちりばめられている。その体験を成立させている外的条件・自然界のエレメントを分析すると，ワーズワス独自のエピファニーの様相が浮かび上ってくる。直接的で感覚的な瞬間の顕在化は，それを辿る読み手をも取り込み，あたかも我々の直接体験であるかのように，その瞬間を我々の心に刻むのである。そのメカニズムの解明を本稿は目的としている。

　第六論文「苦悩する茨」はワーズワスの抒情性を論じる。嵐の日に茨の側を通りかかったワーズワスは，それまで気にもとめていなかった茨の木

の存在に注目し，そのときの感動を詩として実体化しようとした。それが作品 "The Thorn" である。嵐のなかの茨の印象を強化するために，彼は，捨てられた女の物語を描きこんだが，それは成功したのか，しなかったのか。そもそもワーズワスが茨に対して覚えた感動とは何であったのか。ワーズワスが用いた劇的要素に注目しつつ，この作品の抒情性の質を明らかにしようとする。

第七論文「Poetry of Vulgarity ── 旅の風景と空間をめぐるキーツの美学的認識 ── 」は，キーツの空間認識を扱う。1818年にキーツはハイランドの徒歩旅行を敢行したが，このときの経験は，美学的に定式化された当時の認識方法に多くの影響を受けていたと考えられる。だが一方で，彼の旅は，嫌悪という感情を契機として生じる独自の経験を特色としている。「卑俗性」はそのひとつである。当時の美学的認識とは逆のベクトルを示す，この「卑俗性」が彼独自の経験の輪郭をなしている。この「卑俗性」とは，コックニー派の一員として，キーツの詩が雑誌において酷評されたときに使われた言葉でもあった。本稿は，嫌悪感と卑俗性を鍵としてキーツの旅体験を読み取り，彼の空間認識を論じている。

第八論文「ロレンスの文明観」は，ロレンスの反合理主義を論じる。例えば現代医学，つまり西洋医学は合理的思考法の応用によって発展したものである。結果の裏には原因があるとする，いわば因果律の観点から病気のメカニズムを解明し，それに基づいて治療をほどこす。この合理的思考は医学のみならず，西洋のその他の諸科学の根底にある基本的発想法ともいえる。従って，西洋文明とは，そうした合理的思考法のもたらした，物心両面での様々な所産の総体のことである。合理的思考法は様々な領域で輝かしい成果をもたらし，西洋文明の強力な推進者となったのであるが，ロレンスはこの合理主義を徹底して憎んだ。彼は合理主義のもたらす成果より弊害の方が問題と考えたからである。合理的思考を最大の特徴とする西洋文明二千年の歴史は，生命主義の立場に立つロレンスにとって，輝か

しい進歩の歴史ではなく,「長期にわたる人間のひそやかな死が始まった」歴史と見えた。合理主義が人間に及ぼす弊害,人間が徹底して合理主義を生きればどのような結果を招くか,そうした問題を徹底的に究明した,いわば文明断罪の書ともいうべき小説が*Women in Love*である。ロレンスはこの小説で,Gerald Crichという,合理主義の権化ともいうべき炭坑経営者を通して,合理主義がいかに知性の病的肥大化をもたらし,生命感の流露を阻害するかを描いている。そしてまた,合理主義はその性質上,人間に自らを万物の長とする誤った意識を植え付ける必然性を持つ危険な思考法であるかを指摘している。彼にとって,合理主義は宇宙や自然界における人間本来の位置を誤認させる危険な必然性をはらんでいた。

　第九論文「イェイツと＜失意のオード＞——ロマン派的ジャンルの一変奏——」は,二十世紀のロマン派を論じる。ロマン派によって「想像力」の概念が聖化・崇高化されると,その陰画として,詩魂の凋落・枯渇をうたう＜失意のオード＞というジャンルが誕生した。ロマン派詩人が好んで題材としたかっこう,雲雀,ナイチンゲールなどの,虚空へと飛び去る「鳥」たちは,この詩的霊感の喪失を象徴する比喩として定形化されていった。「最後のロマン派」を自称するW. B. イェイツは,性欲の減退と分かちがたく結びついた想像力の衰えを,一連の「白鳥」の詩篇において繰り返し描いたが,これは＜失意のオード＞というジャンルを彼なりに継承・変奏したものである。中期以降の詩に顕在化する「老い」のモチーフは,ロマン派的創造原理の鍵である「歓び」の喪失を変奏したものであり,後期においてはさらに「老人の狂気」を主題とする,イェイツ独自の＜失意のオード＞を創案することで,このロマン派的ジャンルを活性化したのである。

　以上が各論文の概要である。

　最後に,本書の実質的な編者が初井貞子,中村ひろ子,高橋勤の諸氏であることを申し添え,謝意に代える。

2000年3月　　　　　　　　　　　　　　　　　　　　　　　　編　者

目次

はしがき ... i

ポウプの自然とワーズワスの自然 ... 吉野　昌昭　1

ワーズワスとスノードン登山
　——「詩人の心の成長」をめぐって —— ... 山内　正一　27

'A Poet Speaking to Men' の誕生と
　ワーズワスの平等の意識 ... 初井　貞子　62

ワーズワスの「荒地」 ... 高橋　勤　93

『序曲』におけるエピファニーをめぐって ... 時枝千富美　131

苦悩する茨 ... 中村ひろ子　157

Poetry of Vulgarity
　—— 旅の風景と空間をめぐるキーツの美学的認識 ——
　　　　　　　　　　　　　　　　　　後藤　美映　176

ロレンスの文明観 ... 吉村　治郎　202

イェイツと＜失意のオード＞
　—— ロマン派的ジャンルの一変奏 —— ... 池田　栄一　217

あとがき ... 245

索引 ... 247

ポウプの自然とワーズワスの自然

吉野昌昭

　Alexander Pope は "In the same temple, the resounding wood, / All vocal beings hymn'd their equal God."（「その寺院，歌声ひびく森のなかで，彼らは声高く等しく神を讃えた」）[1] と歌った。たしかに，ゴシック聖堂は人に深い森のなかに分け入った感じを与えるものだ。[2] また，Wordsworth は，ある湖の思い出に触れて，湖畔の木々が湖面に枝をさしのべた辺りは僧院の回廊のようで，薄闇が支配していたと述べている。[3] 自然が建物（僧院）を思わせたのである。自然と建物は，入れ替え可能のところがある。

　ポウプの時代，イギリス建築界に少なからぬ影響力を及ぼしたものにパルラーディオ様式があった。左右対称（symmetry）を基本とした，古典的典雅さを誇るこの様式はもともと古代ローマに発した建築様式である。イタリア16世紀の建築家で学識を誇る Palladio がこの様式を再興し，18世紀にいたってポウプと親交のあった Burlignton 卿がこれをイギリスに広めた。結果，George 王朝時代の建築からバロックやロココを追放するうえで一役買ったという経緯がある。[4] バーリントン卿はパルラーディオの建築理論をイギリスに紹介しただけではなく，ロンドン郊外の Chiswick にあった自分の屋敷内にこの様式によるヴィラ（別邸）を建てた。一方，このチジックで一時期バーリントン卿の隣に住んだポウプは，Twickenham に移ってからはパルラーディオ様式の邸宅に住むことになる。

　18世紀初頭から人々の関心がいっそう強まった庭園については，ポウ

プは理論と実践の両面でこれに積極的にかかわった。Shaftsbury 伯や Addison らにまじって彼は庭園理論を戦わせ,トゥイックナムの屋敷においては自ら庭師(gardener)をもって任じていた。アディソンは装飾花壇,果樹園,花園,野菜畑そして自然な樹林を含む庭を好んだが,この多様で開放的な性格の庭はポウプの好むところでもあった。[5] いたずらに人工的な庭園は避けて,自然の情趣をとどめる「風景庭園」(landscape garden)を好んだのである。

さて,ゴシック建築と森との融合は容易に理解できるとしても,ここで新古典主義のパルラーディオ様式建築と自然な風景庭園とがポウプの感性のなかでいかに調和したのかという疑問が湧いてくる。また,ポウプに代表される 18 世紀前半の自然(風景)観と世紀半ばのピクチャレスク(the picturesque)との関係も気になるところである。

拙論の後半部では,18 世紀の自然観を念頭においてワーズワスを取り上げ,湖水地方の自然とのかかわりに焦点を当てながら彼の自然観を考察する。とりわけ,彼が独自の自然観を醸成していった過程に注目する。ポウプを我々の視野の一隅に留めておくのは,ロマン派を超える context のなかでワーズワスの自然観を見直したいと考えるからである。また,それによって 18 世紀から 19 世紀にかけての自然観の変遷が概略見えてくるであろうという期待のためでもある。

(1)

ポウプは「自然」(Nature)という語に様ざまな意味合いをこめているが,もっとも重要な意味合いとしては "a Platonic and Stoic universal order and superior reality"(プラトン哲学派およびストア哲学派のいう宇宙の秩序であり,現実を超えるもの)を挙げることができる。[6] バーリントン卿に宛てた書簡にポウプの造園観をよく示す箇所があり,そこで使われている「自然」がやはり,この宇宙の秩序としての自然である。

To build, to plant, whatever you intend,
To rear the Column, or the Arch to bend,
To swell the Terrace, or to sink the Grot;
In all, let Nature never be forgot.
But treat the Goddess like a modest fair,
Nor over-dress, nor leave her wholly bare;
Let not each beauty ev'ry where be spy'd,
Where half the skill is decently to hide.
He gains all points, who pleasingly confounds,
Surprizes, varies, and conceals the Bounds.
　　　　("Epistle to Richard Boyle, Earl of Burlington," 47-55)

何を，建てるにせよ，植えるにせよ
柱を建てるにせよ，曲げてアーチとするにせよ，
盛り上げてテラスにするにせよ，掘り下げて洞穴にするにせよ，
どんなときも，自然を決して忘れてはならない。
この女神は慎ましやかな美女のように扱うこと，
着せ過ぎも良くないし，素裸というのも良くない。
美がひとつ残らず見えてはならない，
品よく隠すのも腕の見せどころなのだ。
心地よく狼狽させ，驚かせ，変化をあたえ，
境界を隠すならば，手柄はすべてその男のものとなる。

庭づくりは生（なま）の自然に人工の手を加えることであり，自然を「作品」に仕立てることである。このときに「自然」，すなわち「宇宙の秩序」に従うことが大切であるというのだ。ポウプは別のところで，「自然」は「つねに神のごとく賢明で」（"still divinely bright"）あり，「自然はすべ

ての存在に適切な制約を与えた」("Nature to all things fix'd the Limits fit") とも述べている。⁽⁷⁾ これは単純化して言うならば、自然＝神＝宇宙の秩序ということになろう。もちろん、人間も宇宙の「秩序」の外にあるのではないのだから、おのれの才覚に溺れてはならないことになる。「宇宙の秩序」に従うこと、具体的には、「場所の霊」(Genius of the place) に従うことが求められる。「センス」を働かせ、土地の霊と交感しつつ庭を設計し植栽するのであるが、これは見方を変えれば、土地の霊が作庭しているとも言える。⁽⁸⁾ いずれにしても、この基本姿勢さえ守れば「不調和の調和の原理」が働いて、庭師は「心地よく狼狽させ、驚かせ、変化をあたえ、境界を隠す」ことができるというのである。

さて、ポウプのいう「宇宙の秩序」にはパルラーディオの「自然の法則」と通底するものがある。イタリア・ルネッサンス期の建築家パルラーディオが古典古代のローマの建築理論に通じ、古代ローマの建築を復活したことについては先にも触れた。バーリントン卿、ただしくは第3代バーリントン伯 Richard Boyle はそのパルラーディオの建築理論に心酔し、これをイギリスに紹介、移植を試みた。よく知られていることだが、彼はロンドンのピカディリーに「バーリントン・ハウス」(1716年頃) を、またチジックの自分のカントリー・ハウスにパルラーディオ様式のヴィラ (1727-36) を建てた。一方、ポウプがそれまで住んでいた Windsor Forest 地区の Binfield からチジックのバーリントン卿の隣に移り住んだのが1716年である。(バーリントンとポウプとの交流は遅くともこの年には始まったものと考えられる。) バーリントン卿の信奉者でもあったポウプは、パルラーディオの理論がイギリスにおいて正確に理解されないままに趣味 (Taste) として定着してしまったことを嘆いている。理論が単なる「規則・ルール」として形骸化された、というのである。「バーリントン卿への書簡」の中で、教会建築が劇場のようになってしまったり、庭園の門にローマの凱旋門風の門がつけられたり、また住宅の正面に4本の付け柱がやたらに付け

られたり，ヴェネチア風の造作が羽振りを利かせていることなどを彼は苦々しい口調で述べたてている。ポウプに言わせれば，本来これは趣味の問題ではなく，センス (Sense) の問題である。「よいセンス」("Good Sense") は「天賦の才」("the Gift of Heav'n") であり，精神内部の「光」("A Light")[9] であると彼は言う。要するに，優れた感覚・センスとは「自然」とよく交感しうる能力にほかならないのである。それは宇宙の秩序を感知する力なのである。

　パルラーディオの建築理論の根底には「自然の法則」(the laws of nature) がある。彼の作品のひとつに Villa Maser があるが，これは1560年頃にヴェネチアの人 (Barbaro 兄弟) の依頼を受けてトレヴィソ (Treviso) の近くに建てたものである。外にも代表的な作品として Villa Capra (通称 Rotonda) があり，これは正四角形の建物で東西南北に面して portico をもち，中央部分にドームを載せたものである。これらのヴィラはいずれも周囲のオリーブ林やぶどう畑とよく調和しているという。だが，ここにいうパルラーディオの「自然の法則」とは，「左右対称」(symmotry) と「調和」(harmony) と「均衡」(proportion) という「法則」である。彼は音楽にヒントを得たハーモニーや均衡を重視したのである。オクターブの ratio である 2:1, 長3度の ratio である 4:5 など音楽のハーモニーの原理を，建築における均衡の原理として取り入れたのである。室内の高さと横の長さ・広がりを，つまり垂直と水平の関係も「自然」の法則にしたがって見極めようとした。建物は「自然」の本質を共有するものでなければならない，と彼は考えた。[10] ポウプとパルラーディオはいずれも自然界に存在する原理を仮定し，それを「宇宙の秩序」ならびに「法則」としてそれぞれ確定したと言える。

　ところで，いわゆる風景庭園（または英国式庭園）は自然にたいする人間優位の思想を否定するところから始まった。自然は人間が手を入れ，改良するべきものという考えを退け，ありのままの自然の姿を優先させよう

としたのである。その結果，不均整や変化といった要素，また蛇状の池や曲がりくねる小道などが強調されすぎた嫌いはあるものの，整形式庭園のもつ規則性や幾何学的構成の「不自然さ」を指摘する目的は達した。ポプはもちろん，風景庭園の考えをもっとも早く打ち出した一人であり，とくに彼の場合は spontaneous に発する美を好み，時間の経過のなかで偶然に生じる類いの美を肯定した点が注目される。だが，彼が整形式庭園を（完全にとはいえないまでも）退けることができたのは実は「自然」，つまり宇宙の秩序への信念に支えられていたからである。神の意思ともいえる「宇宙の秩序」があるかぎりは，世界が混沌に支配される恐れはないのである。実際，秩序にたいする彼の信頼はかなり早い時期から認められる。それはすでに初期作品 *Windsor-Forest* の 1704 年執筆の箇所に「不調和のなかの調和」(*concordia discors*) の思想として現れている。つまり，ウィンザーの森一帯は丘と谷間，森と平野，大地と川など，多くのものが乱雑に競いあっているように見えてなお，そこは調和ある世界だという主張である。調和と不調和というあきらかに相反する状況が「宇宙の秩序」という名のもとに辛うじて一体のものとなっている，とその危うさを指摘することもできるだろうが，「秩序」はやはりポプの思想の根幹であり，庭づくりや文学創作理論の要であったと考えられる。*Windsor-Forest* に「いまや失われて久しいエデンの森」を再発見し，不調和のなかの調和を描き，Queen Anne の治世へのオマージュとして捧げることができたのは，秩序への信仰があったからである。彼にとって *Windsor-Forest* は理想化されたヴィジョンの世界である。

> The Groves of *Eden*, vanish'd now so long,
> Live in Description, and look green in Song:
> ⋯⋯⋯⋯⋯⋯⋯⋯
> Here Hill and Vales, the Woodland and the Plain,

Here Earth and Water seem to strive again,
Not *Chaos*-like together crush'd and bruis'd,
But as the World, harmoniously confus'd:
Where Order in Variety we see,
And where, tho' all things differ, all agree.

(7-8, 11-16)

エデンの森は，失われて久しいが，
物語のなかで生き返り，詩歌のなかで緑となる。
....
ここでは丘と谷が，森と平野が，
ここでは陸地と水がまたも競い合うかにみえるが，
混沌のうちに潰したり傷つけあっているのではない，
混乱のなかにも調和のある世界なのだ。
そこでは多様のなかに秩序が見られ，
全てが異なりつつも，全ては一つとなっている。

Windsor-Forest の風景描写の特色のひとつはこの部分的引用からも分かるように，風景描写というよりは「自然」という概念の描写であり，思想の表明である。このことは，ポウプが基本的には思想から出発した詩人であって，風景（自然）から始めた詩人ではないことを示唆している。事実，彼は「自然」または宇宙の秩序の思想を Horace を介して古代ローマから学んだと言われる。Brower の指摘にあるように，古代ローマの影はポウプ作品の隅々にまで落ちている。[11] バーリントン卿への書簡のなかの "hecatomb", "quincunxes", "Tritons" といった語句はいうまでもない。"Parts answ'ring parts shall slide into a whole, / Spontaneous beauties all around advance, / Start ev'n from Difficulty, strike from Chance"

(66-68；「部分に部分が応えて全体を成し，美しいものが自ずと辺り一面に現れ，困難な中からも生まれ，偶然からも発する。」）という箇所も，それは描写ではなく思想であり，しかもその思想は古代ローマから学んだものである。ポウプのこころを捉えたホラティウス自身，彼の生きた Augustus の時代を正確に記述していたわけではなく，むしろ，ヴィジョンとしての時代を提示したにすぎなかったのであるが，ポウプを始めとして当時の文人や芸術家や政治家はそのホラティウス世界を尺度として，これに照らし合わせつつ自分たちの作品や生活を作ろうとした。ポウプのトゥイックナムのヴィラをはじめ，18世紀のイギリスのヴィラは一面において，いわばホラティウスの「翻訳」であった。(12)

　もちろん，Windsor-Forest にも自然描写がないわけではない。自然——鬱蒼とした森，泡だちながら流れる川など——を「風景」（landscape）として認識する眼はある。だが，その場合でもウィンザーは美しい理想的な景観として，多少の誇張を伴った常套的な表現を与えられるにとどまる。次の一節でもテムズ川への言及がなければ，この風景を特定することはむずかしいだろう。

　　Oft in her Glass the musing Shepherd spies
　　The headlong Mountains and the downward Skies,
　　The watry Landskip of the pendent Woods,
　　And absent Trees that tremble in the Floods;
　　In the clear azure Gleam the Flocks are seen,
　　And floating Forests paint the Waves with Green.
　　Thro' the fair Scene rowl slow the lingering Streams,
　　Then foaming pour along, and rush into the *Thames*.
　　　　　　　　　　　　　　　　　(211-18)

しばしば 思いに沈む牧人が川の鏡に見るものは
　　さかしまに映った山と空,
　　水面に映った, 鬱蒼と頭を垂れる森の風景,
　　また水中で揺れる木々。
　　清澄な流れに羊の群れが見え,
　　流れに浮かぶ林が波を緑に染める。
　　たゆたう流れは美しい景色のなかをゆっくりと,
　　それから泡立ちながら, テムズ川へと流れこむ。

　さかしまな風景や, 覆いかぶさってくる森などは18世紀の詩に共通の語彙 (vocabulary) として, たとえば後のJames Thomsonらも愛用する。[13] 実際, 彼らが主として風景のなかに見いだしたものは牧歌的な美しさであった。そして, この牧歌的な要素は風景庭園と相いれないものではない。いやむしろ, 風景庭園の構成要素でもあった。たとえば, Stephen Switzer (?1682-1745) は"irregularity"の美学を実践した造園家とされているが, 彼は牧歌的なるものを忘れることはなかった。アディソンやポウプの思想が次第に人々のなかに浸透する間, 彼は同じような立場にたって"Rural and Extensive Gardening"なるものを提唱し, 小道や小川が描く「蛇行」曲線を始めとして自然な動きを讃え, 人工の手を介入させることの愚かさを説いたが,[14] 同時に造園にあたって牧歌的な平和な情景を生かそうとしていた。

　ところで, 風景庭園に再度戻るが, アディソン, ポウプらを創始者とする風景庭園そのものはその後William Kent, Lancelot Brown, Humphry Reptonへと引き継がれ発展していくことになる。その一方で, この風景庭園の展開にピクチャレスク美学 (趣味) が深くかかわってくる。ポウプは風景庭園の創始者であり, 同時にピクチャレスク美学の推進者でもあった。蛇行曲線などが注目された18世紀の初め, すなわちシャフツベリー,

アディソン，ポウプらの時期がピクチャレスクの創成期にあたり，William Shenstone, William Gilpin らの登場する30年代ともなればピクチャレスク美学（趣味）はいっそう人々の関心を集めていく。ポウプはピクチャレスクの初期においてのみならず，30年代においてもなお中心的な存在といえる。その意味でもここで，彼のピクチャレスク体験をやや詳細に見ておくことにしよう。

　それは *Windsor-Forest* から数えれば30年ほど後の1734年のある日の体験である。⁽¹⁵⁾　彼は友人の Peterborow 卿（Charles Mordaunt, Lord Peterborow）と共にワイト島へヨットを走らせた折り，サザンプトンの港を出てから間もなく Netley Abbey に立ち寄る。その時のことを書き記した手紙——女友達の Martha Blount 宛て——から，彼のピクチャレスクな自然体験（風景体験というべきかもしれない）の実態を知ることができる。彼がまずそこで捉えたものは，丘，森，塔，城，胸壁，つた，海であり，また特にその様態である。すなわち丘のなだらかに「立ち上がる」（"a rising Hill"）さまであり，森の「鬱蒼とした」（"very deeply hung with Woods"）さまであり，胸壁の「崩れかけた」（"high crumbling Battlements"）状態であり，そして海辺の「湾曲する」（"all the windings of the Coasts"）さまである。⁽¹⁶⁾　つぎに彼の興味を引いたものは建物である。樹間の草地（これもピクチャレスク好みである）のむこうに見かけた「建物らしきもの」である。"I saw thro' a glade of Trees something like a building; which proved an old Barn, where was nothing but Emptiness & open doors, but very cool & shady: Round it were high Oaks, planted in a regular Grove, half as long as the Mall in St James's park"⁽¹⁷⁾（「樹間の草地のむこうに建物のようなものが見えた。それは古い納屋で，なかは空っぽで扉は開いたままだったが，とても涼しく木陰のようであった。その周りには背の高いオークの木々が整然と植えられ森をなしていたが，森の長さはセント・ジェームズ・パークの樹蔭路の半分ほ

どであった。」）この古い納屋に彼が引きつけられたのは，その古典的な典雅な趣のためであったと思われる。納屋がそのままピクチャレスクであったわけではない。装飾的なものはもちろん，すべてを剥ぎとられた建物から伝わってくる，いわば精神的な「涼しさ」がここでは強調されている。それは，周辺に整然と立ち並んだオークの木立と調和して典雅な雰囲気をただよわせているのだ。そして，ここには政治的なニュアンスもある。セント・ジェームズ・パークの遊歩道への言及ともあいまって，その建物（納屋）から漂ってくる貴族性はStuart王家とアン女王を敬愛したトーリー党ポウプの政治的立場を示唆しているように思われる。ピータボロー卿の説得にもかかわらず，彼がこの納屋から離れがたいのも，その政治的心情がなせる業であろう。

手紙のなかで言及される建物がいま一つある。海岸から半マイルほど内陸に入ったところに残る修道院の廃墟である。その修道院の柱，丸天井，つた，雑草，花などに触れた後，ポウプはこの修道院がウエストミンスター大寺院の規模であったことを述べ，さらに建物の側面の大きなアーチ型の窓や祭壇上のゴシック調の装飾の大窓，それに一部残っている天井部分などの魅力を指摘する。そして最後に，聖歌隊席の辺り一面が崩れ落ちた格子細工や石の窓枠など，がらくたの山で埋まっていたことなどを記して終わっている。

もちろん，ピクチャレスクな風景を構成するのは自然や物だけではない。それは対象を見る者の視の様態である。不規則性，コントラスト，蛇行といったものを「ピクチャレスク」と見る，あたらしい「視」の様態の誕生があってピクチャレスク美学（趣味）が成立するはずである。そのような「視」の誕生にかかわったのがアディソンや初期のポウプであった。その後「視」のあり方はギルピン[18]を経てUvedale Priceのピクチャレスク理論で補強され広められることになるが，その間にあって，ポウプの独自の風景観，景観（Prospect）論は注目に価する。

その独自性とはつまり，景観の「変化」を重視する態度である。彼は「同じ場所に同じ姿勢」で「固定され」ている「丘や谷」には満足せず，自在に姿を変える噴水や庭の木の葉のざわめき，またゆらめく木漏れ日に強くこだわった。── "Here waving Groves a checquer'd Scene display, / And part admit and part exclude the Day." (*Windsor-Forest*, 17-18;「風に揺れる森は市松模様の場面を呈し，／日の光を受け入れたり追い払ったり。」) しかも，この2行の引用例が示すように，動きある自然を描くときには，常套的な語句に依存しがちなポウプが精彩あふれる筆づかいを見せるのである。変化・動きということでは，トゥイックナムのグロット・洞穴を忘れるわけにはいかない。[19] このグロットの壁面には水晶やアメジストや貝殻など，国内外で産するめずらしい石がはめ込まれていたが，これだけでは16世紀以降しばしば見られた珍品収集の域を出ない。注目すべきは，ポウプが湧水を巧みに利用して光と音の幻想的な世界を演出していたことである。鉱物収集の喜びを味わいながら，それにもまして変化（動き）を楽しむ，そのような性格の人工空間が出現したのである。もちろん，変化を楽しむという心理はピクチャレスク趣味と無縁のものではない。ピクチャレスクな回遊式庭園は新しい場面をつぎつぎと提供して，そこを行く人びとの気分の変化を誘うものであった。ピクチャレスク趣味はまた，時間の経過のなかで樹木が枝葉を伸ばし森が拡がるのを，また橋が崩れ館が崩れる変化を喜んだ。しかし，ポウプがこだわった変化はピクチャレスク趣味のみで説明のつくものではない。ポウプにおいては，「変化」は多分に人間観察の問題と関係しているからである。"Let us ... Expatiate free o'er all this scene of Man" (「この人間の情景をくまなく自由に眺めてみよう」) とポウプは *An Essay on Man* で述べる。また肖像画にことよせて "Catch, ere she change, the Cynthia of this minute" ("Epistle to a Lady," 20;「この瞬間のシンシアを捕まえるのだ，彼女が変わらないうちに」) と言う。彼の関心は，従来の肖像画の手法── 固定

されたポーズとしぐさ」の手法——では捕らえられない「この瞬間の」人間に向けられている。"Epistle to Cobham" の一節 "Our depths who fathoms, or our shallows finds, / Quick whirls, and shifting eddies, of our minds?" (29-30;「だれが人間の深さを測り，浅瀬を探しうるだろうか／こころは速い渦潮，渦を巻いて逃げていくのに。」) もまた，おなじ関心をよく言い表している。つまり，彼ポウプの「変化」は人間心理のあや，変幻きわまりない人間のこころへの関心と結びついている。

　不調和と調和そして変化や驚きなど，これらは風景を語ることばであり，庭を語ることばであり，また人間を語ることばでもあった。彼は知人たちの庭を訪れ，また自分自身も庭づくりに力をそそいだが，それらの庭には彼の想像力や思索力を受け止め，それに応えるだけの多様な仕組みが期待されていた。Spectator の 425 号には，ポウプと思われる筆者が月光のもと庭を散策したときの幸福感が記されている。身体的散策（wanderings）は思索の散策（wanderings）でもあった。散策するなかで，その人物は自分のこころをも含めて，人間心理のあれやこれやに思いを馳せるのだ。庭は，そこに降り立つ者の精神を刺激し，彼の思索に反応する。彼と庭の間に「双方向的関係」——'reciprocal relationships' とでも言うべきもの——が生まれるのである。庭は「身体運動」（physical movement）と精神運動との緊密な関係が成立する場所となる。「風景にたいする新しい態度」がここに生まれたと John Dixon Hunt が言う所以である。[20] また，ポウプが An Essay on Man のなかで，人間の存在を「巨大な迷路」（"maze"），花や雑草がいりまじる「野生地」（"Wild"），また魅惑的な「庭」（"Garden"）に譬えたのも(3-8)上のことと無関係ではない。表題が示すとおり，An Essay on Man（1733-34 の執筆）での彼の考察の主たる対象は人間であって，庭ではない。しかし，庭（風景）によって人間を観察したものとも言えるのである。

> Let us ...
> ....
> Expatiate free o'er all this scene of Man;
> A mighty maze! but not without a plan;
> A Wild, where weeds and flow'rs promiscuous shoot,
> Or Garden, tempting with forbidden fruit.
>   　　　　　(*An Essay on Man: Epistle I,* 3, 5-8)

　この人間の情景をくまなく自由に眺めてみよう。
　なんという巨大な迷路。だがそれは設計されたもの。
　草花が入り乱れる野の原だ，
　禁断の木の実が誘いかけてくる庭だ。

　人間と庭はそれぞれが「情景」であり，かつ両者は重ねあわされる。彼は庭（自然）のむこう側に人間を見ている。それも静的な人間ではなくて，変化する人間の精神である。
　ポウプの庭師 John Searle が残した図面から完成時のポウプの庭の様子が分かるが，その図面によれば庭は直線からなる部分（放射線状にのびる道や軸線）と曲線からなる部分（小道など）から成っていた。[21] そして，性格の違うこの二つの部分は完全に分離されているでもなく，完全に融合しているでもない。そして住まいはパルラーディオ様式である。ポウプの屋敷には古典的な秩序とピクチャレスクの多様性とポウプ独自の人間（心理）観が反映され，共存していたと言えよう。

　　　　　　　　　　　　（２）

　イギリスとしては温暖な地のテムズ川沿いに居を定めて暮らしを楽しんだポウプとはちがって，ワーズワスは北の峻厳な自然を選んだ。では，湖

水地方での暮らしのなかで彼は自然とどう向き合ったのだろうか。また建築物についてはどのような意見をもっていたのか。このことについては三つの面から，つまり彼の風土観と美的感覚と道徳性の面から検討することがよいだろう。まず，湖水地方の風土を重視するワーズワスにとって，ポウプやバーリントンらが好んだ古典的建築はさほど好ましいものではない。風土にあわないからである。Thomas Gray が *Journal in the Lakes* のなかでグラスミアの谷を褒めていた 1769 年頃は，海岸線から奥まっている湖水地方はまだ，地理的条件に助けられて外部からの侵入を免れており，人々は羊毛・農業地帯の静かな生活を送ることができた。しかしほどなく外部から人が押し寄せてくる。1778 年に発行された Thomas West の *A Guide to the Lakes* が人気を呼び，1812 年まで何版も重ねたという事実が語るように，ワーズワスの時代には Derwent 湖や Winander 湖をはじめとして湖水地方一帯が観光地化してしまった。つまりはピクチャレスク観光のあおりをうけたのである。イギリス各地からやってくる人びとのなかにはここに住みつく者すらいたという。（ちなみに，ギルピンがワイ川や南ウェールズを旅したのが 1770 年，それを *Observations on the River Wye* として出版したのが 1782 年のことである。）ワーズワスも 1810 年には *Guide to the Lakes* を著し，これも版を重ねた。いま，その第 5 版（1835）によって彼の論を聞くことにする。

　ワーズワスはまず，地方色が失われることに危惧を表明している。ダーウエント湖に浮かぶ島 St. Herbert's Island では，Hermitage と呼ばれていた建物が周囲の鬱蒼とした森ともどもに姿を消し，また小礼拝堂も取り壊されてしまった。同じ湖のなかの別の島 Vicar's Island では Hind's Cottage と緑濃き楓（かえで）と家畜小屋がなくなり，教会が取り壊されたあとにはボート・ハウスがつくられた。また島の中央部の小高いところには，天文台とも見張り小屋とも「アイオロスの神殿」（"the temple of Aeolus"）ともつかぬ「四方に開いた四角な建物」（"a tall square habitation, with four sides exposed")⁽²²⁾ が建てられた。これはワーズワスには我慢のならないことだが, ウエストなぞは, この地方の丘の上にオベリスクや八角形のサマー・ハウス, また神殿を造ることなどを提案したものだった。ウエストが強調したのは, 神殿の列柱のあいだから眺める空の美しさであり, 列柱の向こうに沈む夕日の「壮大で魅力に富む」さま ("grand and attractive") であり, 周辺の山なみの崇高さ ("the sublimity of the surrounding mountains") であった。⁽²³⁾ だが, ワーズワスはウエストには賛同しない。ウエストは風景の表面的な美しさや崇高性を語っているに過ぎない, と思ったからである。また, 丘の上のいかにも風通しのよい神殿風の建物は, ピクチャレスク趣味からしばしば庭園内につくられた神殿の類いか, あるいは「四角な」パルラーディオ風の古典的雰囲気を帯びた建物のいずれかであったのだろう。風土に根差した建物を大切に考えるワーズワスには, それも嘆かわしいことに思われた。

　ワーズワスの基本的な考え方からすると, 湖水地方の風土にあう建物はコテッジ（cottage）である。彼は言う。

> ...these humble dwellings remind the contemplative spectator of a production of Nature, and may (using a strong expression) rather be said to have grown than to have been erected; —— to have risen, by an instinct of their own, out of the native rock —— so little is there in them of formality, such is their wildness and beauty.⁽²⁴⁾

　これらの質素な住居は, 瞑想し観察する者には自然の産物と思われるもので, 強調した言い方をするならば, 建てられたというより自生したといえるものです。住居がそれ自体の本能にしたがって, 自然の岩から立ち上がったといえるのです。そこに画一性は見られません。ただ自然の美があるだけです。

建物は岩や樹木と並んで自然の範疇に入るのである。家そのものが自然とひとつになっている。家は粗い石を積み上げて造られ，屋根は石切り場から運び出したままのスレートで葺かれ，その凹凸に富む表面には「地衣類や苔やシダ類や花の種」("the seeds of lichens, mosses, ferns, and flowers") が住みつきさえする。家は「植物の衣」("vegetable garb") をまとう。(25) 植物の家，である。

彼はまた，建物や樹木に接するときには「自然の精神」を忘れぬようにと勧める。

> The rule is simple; with respect to grounds——work, where you can, in the spirit of Nature, with an invisible hand of art. Planting, and a removal of wood, may thus, and thus only, be carried on with good effect; and the like may be said of building, if Antiquity, who may be styled the co-partner and sister of Nature, be not denied the respect to which she is entitled.(26)

> ルールは簡単です。土地に対しては，できるかぎり自然の精神を体して接しなさい。人工の手を露骨に加えてはいけません。そうすれば，樹木を植えるにせよ移すにせよ，うまく行くのです。建物についても同じことが言えます。ただし，自然の共同者あるいは姉妹と呼んでもいい，その古さに対して，それに応しい敬意を払うことが条件とはなりますが。

思考の方向としては，これはポウプの「バーリトン伯爵への書簡」("To build, to plant..." の一節) と同じようにも感じられる。しかし，二人の詩人では自然の概念が異なっている。ポウプにおいて自然は原理的な秩序を意味していたが，ワーズワスの自然は風土というに等しい。建物をつく

るにしても，湖水地方の気候，風土，つまりはこの地の激しい「自然の力」（風，雪，奔流）を無視して，温暖な気候の地域でつくられるような，自然の力に"expose"されたヴィラをつくるのは危険だというのである。[27] 樹木の陰に人目につかぬように建っている家のほうが安全なのである。建物の眺望のよさ，優雅さ，威厳といった要素に彼はこだわらない。ヴィラではなくてコテッジを好ましいとするのは，危険を避けるといった実利的な理由からだけではない。美しさの点からも，コテッジの類いがこの地にはふさわしいと彼は言う。家の色にしても，山が迫っている地では「画家の専門用語でいう」ところの「暖色」（"warm"）[28]が適するのである。建物は風景（landscape）の一部として同化しなければならない。

　そして恐らくワーズワスにおいて最も重要なのは，風景のもつモラル（思想性）である。これに比べれば絵画的観点はさほど重要なことではない。例えば，丘の上に建てられた家は湖水地方の風景に君臨し，所有者の奢りを示しているようで好ましくないと言うのだが，この発言は美的観点からではなくて思想からの，つまり平等の思想に基いてなされたものである。歴史的にこの地の人々は貧しい生活を送りながらも「全き平等」（"a perfect equality"）を享受し「羊飼いと農業従事者の完全な共和国」（"a perfect Republic of Shepherds and Agriculturists"）[29]を維持してきた，と彼は考える。この観点からして，自由と平等の理念に反して「君臨する」ような建物は容認できないことになる。彼が湖水地方の風景に自然と簡素を求めるのは，それが平等の思想とかかわっているからである。

　さて，ワーズワスのこのような思想を念頭において，彼の作品に眼を転じ，*The Two-Part Prelude*（1799）並びに*The Prelude*（1805）のなかの一二のエピソード，いわゆる'spots of time'に考察を加えておこう。まず，*The Two-Part Prelude*におけるワーズワスの自然観は*Guide to the Lakes*（1810）のそれと基本的には同じである。（執筆の順序からいえば*Guide to the Lakes*を10年ほど溯る。）だが，*The Two-Part Prelude*は，

彼の自然観の形成過程をうかがうことができる点で特別の価値がある。つまり，ワーズワスの「原体験」('spots of time' での体験そのもの) が「作品化」('spots of time' の意義の確定) されるなかで個々の具体的な自然体験が「自然観」へと抽象されていく，その過程が検証できるはずである。

　まず，Coniston の湖での自然体験を見てみよう。湖畔に立ち並ぶ木々が大枝を湖面にさしのべている場所があって，その枝が屋根のように湖面をおおっている場面である。そこは僧院の回廊のように薄闇が支配していた，と彼は言う。自然の一部が僧院(建物)の姿をとって少年ワーズワスの前に立ち上がったのである。ワーズワスら少年たちは木陰にボートを止めて，つりあげた魚を料理して食べて楽しんでいたのであるが，その彼らに薄暗い木陰が小暗き「回廊」と感じられたということは，つまりは彼らにすでに宗教的，精神的な体験を受け入れる準備ができていたということであろう。湖上の空間は僧院の厳粛な雰囲気に満ち，彼らは精神的な次元に移行しはじめる。太陽が西の山の端に沈んだ後，東の山やまの上方に紅の夕映えがひろがる，その夕映えの美しさが少年のこころを打つ。その光景は単に美しい「外的な事物」("external forms") としてあるのではない。それは彼の「精神的感情」("moral feelings") を揺り動かす力として，事物の背後から呼びかけてくる「内的な」存在としてある。そして，当時14歳であったという少年のワーズワスの方にもその呼びかけに応える準備が整っていたことになる。少年時代の具体的な自然体験を振り返り，「作品化」を図るなかで，(執筆時点での) ワーズワスは自然を規定する。つまり，それは人に干渉し，人の心を育む「力」であると言う。

　コニストン湖の近くにあった古い建物 (1580 年に溯る Coniston Hall) については，"An old hall was near, / Grotesque and beautiful, its gavel-end / And huge round chimneys to the top o'ergrown / With fields of ivy"[30] (グロテスクで美しい破風と／大きな丸い煙突は上の方までつ

たで覆われている）といった描写が The Two-Part Prelude にある。基本的にはコテッジ支持であるワーズワスだが，この類いの古い建物には好意的である。また，例外的に都会風の建物を容認している場合がある。例えば，地方色豊かな素朴な古い旅籠が取り壊されて，その跡に新しい風を呼び込むべく建てられた旗亭の場合である。

  ...'twas a splendid place, the door beset
  With chaises, grooms, and liveries, and within
  Decanters, glasses, and the blood-red wine.
          (2nd Part. 183-85)

  それは素晴らしい場所で，入り口をとりまいて
  二人乗りの幌つき馬車や馬丁や制服姿の従者たち，そして中では
  酒びんに，グラスに，血の色をしたワイン。

これは後に 1805 年版 The Prelude に組み込まれることになる箇所であるが（2. 149-52），この湖水地方にも言うなれば，18 世紀ポウプの社会が遅れてやってきたのであろう。旗亭は名前もフランス風の "Belle Isle" と変えて，有閑階級を呼び込んだ。赤々と燃える暖炉や楓の木陰を放逐して「血の色のワイン」を売り物にしはじめたのである。湖に面した，おそらく森があったであろう斜面には庭がつくられ，また斜面の上方にはボーリング・ゲーム用のグリーン（緑地）がつくられた。これに対してはワーズワスはもちろん好意的ではなく，むしろ「愚かしい虚飾」（"foolish pomp"）だと決めつける。だが，それにもかかわらず，彼はこの場所を完全には否定しない。それはこの上流社会的雰囲気の場所がなお，少年ワーズワスらの自由を侵さなかったからである。少年たちは，庭の斜面から樹間を通して，また木立の上を通り越して湖を眺めることができたし，我が

物顔に振る舞うことが許されていたからである。ボーリング・グリーンで遊ぶ彼らの声は周囲の山やまにこだました。ボーリング・グリーンと冬の凍った湖の違いはあるが，こどもたちの歓声は *The Prelude* のあのスケート遊びの場面（1. 466-71）に響いていた声と本質的におなじである。「愚かしい虚飾」をものともせず，彼らは自然との交感をはたしているのだ。新しい異質な侵入者にも破壊されない自然とのきずなが彼らにはあったということである。

　いま一つ，自然と建物が「作品化」される例を見ておきたい。*The Prelude* (1805) 第2巻の Furness Abbey への遠出である。少年時代のワーズワスが何人かの仲間と一緒に馬を借りて無謀な日帰りの遠出を試みたときの，あの経験である。詩人はファーネス僧院が Nightshade という谷間にあること，St. Mary に奉献された古刹であること，その古壁が残存していること，すでに「廃墟」——ポウプにもギルピンにも共通な term である——となっていてアーチ型の窓も壊れていること，鐘楼や像があることなどを述べたあとで，それは「聖なる光景」であったと記す。この僧院は現実にはアイルランド海から常時吹いてくる海風にさらされているところである。しかし作品の中では，風は少年らの頭上を通り抜け，僧院跡には「内陸にもまして静寂さ」（"more than inland peace," 2. 115）が満ちている。塔も樹木もみな静かである。廃墟はワーズワスの精神内部で「聖なる場」としてつくり直されている。

　　Such is the shelter that is there, and such
　　The safeguard for repose and quietness. (2. 119-20)

　　このような避難所がそこにある，このような
　　安息と静けさをまもる場がある。

ここは廃墟であり，聖なる場所であり人の魂を庇護し休息を与えるところである。

　この廃墟をなお，建物と呼ぶことがゆるされるとして，この建物はワーズワスの思索を誘うきわめて重要な役割を与えられている。と言うのは，この遠出のエピソードのクライマックスというべき瞬間，つまりミソサザイが少年の魂に呼びかける事態の発生する場がこの建物であるからだ。大規模なこの僧院跡の一隅，小礼拝堂の傍らを通り抜けようとしたときに彼には鳥の声が聞こえてくる。また，かつて人々が死者のためのミサをあげた礼拝堂からは今も，そのミサの歌声が鳥の声にまじって聞こえて来るかのようだ。そして，'spots of time'にあってはしばしばそうであるように，ここでも霊的（spiritual）な出来事はやや異常な状況のなかで起きる。にわか雨が降った後のその場は居心地が悪く，皮膚感覚のレベルでも不快で，同時に精神的にも不安な感じである。「その場所がすすり泣き，吐息をつく」（"sobbings of the place / And respirations," 129-30）のである。それは死者の嘆きのようでもある。風が吹きはじめるが，それもこの場所に発した「内なる微風」（"Internal breezes," 128）であり，外から吹いてくる海風とは違って，それは性格上，少年ワーズワスの心のなかに吹く風である。その時点で礼拝堂は非日常の次元へ移行する。建物（廃墟）は幻想的で神秘的な場所に転じる。日常的な体験が特殊な体験に転じるときには通常，日常のバランス感覚は喪失される。逆に言えば，この喪失なしに鳥の声を甘美な体験として受けとめることはできない，ということである。ミソサザイの姿かたちは見えない。実際のところ，彼は肉体的な視覚には頼ってはおらず，鳥の声も肉体の耳で聞いたというよりも心の耳で聞いている可能性が大きいのである。廃墟は聖なる場所であり，鳥は肉体をもたない，場所の霊（genius）となる。そして，僧院の廃墟を後に帰途についた少年は，岩や流れや夕べの大気にひそむ「霊」（"spirit," 2. 139）の「存在」（"presence," 2. 141）を感得する。鳥の声（存在）との

出会いも大気の霊との出会いも同じ次元においてなされるのである。ワーズワスは自然の実体を「霊」や「存在」という言葉によって表そうとした。だが，その自然はポウプの「宇宙の秩序」のように明確な輪郭を獲得してはいない。それはヴィジョンのかたちで示される「自然」なのである。「自然」はミソサザイの「声」となってワーズワスの許を訪れ，その後ふたたび「自然」という闇のなかに消えてしまうのである。ともあれ，ワーズワスの風景は，彼の精神と自然の精神との交感が行われる場であった。

ポウプは自然や庭を「身体運動」と「精神運動」の両面から楽しんでいた。ワーズワスの場合はどうであろうか。彼は，一方に「日々のよろこび」("vulgar joy," 1. 609) や「非本質的な情熱」("extrinsic passion," 1. 572) を，他方に "spiritual" な内的なよろこびを想定した。少年のワーズワスが野山をかけめぐる日々，またスケート遊びや鳥の巣荒らしに夢中になるなかで得た，あの肉体的で荒々しい喜び――「くらくらするような幸福感」("giddy bliss," 1. 611) ――そのものに「精神的な」要素は希薄であったかもしれない。そのようなよろこび，情熱は彼を自然との精神的な交感へと誘うきっかけにすぎなかったから，理論上は二次的，副次的な位置づけしか許されないのかもしれない。だが，副次的であるとはいえ，そのよろこびがあって精神的なよろこびへ達することができた。論理的には副次的な位置付けではあっても，ワーズワスの思想の枠組みのなかでは vulgar なよろこびは実体としては副次的ではない。そして，詩人ワーズワスの関心はまさに，"vulgar" または "extrinsic" な自然体験が spiritual な体験へと昇華されていく過程を，自分の精神の場において検証することであった。自然との接触を肉体的な体験に留め置かずに精神的な交感にまで高めていったところに，ポウプとの違いがある。ポウプにとって自然は原理（秩序）としていわば *a priori* に存在しており，その意味では彼は幸福であったとも云えるが，これに対しワーズワスの自然は numinous なものであり，その不分明さが彼の精神を魅了したのである。

註

(1) *An Essay on Man*, 3. 155-56. なお，ポウプの引用は *The Poems of Alexander Pope*, ed. John Butt (London: Methuen, 1963) による。
(2) ゴシック建築を森にみたてる歴史についてはバルトルシャイティス『アベラシオン』種村季弘・巌谷國士訳（国書刊行会，1993）156ff 参照。
(3) *The Two-Part Prelude*, 2nd Part, 140-45. なお，ワーズワスの引用は William Wordsworth, *The Prelude, 1799, 1805, 1850* (A Norton critical edition), eds. Jonathan Wordsworth et als. (New York: Norton, 1979) による。
(4) Alec Clifton-Taylor et als., *Spirit of the Age* (British Broadcasting Corporation, 1975) 105ff 及び *The Poems of Alexander Pope* 586 の注参照。
(5) 川崎寿彦 『庭のイングランド』（名古屋大学出版会，1983）第9章参照。
(6) William K. Wimsatt, Jr. & Cleanth Brooks, *Literary Criticism* (New York: Vintage Books, 1957) 237.
(7) *An Essay on Criticism* 70, 52, 67-79 参照。
(8) cf. "Epistle to Richard Boyle, Earl of Burlington" 64.
(9) "Epistle to Richard Boyle, Earl of Burlington" 41-45.
(10) Alec Clifton-Taylor et als. 114-15.
(11) Reuben A. Brower, *Alexander Pope: The Poetry of Allusion* (Oxford: Clarendon P, 1959) 250.
(12) Brower 164.
(13) "inverted landscape", "pendent woods" は *The Seasons* の "Summer" 1247行および1418行を参照。
(14) John Dixon Hunt and Peter Willis, eds., *Genius of the Place* (Boston: MIT P, 1988) 151ff.
(15) 1734年8月7日のことである。"A New Pope Letter," *Philological Quarterly* 45. 2 (April, 1996): 411.
(16) 当該箇所は以下のとおりである。"When we came to the Shore, we were both struck with the beauty of it, a rising Hill very deeply hung with Woods, that fell quite in to the Water, & at the Edge of the Sea a very old min'd Castle. We were very hungry, but the aspect of the Towers, & the high crumbling Battlements, overgrown with Ivy, with a Square room in the middle out of which at three large arches you saw the Main Sea, & all the windings of the Coasts on the Side next to us, provoked us first to look in, (&) in order to chuse the best place to dine in." ("A New Pope Letter")

(17) "A New Pope Letter" 413.
(18) ポウプとギルピンの両者に共通するところを確認しておきたい。ギルピンの Observations on the River Wye 中のティンタン寺院の項である。ギルピンは，この廃墟を周囲の風景（landscape）との関係において見ている。最初，寺院（廃墟）が建っている土地（situation）を地誌的に把握し，次にいくつかの角度からその景観を観察する。地勢上，寺院のある場所が，円形に開けた谷間の中央部で小高い場所であること，それをとりまいて四方には樹の生い茂った丘が連なっていること，蛇行する川，森と樹間に開けた場所（glade）が入り交じっていることが指摘される。強風の吹き込む心配がないことも付記される。変化に富む地形を総合的に示したあとで次には，彼は遠景としてみた場合，また近景としてみた場合，さらに内部からみた場合と視点を変え，ティンタンの景観の総合的な把握を試みる。遠景としての寺院，遠くから眺めた場合の寺院はその「優雅なゴシック建築」の良さが伝わってこないと云う。規則的に並んだ破風ばかりが目だって，卑俗に過ぎるというのである。ところが近くから見る寺院はたいへん魅力的であると言って，こう記す。"Nature has now made it [the abbey] her own. Time has worn off all traces of the rule: it has blunted the sharp edges of the chisel; and broken the regularity of opposing parts. The figured ornaments of the east-window are gone; those of the west-window are left. Most of the other windows, with their principal ornaments, remain." ギルピンは自然を人工性（規則）よりも上位に置いている。このあとは，壁を覆う豊かなツタが寺院の灰色の石材とよいコントラストをなしていること，また苔やシダの類が豊富で，なかには花をつけているものもあり，色彩的にも寺院に彩りを与えていることなどが記述される。そして，失われた屋根，残っている壁，柱，迫持受（せりもちうけ），摩滅した床石，聖歌隊席など，すでに失われてしまったもの，また残存するものなどへ我々の注意を引くのであるが，そのなかで注目されるのは，彼が廃墟から昔の寺院の姿を思いうかべ，いわば想像のうちに寺院の再建をはたしている点である。つまり，廃墟のなかに立つ彼ギルピンは，今は崩れて平坦な姿の聖歌隊席跡をいま一度，かつての高い位置に立ち上げる。今に残る「堂々とした柱」からは，かつての寺院の通路のありさまを思い浮かべるといった具合である。William Gilpin, Observations on the River Wye 1782 (Oxford: Woodstock Books, 1991) 33.
(19) テムズ川に面する彼の居宅と後方の庭を分断して，ロンドン－ハンプトン宮殿を結ぶ公道が走っていた。ポウプは居宅と庭をつなぐ地下連絡路を公道の下に掘り，そこをグロットに仕立てた。
(20) John Dixon Hunt, The Figure in the Landscape (Baltimore: Johns Hopkins UP, 1976) 64.

(21) Miles Hadfield, *A History of British Gardening* (Penguin Books, 1985) 188. ちなみに，ポウプ邸の近くに移り住んだ文人 Horace Walpole は世紀半ばに，その地区の古典的な建物にまじって Gothic Castle を建てた。彼は敷地を二分して一方を整形性のつよい庭園に，他方を自然庭園にあてた。
(22) William Wordsworth, *Guide to the Lakes,* the 5th edtition (1835), ed. Ernest de Selincourt (Oxford: Oxford UP, 1982) 71.
(23) *Guide* 191n.
(24) *Guide* 62.
(25) *Guide* 63.
(26) *Guide* 74.
(27) *Guide* 76.
(28) *Guide* 78.
(29) *Guide* 60, 67. *The Prelude* で「山の自由」("mountain liberty," 9. 242) と呼ばれているものである。
(30) *The Two-Part Prelude,* 2nd Part, 145-48.

ワーズワスとスノードン登山
―「詩人の心の成長」をめぐって ― [1]

山内正一

　William Wordsworth は生涯に 3 度（1791年，1793年，1824年）Snowdon に登った。そのうち，The Prelude のハイライトを成す 'Snowdon Lines'（「スノードン登山」詩行）執筆以前の登山体験としては，1791年と1793年のもの（詩人21歳，23歳時）が知られている。いずれの登山の場合にも，同伴者は大学時代の友人で Wales の人，Robert Jones であった。

　比較的最近出版されたワーズワスの伝記や研究書に拠れば，[2]「スノードン登山」詩行（1805年版 The Prelude 第13巻1-119行）は1791年夏の体験の産物，というのが定説となったかに見える。この定説を確立するのに貢献したのが，R. D. Havens, Mark L. Reed, Jonathan Wordsworth という学者たちである。[3] だが，仔細に検討してみると，彼等の主張の根拠はあくまでも情況証拠もしくは推測の域を出るものではない。[4] 本稿は，基本的には 'Snowdon Lines' 1793年登山起源説を主張する。だが，それは1791年説を必ずしも全面的に否定するものではなく，「スノードン登山」詩行誕生の契機となった実体験の時期の特定に，現在行なわれている以上の幅をもたせることを提案するものである。

　フランスからの帰国後，極限的な悲哀・不安・恐怖・罪悪感（その結果惹起される病的メランコリー）を心中に抱えて敢行された，1793年夏の二度目のスノードン登山の重要性を正しく認識することは，「詩人の心の成長」を跡付ける自伝詩 The Prelude の解釈そのものと密接に関わってくる。'Snowdon Lines' の解釈に際し，もし1793年の登山体験という視点

を欠けば，ワーズワスなる詩人の誕生の秘密そのものを見落とすことになりかねないのだ。近年のワーズワス批評に潜むこの致命的欠陥を恐れるがゆえに，本論は書かれなければならなかった。

（１）

　'Snowdon Lines' が孕む問題の錯綜した性質を示唆する，興味深い文章をまず紹介しよう。

> In the summer of 1791, having visited Salisbury Plain and Tintern Abbey, Wordsworth and Robert Jones extended their walking tour into northern Wales, where they decided to climb Snowdon. It was dark when they 'Rouz'd up the Shepherd, who by ancient right / Of office is the Stranger's usual guide'; and the three of them set off in darkness, hoping to have gained the summit in time to see the sunrise from the mountain's peak.[5]

> 1791年の夏，ソールズベリー平原とティンタン寺院を訪れた後，ワーズワスとロバート・ジョーンズは北ウェールズまで徒歩旅行を続け，そこでスノードンに登ることにした。「外来者の普段のガイドをするのが昔からの役目である羊飼いを二人が起こした」時には，辺りは暗かった。そして三人は，山上から日の出を拝む頃合いに頂上に辿り着けるよう，暗闇の中を出発した。

　ここには，明らかな思い違いが，しかも二重の思い違いが見られる。1791年の夏にワーズワスがロバート・ジョーンズと Salisbury Plain や Tintern Abbey を訪れた事実はなく，ワーズワスが，ロバート・ジョーンズならぬ友人の William Calvert と別れた後，ただ一人ソールズベリー平

原やティンタン寺院を訪れたのは、フランスから帰国後の1793年夏のことであった。その後ワーズワスは、ウェールズに住むロバート・ジョーンズを訪問し、ウェールズに数週間滞在することになる。この時に二度目のスノードン登山が行なわれ——私見によれば——問題の 'Snowdon Lines' にはこの時の体験が色濃く反映されているのである。

　上の文章の作者 John Spencer Hill は少し不注意に過ぎるが、彼が1791年と1793年の体験を混同したのにはもっともな理由が有った。その理由の第1は、最近のワーズワス研究家が、こぞって1791年説を採っていること。第2の理由は、The Prelude 第12巻および第13巻の文脈で見る限り、明らかに、ワーズワス自身がスノードン登山1793年説を支持する様な書き方をしているからである。その文脈とは、以下のようなものである（［　］内の年数は筆者による）。[6]

（イ）Here calling up to mind what then [1793] I saw....
　　　　　　　　　　　　　　　　　　　　(12. 220)

あの当時目撃したものをここで思い起こし……。

（ロ）Also about this time [1793] did I receive
　　　Convictions still more strong than heretofore....
　　　　　　　　　　　　　　　　　　　　(12. 278-79)

またこの頃、これまで以上に強い
いくつもの確信を私は得た……。

（ハ）　　　　　　　　　　To such mood,
　　　Once above all —— a traveller at that time [1793]
　　　Upon the plain of Sarum —— was I raised....
　　　　　　　　　　　　　　　　　　　　(12. 312-14)

とりわけ一度，
ソールズベリーの平原を旅していた時のこと，
その様な気分にまで私は高められた……。

（ニ）I seemed about this period [1793] to have sight
Of a new world....
(12. 370-71)

この頃私は
新しい世界への眼力を得たかに思われた……。

（ホ）In one of these excursions, travelling *then* [?1791/1793]
Through Wales on foot and with a youthful friend,
I left Bethkelet's huts at couching-time,
And westward took my way to see the sun
Rise from the top of Snowdon.
(13. 1-5. 強調筆者)

この様なとある散策の折り，
若き友人とウェールズを歩き回っていた時に，
私は就寝時間にベスケレットの村を発ち，
西方へと向かった，
スノードン山頂から日の出を見るために。

この様な文脈の下で，第13巻冒頭——つまり，引用（ニ）の"this period"の僅か10行後——に出てくる"then"［引用（ホ）］を1791年と読むには，かなり無理がある。1926年にオックスフォード大学出版局から *The Prelude* の画期的 Parallel Text を出版した Ernest de Selincourt は，

当然この "excursion" を1793年の体験と看做し，次の注釈をテキストに添えた。

> This excursion was in the summer of 1793, after the visit to Salisbury Plain (XII, 312-53) and Tintern Abbey (XI, 186-95; *Lines composed…above Tintern Abbey,* 67-83)[7]
>
> この散策は1793年夏のことで，ソールズベリー平原とティンタン寺院訪問後のことであった。

しかし，折角のこの注は，同書の改訂版が1959年に Helen Darbishire によって出版された時，先述の Havens の意見を容れ，[8] 下の様に変更されてしまう。

> This excursion was in the summer of 1791: *v. Memoirs,* I. 71, and Havens, 607.[9]
>
> この散策は1791年夏に行なわれた。

こうして，学界のお墨付きを得た形で，「スノードン登山」詩行1791年説は次第に優勢となっていく。

（２）

The Five-Book Prelude (『５巻本「序曲」』) 最終巻のために1804年の２月から３月にかけて書かれた草稿 (MS. W) を見ると，'Snowdon Lines' が，*The Prelude* 構想の当初から，極めて重大な意義を担うものであったことが分かる。

> Oft tracing this analogy betwixt
> The mind of man and Nature, doth the scene
> Which from the side of Snowdon I beheld
> Rise up before me, followed too in turn
> By sundry others...[10]

> 人間の心と自然とのこの類縁性を
> しばしば辿る時,
> 私の眼前に現れるのは
> スノードン山腹から見たあの光景だ――
> 様々な他の光景をも伴って……

　ワーズワスにとってのスノードン体験は,「人間の心と自然との類縁性」("this analogy betwixt / The mind of man and Nature")を語るという点で,他の類似の体験の＜原型＞とも呼ぶべき重要性を備えている。ところで,先の定説に従って,もしワーズワスがこのように強烈な＜原体験＞を既に1791年の時点で持っていたと仮定すれば,不可解なことが生じる。それは,1791年から1792年にかけて執筆された作品,*Descriptive Sketches* の性質に関わるものである。1790年のアルプス徒歩旅行に取材したこの叙景詩の「序文」には,気になる一節が見える。1790年夏のアルプス徒歩旅行の道連れであっただけでなく,翌1791年夏のスノードン登山の仲間でもあった,あの友人ロバート・ジョーンズに対するワーズワスの言い訳じみた発言・献辞が,それである――

> With still greater propriety I might have inscribed to you a description of some of the features of your native mountains, through which we have wandered together, in the same manner,

with so much pleasure. But the sea-sunsets, which give such splendour to the vale of Clwyd, Snowdon, the chair of Idris, the quiet village of Bethgelert, Menai and her Druids, the Alpine steeps of the Conway, and the still more interesting windings of the wizard stream of the Dee, remain yet untouched. Apprehensive that my pencil may never be exercised on these subjects, I cannot let slip this opportunity of thus publicly assuring you with how much affection and esteem, I am, dear Sir, Your most obedient very humble servant....[11]

もし私が，同様に実に楽しく二人で歩き回った貴方の故郷の山々の特徴の幾ばくかを貴方に描いて献じることが出来たならば，もっと礼儀に叶ったことであったでしょう。でも，クルーイドの谷，スノードン，イドリスの腰掛け，ベスゲラートの静かな村，メナイとそのドルイドたち，コンウェイ川のアルプス風の崖，それよりもっと興味深いディー川の曲がりくねった素晴らしい流れ——これらの風景にあの輝きを添える海に沈む幾多の夕日の光景には，まだ筆を染めていないのです。私の筆がこれらの詩題を扱う時が来ないのではないかと怖れ，私はこの機会を捉えて公に貴方に確言しておきたいのです，親愛と敬愛の念を籠めて私が貴方のこの上なく従順かつ卑しい僕であることを……

これを読めば——詩人がどう弁解しようとも——当時のワーズワスの興味と関心が，*Descriptive Sketches* 執筆直前に行なわれたウェールズ旅行よりも，約一年前のアルプス旅行の方に向けられているのは明白である。それに，スノードンの扱いに関して言えば，この山が——一応の言及こそあれ——ウェールズの他の風景に比べて格別重要視されている様には見えない。しかも，ウェールズでワーズワスの心を捉えたものは，'Snowdon

Lines'に直接言及が見られる「月の出」でも「日の出」でもなく,「日没」("sea-sunsets")だった様に見受けられるのである。

 Descriptive Sketches にはもう一つ奇妙な点がある。そこには,スノードン登山と並んで *The Prelude* のハイライトを成す,1790年の＜Simplon峠越え＞への言及が,詩人の簡単な「注」を除いては全く見られないのだ。自ら "the most interesting among the Alps" と呼ぶ光景を,[12] ワーズワスが1791-92年の時点で作品化し得なかったのは何故であろうか。理由は明白である。*Descriptive Sketches* 執筆の時点では,未だワーズワスが *The Prelude* の詩人(我々が知る神秘主義的ロマン派詩人)とは成り得ていなかったからに他ならない。別言すれば,実体験は有っても,その体験に潜む意味を読み解く眼力がワーズワスには未だ充分に備わっていなかった,ということである。

 筆者は,ワーズワスを＜真の詩人＞に作り変えたものは,1793年を頂点(むしろ「どん底」と言うべきか)とする1793-98年の＜失意＞と＜罪悪感＞と＜絶望＞と,そこからの＜回復＞という劇的転回の体験であった,と考える。すなわち,作品 "Tintern Abbey" が "Five years have past; five summers, with the length / Of five long winters!" (1-2) と詠う,あの5年の歳月こそがワーズワスを真の詩人に作り変えたのである。

 この "five long winters" は,詩人自身が告白する通り,ワーズワスの身体的・精神的危機を象徴する表現である。

> *Most melancholy* at that time, O friend,
> Were my day-thoughts, my dreams were miserable;
> Through months, through years, long after the last beat
> Of those atrocities....
>   ....
> I scarcely had one night of quiet sleep,

        Such ghastly visions had I of despair,
        And tyranny, and implements of death,
        And long orations which in dreams I pleaded
        Before unjust tribunals, with a voice
        Labouring, a brain confounded, and a sense
        Of treachery and desertion in the place
        The holiest that I knew of —— my own soul.
                        (10. 368-71, 373-80. 強調筆者)

あの頃,この上もなく憂鬱だった,おお友よ,
私の日々の思いは。夜見る夢も惨めだった。
幾月も,幾年も,あの残虐行為の
最後の止めの後も長く……
　　………………
一夜とて穏やかな眠りを味わうことは無かった。
とてつもなく恐ろしい幻を見た ―― 絶望や
暴虐や死刑の道具や
法廷での長い陳述の幻を。
その陳述を私は夢の中で行なったのだ,不正な法廷で ――
声も途切れがちに,頭は混乱し,
己の知る至聖所(我が魂)の内では
裏切りと義務放棄の念に苛まれつつ。

　ワーズワスは,もともとメランコリーに陥り易い体質・気質の持ち主であった。[13] 彼のこの気質が,1793年から1797年ないし1798年に至る＜危機の時代＞に病的メランコリー状態を惹起することになる。ワーズワスのメランコリーの原因にはここでは深く立ち入らないが,[14] "Tintern Abbey"

は，この心身の危機に際して詩人が行なった1793年夏の＜歩行＞の内実を印象的に記録している。

        …when like a roe
  I bounded o'er the mountains, by the sides
  Of the deep rivers, and the lonely streams,
  Wherever nature led: more like a man
  Flying from something that he dreads than one
  Who sought the thing he loved. For nature then
  (The coarser pleasures of my boyish days,
  And their glad animal movements all gone by)
  To me was all in all. ── I cannot paint
  What then I was.   (67-76)

    ……あの頃は，まるでノロジカの様に
 山々を跳ね歩いたものだ ── 深い川や
 淋しげな小川のほとりを，
 自然が導く処ならいずこなりとも ──
 愛する何かを求める者というより
 怖れる何かから逃れる者の様に。あの頃，自然は
 （少年の頃のより粗雑な快楽と
 喜々として動物じみた動作は既に消え去っていた）
 私にとって掛け替えのないものだったからだ。
 今の私にはあの頃の自分を形容するすべがない。

一見無目的な放浪と見え，実はこの＜歩行＞には明らかな目的があった。すなわち，メランコリーを癒すという目的が。ワーズワスがこの時手に入

れた "aching joys" (84), "dizzy raptures" (85), "wild ecstasies" (138) に注目しよう。"like a man / Flying from something that he dreads" の "something" こそ, 他ならぬ詩人の＜内心の苦悩・メランコリー＞なのである。1793年の時点で, ワーズワスが＜歩行＞という身体活動に備わる優れた抗鬱効果を熟知していたのは間違いない。既に, 1791年のスノードン登山の時期に, ワーズワスは, 「気の欝ぎ」 ("depression of spirits") に悩む友人に対して次の様な発言を行なっているからだ——

> I regret much not having made acquainted with your wish to have employed your vacation in a pedestrian tour, both on your own account, as it would have contributed greatly to exhilarate your spirits, and on mine, as we should have gained much from the addition of your society.... Such an excursion would have served like an Aurora Borealis to gild your long Lapland night of melancholy.[15]

> 君が休暇を徒歩旅行に費やしたいと願っていたことを知らなかったのは, 本当に残念だ。君のためには, 気分を高めるのに大いに役立ったはずだし, 僕のためには, 君が同行すれば僕らもどんなにか得るところがあっただろうから……。あの種の散策は, 君の長い極北の憂鬱な夜を彩るオーロラの働きを演じてくれたはずだ。

1793年のワーズワスがまるで物に憑かれた様に「自然が招く処なら何処へでも」 ("Wherever nature led") 足を向けた背景には, この様に切実な理由が潜んでいた。1793年夏の一連の歩行体験の結果, ワーズワスが望み通りに——直接的（現在的）にも間接的（未来的）にも——病的メランコリーからの回復 ("restoration," 30) のきっかけを得るに至った経緯は, "Tintern Abbey" (22-57, 83-111) が示す通りである。メランコリー

の谷底から喜びの嶺へ駈け昇るという文字どおり 'sublime'（'sublime' には語源的に 'elevate' の意味がある）な体験を，"Tintern Abbey"（93-96）は雄弁に語る訳だが，それはワーズワスの作品を彩る幾多の 'sublime' 体験の心理的原型とも呼ぶべきものである。

（3）

'Snowdon Lines' を1793年夏のWye河畔体験の延長線上に置いて読めば，幾つかの興味深い事実が浮かび上がってくる。次の一節に注目したい――

> With forehead bent
> Earthward, as if in opposition set
> Against an enemy, I panted up
> With eager pace, and no less eager thoughts....
> 　　　　　　　　　　　　　　　（13. 29-32）

> 　　　　額を大地に向け，
> まるで仇敵に立ち向かうかの如く，
> 私は喘ぎ登った，
> 足取りも思いも熱く……。

この "enemy" は詩人の内心の「敵」，即ちメランコリー（もしくは，メランコリーに閉ざされた詩人の運命）と解釈できそうである。つまり，この「敵」は "Tintern Abbey" の "something that he dreads" と同じものである。そうすれば，"no less eager thoughts" は，当然，メランコリー（もしくは自分の運命）を克服しようとする詩人の強い意志ということになる。このことは，1793年当時のワーズワスの気分を伝える *The*

Prelude の次の一節と比較すれば，一層明らかになる。

>   ...I felt
> The ravage of this most unnatural strife
> In my own heart; there lay it like a weight,
> At enmity with all the tenderest springs
> Of my enjoyments.
>   (10. 249-53)

>   ……心中に私は感じた，
> 人間性に反したこの葛藤の猛威を。
> その気分はまるで錘の様に心中に留まり，
> 私のこの上なく優しい喜びの源に
> ことごとく敵対した。

詩人が，心の苦悩・メランコリーを＜自分自身に敵対するもの＞，即ち 'enemy' として捉えていたことが分かる。ワーズワスにとっての＜メランコリー＞は単なる「悲しみ」を超えた，名状しがたい沈痛・沈鬱な気分であったことを，確認しておく必要がある。

>   It was a grief ──
> Grief call it not, 'twas anything but that ──
> A conflict of sensations without name....
>   (10. 263-65)

>   それは悲哀であった ──
> 否，悲哀と呼ぶなかれ。悲哀には似つかぬもの。
> 名状し難い感覚の争いであった。

ワーズワスのこの "conflict"（つまり，先の "this most unnatural strife / In my own heart"）は，ワーズワスの実感としては，まるで心の中に巣食う＜悪魔＞との戦いであった様に見受けられる。ここで当時用いられていた表現 'blue devil' を想起しよう。これは，「メランコリーを引き起こす悪魔」を意味する。[16] そして，'blue devils' と複数形になると，メランコリーそのもの "Despondency, depression of spirits, hypochondriac melancholy" [*OED*, 2, a]を意味した。

　古代・中世以来民間で信じられてきた悪魔憑きによる「心気症的メランコリー」(hypochondriac melancholy) という迷信を，実はワーズワスは既に "The Three Graves", "The Mad Mother", "Goody Blake and Harry Gill", "The Thorn", "The Idiot Boy" などで巧みに用いている。[17] 筆者は，1793年以降の詩人の危機の時代に言及する *The Prelude* の次の詩行にも，同じことが言えるのではないかと考える。

>　　　　When the orb went down
>　　In the tranquillity of Nature, came
>　　That voice ── ill requiem ── seldom heard by me
>　　Without a spirit overcast, a deep
>　　Imagination, thought of woes to come,
>　　And sorrow for mankind, and pain of heart.
>　　　　　　　　　　　　　　(10. 301-06)

　　　　自然の静寂の中に日が沈むと
あの声──不吉な哀歌──が聞こえてきた。
その声が聞こえてくると，
必ず私は気が滅入り，
妄想は深まり，将来の苦難を思い，

人類のために悲しみ，心が痛むのであった。

So neither were complacency, nor peace,
Nor tender yearnings, wanting for my good
Through those distracted times: in Nature still
Glorying, I found a counterpoise in her,
Which, when the spirit of evil was at height,
Maintained for me a secret happiness.
Her I resorted to, and loved so much
I seemed to love as much as heretofore——
　　　　　　　　　　　　　(11. 29-36)

だから，この狂乱の日々には
自己充足も心の平安も穏やかな憧れも，
己のためを思う気持ちも無かった。
なおも「自然」を喜びながら，「自然」の中に
心の均衡を見出した。おかげで，悪霊が猛威を振るう時も
私は密かな幸福感を維持し得たのだ。
「自然」に頼り，「自然」をひたすら愛した，
これまでに劣らぬと思える程に。

これを見ると——"the spirit of evil" は，まさに「メランコリーの悪魔」を指す語句——1793年から1796年にかけて，ワーズワスが，病的メランコリー（即ち 'blue devils'）から逃れるべく，必死で「自然」の懐に赴いた様子が窺える。そして，このことは先程 "Tintern Abbey" でも確認した通りである。ワイ河畔を去った後でワーズワスは，スノードンにおいても全く同じこと（自然との一体化によるメランコリーの癒し）を行なお

うとした，と想像される。とすれば，1793年のスノードン登山は，ワーズワスにとって一種の＜悪魔祓い＞を意味した，と言うこともできよう。

　そう言えば，スノードンの夜の闇には，確かにただならぬ気配が感じられる。

> It was a summer's night, a close warm night,
> Wan, dull, and glaring, with a dripping mist
> Low-hung and thick that covered all the sky,
> Half threatening storm and rain....
> ....
> 　　　　...silently [1850: "pensively"] we sunk
> Each into commerce with his private thoughts.
> Thus did we breast the ascent, and by myself
> Was nothing either seen or heard the while
> Which took me from my musings, save that once
> The shepherd's cur did to his own great joy
> Unearth a hedgehog in the mountain-crags,
> Round which he made a barking turbulent.
> This small adventure ── for even such it seemed
> In that wild place and at the dead of night ──
> Being over and forgotten, on we wound
> In silence as before. With forehead bent
> Earthward, as if in opposition set
> Against an enemy, I panted up
> With eager pace, and no less eager thoughts....
> 　　　　　　　　　　　(13. 10-13, 18-32)

ある夏の夜のことであった。蒸し暑く，
　　　暗く，どんよりとして，じとじとする夜で，
　　　湿っぽい霧が低く厚く垂れ込め，夜空を覆い，
　　　嵐と雨の気配を漂わせていた……。
　　　………………
　　　　　　　　　……静かに私たちは己がじし
　　　密かな思いに耽っていた。
　　　その様にして，一同は急坂を登り，その間
　　　私の黙想を破るものは
　　　何も見えず，何も聞こえなかった — ただ，一度
　　　羊飼いの飼い犬が大喜びで
　　　岩間でハリネズミを狩り出し，
　　　その周りで吠え立てたことを除いては。
　　　この些細な冒険（あの深夜の荒れ地では
　　　その様に思えたのだが）も終わり，忘れられると，
　　　私たちは山道を縫う様に登った，
　　　再び沈黙に閉ざされて。額を大地に向け，
　　　まるで仇敵に立ち向かうかの如く，
　　　私は喘ぎ登った，
　　　足取りも思いも熱く……。

「羊飼いの飼い犬がハリネズミを地中から追い出す」エピソードには，重大な意味が籠められている可能性がある。ワーズワス自身は，このエピソードを"adventure"と呼ぶ。"Unearth a hedgehog"や"With forehead bent / Earthward"という表現が示す通り，ワーズワスの動作はハリネズミを地中から追い出した犬の動作をなぞっている。そうすると，"as if in opposition set / Against an enemy"の"enemy"が，7行上の"hedgehog"と重なってくる。つまり,己の心中から必死で"hedgehog"を追い出そうとするワーズワスの姿が,ここに浮き上がってくるのだ。

　この"hedgehog"は,恐らくただの「ハリネズミ」ではあるまい。"hedgehog"は別名'urchin'とも呼ばれ,この語は次の語義を持つ。

> Urchin [*OED*, 1, c] = A goblin or elf. (From the supposition that they occas. assumed the form of a hedgehog.)

> 子鬼もしくは小妖精（彼らが時折ハリネズミに姿を変えたという説に由来）

　"goblin"は,"A mischievous and ugly demon"[*OED*, 1]であるから,スノードンの"hedgehog"が,地中から這い出た悪魔をワーズワスに連想させたことは充分に考えられることなのだ。[18] ちなみに1850年版では,この「ハリネズミ」は,"His coiled-up prey"(14. 24)と表現され,とぐろを巻いた蛇(Satan)をも連想させる。この悪魔が,ワーズワスの心中の"enemy"と重ね合わされる時,'blue devil'としての＜悪魔メランコリー＞が"hedgehog"に姿を変えて立ち現れることになる。1791年夏のワーズワスには病的メランコリーに特に悩まされていた様子が見えない以上,*The Prelude*第13巻の'Snowdon Lines'は,1793年夏の体験をかなり忠実に写すものと言わざるを得ない。ワイ河畔におけると同様,＜歩行＞を通じて「自然」（もしくは自然の中の精霊／神）と交わることによって,スノードンでのワーズワスの悪魔祓いは,さながらパウロの回心の場面を思わせる「光」の中で成就されることになる。[19] スノードン山上での神秘体験の余韻を伝える,次の一節に注目したい。

> When into air had quietly dissolved

That vision, given to Spirits of the night....
                    (MSS. D2, E, 13. 63-64)

その夜の精霊たちの手に委ねられ，
その幻が空中に静かに消え果てた時……。

この「夜の精霊たち」("Spirits of the night")は，詩人の＜悪魔祓い＞を手伝った天来の 'agents' と言えないだろうか。
　1793年夏の体験を追想する "Tintern Abbey" の次の一節（執筆時期は1798年7月13日）に，同年夏のスノードン体験──恩寵たる月光に心身を清められた登山体験──の残響を感じるのは，はたして筆者一人であろうか。

                    ...neither evil tongues,
Rash judgments, nor the sneers of selfish men,
Nor greetings where no kindness is, nor all
The dreary intercourse of daily life,
Shall e'er prevail against us, or disturb
Our cheerful faith, that all which we behold
Is full of blessings. Therefore *let the moon
Shine on thee in thy solitary walk*;
And let the misty mountain-winds be free
To blow against thee....
                    (128-37. 強調筆者)

　　　　　　……悪口雑言も，
　思慮を欠く非難も，自分本位な人々の冷笑も，
　優しさの無い挨拶も，日常の

> あらゆる憂鬱な交際も，
> けっして僕たちを屈服させることはなく，
> 僕たちの信念をかき乱すこともない──
> 目に触れるものすべてが祝福に満ちているという信念を。
> だから，君の孤独な散策の折りには，
> 月光を浴びるのだ，そして，その身を
> 霧を運ぶ山風に思うさま吹かれるがいい……。

　1793年から1798年にかけてのほぼ5年間の原体験──＜歩行＞を介しての自然（'genius loci'）や人との霊的交わりによる想像力の発動，その結果としてのメランコリーからの脱出という体験──は，言わば陰画（ネガ）となって，それより以前に蓄積されていたワーズワスの過去の類似体験に，明確な方向性を持つ一連の映像を投射することになる。その結果生まれるのが，種々の "spirits" が活躍するあの一連の 'spots of time' 詩行であり，また，*The Prelude* 全編に見られる詩人の "wandering" と "melancholy" へのこだわりでもあった。

（4）

　上に述べてきたことを，*The Prelude* 第6巻の有名な「Simplon 峠越え」詩行に即して確認してみたい。ワーズワス自身の言葉を信じれば，[20] 'Simplon Pass Lines' は1799年（実際の登山体験の約10年後）に書かれたものである。1790年のアルプス徒歩旅行時のこの体験は，先に触れた通り，*Descriptive Sketches*（1791-92年作）の作者が絶対に書き得なかったものである。つまり，'Simplon Pass Lines' は，1793年以降のワーズワスのメランコリー体験が無かったならば，生まれてこなかったかもしれない作品なのだ。そこには予想通り，メランコリーとそこからの回復という，先述の 'sublime' な心理的「上昇」の構図が潜んでいる（引用詩

句中の強調は総て筆者)。

(ヘ) Far different *dejection* once was mine——
　　 A deep and genuine sadness then I felt——
　　　　　　　　　　　　(6. 491-92)

これとは遙かに異なる憂鬱を私は一度味わった，
深い本物の悲苦を私はその時味わった。

(ト) The dull and heavy [1850: "The *melancholy*"] slackening
　　　　　　　　　　　　　　　　　　which ensued
　　 Upon those tidings by the peasant given
　　 Was soon dislodged....
　　　　　　　　　　　　(6. 549-51)

その農夫の知らせを聞いて起こった
陰鬱な重たい気抜け状態は
やがてまもなく取り除けられた……。

(チ) That night our lodging was an alpine house,
　　 ………………
　　 A *dreary* mansion, large beyond all need,
　　 With high and spacious rooms, deafened and stunned
　　 By noise of waters, making innocent sleep
　　 Lie *melancholy* among weary bones.
　　　　　　　　　　　　(6. 573, 577-80)

その夜，私たちは高山のとある家に止宿した——

　　　　　………………
　　　それは陰鬱な館で，だだっ広く
　　　天井の高い広々とした部屋を持ち，水流の音が
　　　轟々と耳を聾し，疲れた体には
　　　無心の眠りが憂鬱に宿った。

詩人の，異常な程のメランコリーへのこだわりに注目しなければならない。（第6巻には，この他にも興味深いメランコリーへの言及が見られる。）引用（ヘ）と（ト）の間に有名なImagination論が来，（ト）と（チ）の間にこれまた有名なGondo Gorgeの黙示録的風景描写が入る。これらの詩行において，ワーズワスは，想像力が持つ創造的・啓示的な力だけでなく，その治癒能力（healing power）をも強調している様に見える。"dislodged"や"lodging"という単語の巧みな用法に見られる通り，想像力が働いている間だけワーズワスはメランコリーの谷底から「上昇」する——脱出する——ことができたのである。

　これらの詩行を通じて，ワーズワスは＜歩行＞という身体活動と連動して働く想像力（Imagination）のサイコソマティック（精神身体医学的）な治癒効果を強く示唆している，と言える。[21] これは，18世紀的メランコリーの伝統の枠内に留まる *Descriptive Sketches* のアルプス描写（執筆は1791-92年）にはほとんど見られないものである。'Simplon Pass Lines'には，明らかに1793年夏の歩行体験（特にスノードン体験）の心理的影響が色濃く窺える。1792年のフランス体験およびその後のメランコリーの時期以前にワーズワスが'Simplon Pass Lines'を書き得なかったのと全く同じ理由で，1791年のスノードン登山は，'Snowdon Lines'を生み出す原動力とはなり得なかったはずである。かくして，メランコリーとそこからの回復（上昇）という'sublime'な'Simplon Pass Lines'の構図そのものが，「スノードン登山」詩行1793年説を支持することとなる。

ワーズワス自身は、フランスから帰国した1792年末から1795年秋までの問題の極限的メランコリーの時期を、次の様に描写する。

> Three years, until a permanent abode
> Received me with that sister of my heart
> ………………
> I led an undomestic wanderer's life.
> In London chiefly was my home, and thence
> Excursively, as personal friendships, chance
> Or inclination led, or slender means
> Gave leave, I roamed about from place to place,
> Tarrying in pleasant nooks, wherever found,
> Through England or through Wales....
> 　　　　　　　　　　　(13. 338-39, 343-49)

> 私と最愛の妹を終の棲家が
> 受け入れてくれるまで、3年の間、
> ………………
> 家庭を知らぬ放浪者暮らしを私は送った。
> ロンドンに主として暮らし、そしてそこから、
> 友に誘われ、偶然や気の向くままに
> わずかな路銀が許す限り、
> 私は諸処を歩き回った。
> 居心地の良い場所では滞在を延ばし、
> イングランドやウェールズを放浪した……。

ここで"Excursively"という語に注目する必要がある。ワーズワスは、

The Prelude において三つの "excursion" ── つまり，第6巻の「シンプロン峠」，第12巻の「ソールズベリー平原」，それに第13巻の「スノードン登山」に言及する (7.57; 13.1 参照)。私には，この事実が 'Snowdon Lines' 1793年説の根拠となり得るように思われる。確かに，しばしば指摘される通り，*The Prelude* においては個々の体験は必ずしも厳密にクロノロジカルには描かれない傾向が見受けられる。しかし，詩人の人生の節目節目に起こった重要な出来事に，基本的な順序の乱れは認められない。そして，ワーズワスのソールズベリー平原での体験が1793年夏のものであったことに疑問の余地は無い。そうであれば，*The Prelude* 第12巻末尾のソールズベリー平原体験（そこにはStonehengeの地霊との交渉場面 [12.337-53] すら登場する）を直接受ける形で，"In one of these excursions" と語り始められる第13巻のスノードン体験は，*The Prelude* のコンテキストからして，ソールズベリー体験後の出来事と考えるのが妥当であろう。時期的には ── 実に意味深いことに ── この二つの歩行体験の中間に "Tintern Abbey" のワイ河畔体験が挟まる形になる。時間的に連続したこれら三つの体験の同質性は，各体験とそれに続く詩人の思索を記録する詩句（とりわけ *The Prelude* 第12巻 278-314 行，同 354-79 行，"Tintern Abbey", 93-111 行，*The Prelude* 第13巻 66-172 行など）を比較・対照すれば自ずと明らかになる。下にその一端を示せば ──

>   ...and I remember well
>   That in life's everyday appearances
>   I seemed about this period to have sight
>   Of a new world ── a world, too, that was fit
>   To be transmitted and made visible
>   To other eyes, as having for its base
>   That whence our dignity originates,

That which both gives it being, and maintains

A balance, an ennobling interchange

Of action from within and from without:

The excellence, pure spirit, and best power,

Both of the object seen, and eye that sees.

　　　　　　　(*The Prelude*, 12. 368-79)

　　……そして，今でも鮮やかに記憶に残っている──

日々の人生の外観の内に

新世界を見る眼力を，この頃私は

獲得したかに思われた。その世界とは，

他の人々の目にも明示されるのが相応しい

世界であった。なぜなら，その世界の基盤には，

人間の尊厳を生み出し，在らしめると同時に

バランスを維持するものが存したからだ──

つまり，人間の内部と外部からの

働き掛けの気高い交歓を維持し，

見られる客体と見る目が共に持つ

卓越，純粋な霊，最良の力を維持するものが。

　　　　　　　And I have felt

A presence that disturbs me with the joy

Of elevated thoughts; a sense sublime

Of something far more deeply interfused,

Whose dwelling is the light of setting suns,

And the round ocean and the living air,

And the blue sky, and in the mind of man:

A motion and a spirit, that impels
All thinking things, all objects of all thought,
And rolls through all things.
　　　　　　　("Tintern Abbey," 93-102)

　　　　　そして，私は一つの存在を感じた，
その存在は，高揚した思索の喜びで私の心を騒がせる。
それは，より深く混じり合う何物かに対する
崇高な感覚である。その何物かは
沈む夕日の光の中に住み，
丸い大洋，活ける大気，
碧空，そして人の心に住まう。
それは，一つのそよぎ，一つの霊であり，
あらゆる思考する物や思考の対象を突き動かし，
万物を貫流するのだ。

　　　　　　　　　　　…above all,
One function of such mind had Nature there
Exhibited by putting forth, and that
With circumstance most awful and sublime:
That domination which she oftentimes
Exerts upon the outward face of things,
So moulds them, and endues, abstracts, combines,
Or by abrupt and unhabitual influence
Doth make one object so impress itself
Upon all others, and pervades them so,
That even the grossest minds must see and hear,

And cannot chuse but feel.
                    (*The Prelude*, 13. 73-84)

　　　　　　……とりわけ，
この様な心が持つ一つの機能を，
「自然」はそこに示していた──
「自然」がしばしば事物の表面に及ぼすあの支配力を
この上なく畏怖に満ちて崇高な環境の下で
発揮することによって。
この様に「自然」は，事物を形作り，賦与し，抽出し，結合し，
唐突な常ならぬ力を奮って
ある事物を他の諸々の事物に刻印させ，
かくして万物に浸透する。
そのため，いかに粗雑な心の持ち主でも
見て，聴いて，そして感じざるを得ないのだ。

他ならぬ「人間の心と自然との類縁性」("this analogy betwixt / The mind of man and Nature")および人間の心と自然の心の交流・交歓を雄弁に語る，これらの詩行に盛り込まれたイメージと思想の著しい類似（しかも1793年以前の作品には見られない類似）こそが，'Snowdon Lines' 1793年登山起源説の有力な証拠である。Havens や Jonathan Wordsworth が強く主張する様に，仮に1791年の登山体験が 'Snowdon Lines' に＜情景描写の素材＞を提供したと仮定しても──＜情景描写＞に限って言えば，確かにその可能性は少なくない[22]──'Snowdon Lines' に盛り込まれた＜詩人の感懐と思想＞は決して1791年当時のものではあり得ない。それは，本質的に1793年の一連の "excursion"（歩行体験）とその後の思索の記録であり，「新しい世界への眼力」("sight / Of a new world")を獲得した詩人ならではのものなのだ。

　ここで結論を言えば，'Snowdon Lines'は，1791年と1793年の複合体験（前者は主として物理的——後者は心理的——体験）に，その後の詩人の "after-meditation"（*The Prelude*, 3. 648）が加味されたものである。[23] とすれば，'Snowdon Lines'には，ワーズワスが1791年に見た＜夜明けの霧の光景＞とこれに類似した1793年の＜真夜中の霧の光景＞がモンタージュされていることが推測される。つまり，1793年の体験には，1791年の体験の追体験という側面があり，その分余計に強烈に，再度のスノードン体験は詩人の心に刻み込まれたのであろう。この様な事情をわきまえない読者にとって，"The Ascent of Mount Snowdon, made when he was twenty-one [i.e., in 1791], had a climactic importance for Wordsworth." という評家の発言は，[24] 結果的に事実を誇張・歪曲するものであり，詩人の成長の真実の軌跡をくらます危険性を秘めている。

（ 5 ）

　'Snowdon Lines'の最初の草稿が一旦完成した時点（1804年3月頃）での「スノードン登山」詩行の全貌を，我々はDuncan Wuが編集・再構築した *The Five-Book Prelude* からかなり正確に知ることができる。[25] これと比較・対照してみると，翌1805年5月に完成された13巻本 *The Prelude* の当該個所には詩句の配列の上で著しい変更が施されているのが分かる。ケンブリッジ大学在学中の夏期休暇（1788年，1789年）の散策 "Those walks"（*The Five-Book Prelude*, 4. 1, 6）とそれに纏わる「廃兵」との遭遇体験（4. 195-322）に触れる詩行の直後に置かれる *The Five-Book Prelude* 中の 'Snowdon Lines' は——一切の先入観を交えずに読めば——時間の流れから言って，どちらかと言えば大学卒業の年（1791年）の夏に行なわれたウェールズでの最初の登山体験を連想させるものである。だが，13巻本 *The Prelude* では，*The Five-Book Prelude* の第4巻と第5

巻の間に合計 8 巻（Books 5-12）に上る詩行——ロンドン時代，フランス時代，フランスから帰国後の放浪時代を描く詩行——が挿入され，'Snowdon Lines' を 1791 年から遠ざける形になっている。その結果，13 巻本 The Prelude においては，The Five-Book Prelude 第 5 巻を構成する詩行に次の様な逆転現象が生じる。そこでは当初の第 5 巻 1 − 142 行が第 13 巻冒頭へ，また第 5 巻 143 − 389 行が第 11 巻へ分属させられることになるのである。ここには明らかに詩人の "after-meditation" が働いている。この「後思案・内省」の直接のきっかけとなったのは，1805 年 2 月 5 日に起こった弟 John Wordsworth の水難死であったに違いない。[26] この事件の後ワーズワスは強度のメランコリー状態に陥る。[27] そして，そのことを物語るかの様に，新たに書き加えられた 13 巻本 The Prelude の詩句（特に第 6 巻，第 8 巻，第 10 巻）は —— The Five-Book Prelude には見られなかった形で —— 強いメランコリーの気分を漂わせている。

では、なぜこの様な現象が生じたのであろうか。その原因は，ワーズワスの罪の意識の強さにあったように思われる。読者は，そもそも The Five-Book Prelude の結末部（5. 345-89）そのものが詩人の後悔と罪の意識で結ばれていたことを想起すべきである——

> The event [i.e., the death of William's father],
> With all the sorrow which it brought, appeared
> A chastisement; and when I called to mind
> That day so lately past, when from the crag
> I looked in such anxiety of hope,
> With trite reflections of morality,
> Yet with the deepest passion, I bowed low
> To God, who thus corrected my desires.
>
> (5. 368-75)

　　　　　　　その出来事は，
それがもたらす悲しみのゆえに，
さながら天罰かとも思われた。
だから，過ぎ去ったばかりのあの日を ──
あの岩から熱望に目を凝らしていた，あの日を思い出せば，
陳腐な道徳的反省の念とはいえ，
この上なく深い熱情を籠めて，私は深々と頭を垂れた，
私の欲望をその様に正してくれた神に対して。

　この様な気質の詩人にとって，最愛の弟ジョンを失うという経験が心理的にどのように作用したかは，容易に想像できる。詩人は，弟の死を己の生き方に対する天罰 ("chastisement") と解したに相違ない。そしてそのことは，一旦書き上げられていた半生記（自伝詩）の内容 ── 楽天的で，ときに無反省とも見えかねない自然と人間（自己）への賛美 ── の再点検を厳しく詩人に要求したはずである。その結果は，13巻本 The Prelude が物語る通りである。そこには，己の人間的弱さ（犯した罪）に対するワーズワスの深い反省と悔悟の念が看て取れる。詩人は ── カムフラージュされた形でではあるが ── 第9巻では Annette との秘密の恋愛事件に触れさえする。13巻本 The Prelude （特に第6-12巻の部分）は，罪の意識とメランコリーに苛まれたあの時期がなければ ── そして，「歩行」（とそれに付随する神秘的自然／人間体験）によるそこからの回復・救済がなければ ── 真の意味での詩人ワーズワスの誕生はあり得なかったことを強く示唆している。（第11巻，第12巻に付された副題 "Imagination, How Impaired and Restored" が，象徴的にそのことを示している。）次の詩句には文字通り詩人の万感が籠められていることを，読者は知るべきである ──

> I prized such walks still more; for there I found
> Hope to my hope, and to my pleasure peace
> And steadiness; and healing and repose
> To every angry passion.
>
> (12. 178-81)

私はその様な散策をなおさら尊重した。なぜなら，
そこには希望を育む望みと，悦びを生む平安と
心の落ち着きと，あらゆる激情への
癒しと休息とが有ったからだ。

　この様な詩句を受ける形で，第13巻の冒頭に 'Snowdon Lines' が置かれるとき，そこに語られる感懐と思索は ―― 少なくとも詩人の心情・実感としては ―― もはや到底フランス体験（1791年11月から1792年11月）以前のものではあり得ない。'Snowdon Lines' が比較的単純な＜歓喜の歌＞から複雑な＜内省の歌＞へと密かにその性格を変えたとき，この詩行は実質的に1793年登山体験の記録へと変貌を遂げるのである。

註

(1) 本論の原型となる部分は，日本英文学会第64回大会（平成4年5月24日，西南大学）において口頭で既に発表されたものである。
(2) たとえば、以下を参照。Mary Moorman, *William Wordsworth: A Biography: The Early Years 1770-1803*, vol. 1 (1957; Oxford: Oxford UP, 1968) 162*n*.: "De Selincourt would date the incident in 1793, during his second visit to Wales, but it seems more natural to include it in the 'pedestrian tour' in which Beddgelert and Snowdon are both mentioned. The description in *Prel.* XIV should be compared with *D.S.* (1793), ll. 495-505, where a similar scene, but by daylight, of a valley filled with mist out of which ascends the sound of 'unnumbered streams', is recorded. This is the only passage in *D.S.* to which

Wordsworth himself refers in his note on the poem. *P.W.* i, p. 324";
Stephen Gill, *William Wordsworth: A Life* (Oxford: Oxford UP, 1989)
50.

（3）以下を参照。Mark L. Reed, "Wordsworth's Early Travels in Wales"
(Appendix VII) in *Wordsworth: The Chronology of the Early Years
1770-1799* (Cambridge, MA: Harvard UP, 1967) 315: "W [Wordsworth]
makes no clear distinctions in his writings between his two early trips
to Wales, from late May to mid-Sept 1791 and from sometime by 27
Aug until perhaps as late as c 15 Sept 1793. Some uncertainty thus exists about what W saw and did in Wales at either time. It is difficult to
arrive at final conclusions even concerning the itinerary of the 1791
walking tour, when he and Jones 'visited the greater part of North
Wales.' ...it is reasonable to suppose...that Mem I, 71, T. H. Bowen
(*English* VIII, 1950, 18), and Moorman I, 161-2, are correct in their
assumption that the Snowdon climb took place in 1791"; R. D.
Havens, *The Mind of a Poet* (Baltimore, MD: Johns Hopkins P, 1941)
607-08; Jonathan Wordsworth, "The Climbing of Snowdon" in *Bicentenary Wordsworth Studies in Memory of John Alban Finch*, ed.
Jonathan Wordsworth (Ithaca, NY: Cornell UP, 1970) 449-74;
Jonathan Wordsworth, *William Wordsworth: The Borders of Vision*
(Oxford: Clarendon P, 1982) 310-15.

（4）R. D. Havens は，'Snowdon Lines' 1791 年登山起源説の根拠として6つ
の理由を挙げるが，そのうち ── 客観的に見て ── 有力な根拠となり得るも
のは2つに過ぎない。1つは，Christopher Wordsworth の *Memoirs
[Memoirs of William Wordsworth,* vol. 1 (1851; New York: AMS P,
1966) 15] に詩人自身の次の発言があることである ── "After taking my
degree in January, 1791, I went to London, stayed there some time,
and then visited my friend Jones.... Along with him I made a pedestrian tour through North Wales, for which also see the Poem [*The
Prelude*]." もう1つの根拠は，1793年の2度目のスノードン登山以前に出
版された詩人の作品 *Descriptive Sketches* 初版中（495-505）に 'Snowdon
Lines'（43-44, 56-59）に類似した詩句が見られることである。後者は，1791
年説を採る Jonathan Wordsworth (*Bicentenary Wordsworth Studies
in Memory of John Alban Finch* 451-53 参照)の強い支持を得ている。し
かし，仔細に読めば，*Descriptive Sketches* の当該箇所（492-511）には
'Snowdon Lines' と食い違う点も少なくないのである。例えば，一方が
「朝」の光景を描くのに対し，他方は「夜中」の光景を描出する。しかも，こ
の箇所には James Beattie の *The Minstrel*（Part 1, Stanza 23）や

James Clarke の *A Survey of the Lakes*, 更には Thomas Pennant の *A Tour in Wales* という材源があることが既に指摘されている（Gill 50-51n. 参照）。極端な言い方をすれば，1791年のスノードン登山体験が無くとも，Wordsworth は *Descriptive Sketches* 中の件の一節を書いたかもしれないのだ。'Snowdon Lines' の「月光」が詩人による脚色である可能性を示唆する Jonathan Wordsworth の説（*Ibid.*, 456: "One could argue that the light by which Wordsworth originally saw the mist in 1791 was not the moon, but the sun."）は，余りに恣意的な臆測と言わざるを得ない。

(5) John Spencer Hill, ed., *The Romantic Imagination: A Casebook* (Basingstoke, Hampshire: Macmillan, 1977) 51.

(6) *The Prelude* 関係の引用は，Jonathan Wordsworth et al., eds., *The Prelude: 1799, 1805, 1850* (New York: Norton, 1979)に拠る。特に断らない限り，*The Prelude* への言及は1805年版に基づく。*The Prelude* 以外の作品からの引用は，Ernest de Selincourt and Helen Darbishire, eds., *The Poetical Works of William Wordsworth*, 5 vols. (Oxford: Oxford UP, 1940-49)に拠る。以下 *PW* と略記する。

(7) *The Prelude, or Growth of a Poet's Mind*, ed. Ernest de Selincourt (Oxford: Oxford UP, 1926) 599.

(8) Havens 607-08 を参照。

(9) *The Prelude or Growth of a Poet's Mind*, ed. Ernest de Selincourt, rev. Helen Darbishire, 2nd ed. (Oxford: Oxford UP, 1959) 622.

(10) Jonathan Wordsworth et al., eds., *The Prelude: 1799, 1805, 1850*, 497. 興味深いことに，ワーズワスの草稿（MS. W）には "sundry others" の実例として6つの擬似スノードン体験が書き残されている（*The Prelude: 1799, 1805, 1850*, 497-99 参照）。これらの断片的詩句（いわゆる "the analogy passage"）は，'Snowdon Lines' の秘められた性質を照射し，それがフランス体験後（1792年以降）の挫折と苦悩を経た詩人の体験としか看做し得ないことを暗示している。6つの体験とは，①嵐の空にそびえ立つ，不動の虹，②澄み切った "moonlight sky" を背景に立つ，"A borderer dwelling betwixt life and death" としての馬，③未知の海へ勇敢に乗り出すコロンブスとその部下たち，④慌てず，騒がず，嵐の海に飲み込まれ，命を落とす Sir Humphrey Gilbert, ⑤ムーア人の捕虜となるも，決死の脱出に成功する Mungo Park, ⑥嵐に翻弄されながらも，過去の行ないを悔い，神に祈ることにより，夜明けの光（救いの光）を海上で迎える Dampier。以上のうち①と②は詩人の実体験，③～⑥は，詩人の読書体験である。これらの詩句（特に⑥）を参照すれば，「詩人の罪を洗い流し，その魂を救う，恩寵たる神の光」としてのスノードンの「月光」の象徴的意味が明らかになる

はずである。この点については更に後述する。
(11) *PW*, 1. 43.
(12) *PW*, 1. 52*n*. を参照。
(13) たとえば、*The Prelude* (1805), 6. 190-98 を参照。
(14) 心ならずも身重の恋人をフランスに置き去りにした形でのイギリスへの帰国は、ワーズワスに抜き難い罪の意識を植え付けることになった。市民革命への共感と一体化したフランス愛と祖国イギリス愛との間の板挟み状態も、ワーズワスの苦しみを倍加した。Emile Legouis, *William Wordsworth and Annette Vallon* (1922; Archon Books, 1967) 28-39 を参照。
(15) Letter to William Mathews, 3 August 1791. *The Letters of William and Dorothy Wordsworth: The Early Years 1787-1805,* ed. Ernest de Selincourt, rev. Chester L. Shaver, 2nd ed. (Oxford: Clarendon P, 1967) 55 を参照。
(16) たとえば、*OED* の 'devil' の項目には、次の定義がみられる。Devil [2, d]: A baleful demon haunting or possessing the spirit; a spirit of melancholy; an apparition seen in delirium tremens.
(17) この点については、次の論文が示唆に富んでいる。Alan J. Bewell, "A 'Word Scarce Said': Hysteria and Witchcraft in Wordsworth's 'Experimental' Poetry of 1797-1798," *ELH* 53. 2 (1986): 357-90.
(18) ワーズワスは "The Idiot Boy" (228, 369) でも "goblin" なる語を用いている。また、1793年から1794年にかけて書かれた *Salisbury Plain* (後に *Guilt and Sorrow* として改題・改作される) には、＜地霊＞としての悪魔への言及 (84-85 行) が見られて、興味深い── "To hell's most cursed sprites the baleful place / Belongs, upreared by their magic power." Stephen Gill, ed., *The Salisbury Plain Poems of William Wordsworth* (Ithaca, NY: Cornell UP, 1975) 23 を参照。
(19) *Acts*, 9: 1-18 を参照。なお、月光による悪魔祓いについては先に触れた詩 *Salisbury Plain* の 190-98 行を、また太陽の光による悪魔祓いに関しては同詩 352-60 行を参照。1793年から1794年にかけて書かれた一連の詩行と 'Snowdon Lines' に共通に見られる類似した詩人の感性・思考法は、'Snowdon Lines' 1793年起源説の傍証となり得る。
(20) *PW*, 2. 506 を参照。
(21) この点に関しては、拙論「ワーズワスと歩行」(日本イギリス・ロマン派学会『イギリス・ロマン派研究』第14号 ［1990年3月発行］, 25-32 頁) を参照。
(22) 本論の注 (2), (4) を参照。
(23) 1798年の1月に書かれた作品 "A Night-Piece" に盛り込まれる類の＜月光体験＞も、詩人の "after-meditation" を刺激したに相違ない。Jonathan Wordsworth, *William Wordsworth: The Borders of Vision* 312-17 を

参照。
(24) Jonathan Wordsworth et al., eds., *The Prelude: 1799, 1805, 1850*, 458.
(25) Duncan Wu, ed., *William Wordsworth: The Five-Book Prelude* (Oxford: Blackwell, 1997) 134*ff.*を参照。
(26) 弟ジョン水難死のニュースを聞いて後の詩人の *The Prelude* 執筆振りについては, Mark L. Reed, ed., *Wordsworth: The Chronology of the Middle Years 1800-1815* (Cambridge, MA: Harvard UP, 1975) 281-90 を参照。
(27) *The Letters of William and Dorothy Wordsworth: The Early Years 1787-1805*, 545-49, 554-58, 562-66 を参照。

'A Poet Speaking to Men' の誕生と
ワーズワスの平等の意識[1]

初井貞子

　William Wordsworth (1770-1850) が活躍した18世紀後半から19世紀初頭にかけて，ヨーロッパでは知的関心の重心が平面の思考から垂直の思考へと大きく移動した時代であった。生物学においては，視覚で把握できる特徴を記述し，特徴の類縁関係を手がかりに分類体系を構築していくリンネの植物学から，目に見えない器官の機能を結びつける近代生物学が成立し，ダーウィンの進化論に至る展開が19世紀の科学の典型をなす。これは，また，18世紀を代表する学問が，世界を分類し空間秩序を構築する博物学であるのに対し，19世紀を代表する学問が，できごとの展開を時系列の中で結び付け，時間の展開として捉える歴史学であることも，同じ時代思潮として理解することができよう。[2]

　このような思考の空間が大きく移動した時代思潮のなかにあって，ワーズワスもまた過去と現在と未来の時系列の中で自我を確認し，記憶を想像力の源とした。何よりも人間の心理に興味を抱き，迷信や狂気や呪いに異常な関心を示し，物語を筋書きのおもしろさで語ることをやめ，人間の感情を語り始めた。[3]

　しかし，彼も最初からそうであったのではない。ワーズワス個人の精神史に目を転じてみると，「視覚」('eye') による認識のもたらす喜びに満足していた時期から「精神」('mind') の領域へと関心の重心が移行している。いつの時点で彼が 'mind' の支配に身をゆだねたか，つまり，いつの時点でピクチャレスクの影響下から脱したかは簡単には規定できない。

しかし，*The Borderers*（1797年秋に完成），*The Ruined Cottage*（1798年3月5日までに MS. B の形で完成）[4] を経て 1798年 *Lyrical Ballads, with A Few Other Poems*[5] を世に出した時，この時，ワーズワスは「感情」（'passions', 'feelings'）を，しかも下層の人々の感情を，描く詩人として姿を現した。

この 1798年 *Lyrical Ballads* につけられた短いが革新的な 'Advertisement' は，詩の「用語」と「題材」両面について新古典主義に真っ向から異議を唱えるものであった。それは，1800年，1802年，1805年と *Lyrical Ballads* が版を重ねるごとに，'Preface' として彼独自の詩論が展開される場となり，1802年には 350行余の詩人論が付け加えられた。しかし，興味深いことに 1805年の 'Preface' の改訂は，二三の言葉の改訂のみに留まっている。[6] この事実は，ワーズワスの詩論および詩人論は，1802年には，ほぼ確立していたことを示唆するものと考えてよいであろう。彼が到達した詩人像は，人間の「感情」，それも下層の人々に見られる「感情」を読者に「語りかける詩人」（"He [a Poet] is a man speaking to men"）であった。ここに下層の人々の感情を読者，つまり，読者層の大半を占めていた上流階級，および中産階級の人々に語りかける詩人，「下層」と「上層」を繋ぐ介在者としての詩人の姿が浮かび上がってこよう。彼が，詩人こそ人間社会という壮大な有機体を創り得ると考えた所以である。

さて，このような詩人論が形成された背景には，1790年代の詩や *A Letter to the Bishop of Llandaff*（1793年2月－3月）に顕著に見られる救済されるべき対象としての下層の人々が，読者を教育するためのお手本となる，という下層の人々に対する認識の転換があった。その転換は，1790年代後半に彼が到達した自然認識と密接に結びついてなされたのではなかったか。本稿は，1798年 *Lyrical Ballads* のための詩作のころから 1802年頃までに焦点をあて，ワーズワスが「語りかける詩人」像を見い

出し得たその要因を明らかにしようとするものである。また，その上で「語りかける詩人」に内在する平等の意識に注目し，人間の救済は政治革命や社会革命によって実現されなかったが，詩作によって平等の意識を人々に語り継ぐという意味において，ワーズワスがリベラルな詩人であったことを主張するものである。[7]

（1）なぜ "Low and rustic life was chosen" なのか？

　農村は，新古典主義時代にも確かに詩の題材として詠われていた。しかし，Virgil の *Georgics* をお手本とする James Thomson（1700-1748）の *The Seasons*（1726-1730）に見られるように，農村の風景や生活は牧歌的田園風景の一部を構成するものとしてしか，詩の題材にはなり得ないと考えられた。農村の苛酷な環境の中で生きている個々の人間の息遣いは聞こえてこない。また，ワーズワスと同時代に生きた Jane Austen（1775-1817）は，「小説を書くには田舎の数家族があれば充分だ。」（"Three or four families in a country village is the very thing to work on"）とし，ワーズワスと同様に人間の心理や感情に興味の中心を置いた。しかし，彼女は自分の属する中産階級の生活には困らない層を主題とし，ワーズワスは下層の人々を題材として詩を書く実験を試みた。なぜ彼は下層の人々に魅了されたのか，この問題から考察を始めよう。

　人間を解放し自由と平等をもたらすフランス革命の理念に共鳴した彼が，下層の人々の悲惨な生活を描いて社会の矛盾を告発しようとしたことは十分予想される。しかし，1798年 *Lyrical Ballads* 執筆時には既に，ワーズワスの興味の中心は，社会革命や政治革命から人間の心理の動きに移行していた。その状況を確認しておこう。

　1793年2月に英仏戦争が宣言されると，革命後のフランスの自由を弾圧する英国軍に対するワーズワスの共和主義者としての反発が *Salisbury Plain*（1793年−94年執筆）を生むことになる。保守的なランダッフの主

教の説教に異議を唱えるために，戦争によって放浪の身に陥った女の物語が語られ，圧制者の横暴に詩人はヒステリックに抗議する。[8] これに対して，*Adventures on Salisbury Plain* (1795年9月－11月執筆) の草稿では，'traveller' は 'sailor' として個性を与えられ，船乗りの話が物語の中心をなし，その焦点は罪を犯した善良な人間の精神的苦悩を描くことに移っている。Stephen Gill は，*Adventures on Salisbury Plain* に悪の根源は社会にあるとする Godwinism への幻滅と挫折感を読み取り，この作品を，その後，虐げられた人々の心理を描くことへと傾倒していくワーズワスの転機を示すもの，と位置付けている。[9]

The Ruined Cottage の改訂についても同様の変化が見られる。*The Ruined Cottage* にも農村に進められていくエンクロージャや1794年から95年にかけてイギリスを襲った飢饉によって，夫は英仏戦争に志願兵として家を捨てていかざるを得ず，貧困層へと転落していく政治や経済政策の犠牲となった女の悲劇が描かれている。しかし，Jonathan Wordsworth や James Butler が指摘しているように，Alfoxden Notebook (1798年1月－3月) に Pedlar の物語が加えられて *The Ruined Cottage* へと改訂が重ねられていく間に，ワーズワスの関心の比重は，Margaret の悲劇から行商人の精神的成長へと大きく移動している。[10] Pedlar の登場は，ワーズワス自身の自我を探究するための手段として導入された，とジョナサン・ワーズワスは考えている。[11] ワーズワスは後になって自己の過去へと想像力の源を求めていくが，Pedlar の登場は，彼が自我への関心を示し始めた転機を記すものとみなしてよいであろう。

ワーズワスが人間の内面に興味を移していく様子は，Alfoxden で1796年後半から97年6月ごろに書かれた "The Old Cumberland Beggar" の「副産物」('overflow') として "Old Man Travelling" (1798年1月－3月完成) が生まれた状況に如実に現れている。[12] 前者は，貧困者は人々の目につかない救貧院 ('workhouse') に押し込めてしまえという貧民救済

法への激しい抗議の詩であるが，"Old Man Travelling"では，永年の苦労と忍耐がその内面に蓄積されているが故に，若者に羨望の気持すら喚起させるほどの静けさと穏やかさをたたえている老人の姿が描かれている。草稿の余白に書かれているワーズワスの次の言葉は，政治批判に向けられていた彼の興味が人間の内面に向けられていく様子を示していて興味深い。

> The present poem has split off as a study of the inward state of the Old Man expressed in his outward form: "resigned to quietness."[13]

> この詩は老人の「穏やかさに身を任せている」外見に現れている老人の内面の状態の研究として生まれてきた。

やがて1815年版では，英仏戦争の海戦で瀕死の床にある息子に逢いに行くために老人が今歩いている，という老人と詩人との対話は削除され，詩は老人の「内に精気を秘めた静けさと朽ち果てていく老年」("Animal Tranquillity and Decay")[14]を表現することに集約されていく。このような手法は，"Resolution and Independence"（1802年）の詩的緊張には遠く及ばないものの，子だくさんの蛭取りの老人の家庭の物語が削除され，老人の持つ肉体が「不屈」という精神的な存在へと昇華されていく過程と同じもので，[15] 外面の素朴さや醜悪さなどは巧みな比喩によって削り取られ，肉体の背後に秘められた人間性が一つの精神的存在として前面に押し出されてくるワーズワス得意の手法である。

以上のような改訂の状況を考えれば，*The Ruined Cottage*を完成させた直後の1798年3月，*Lyrical Ballads*のための詩を書き始めた頃，ワーズワスは，詩を政治や社会への抗議や社会改革のアジテータの手段とすることにはすでに興味を失っており，彼の興味の中心は政治や戦争のために

虐げられた人々の心理を描くことへと，あるいは自己の成長過程における彼自身と自然との関係に移行していたと考えてよいであろう。さてこのような詩作の延長線上に，*Lyrical Ballads* の諸作品が書かれたのであるが，なぜ下層の人々がその主題に選ばれたのか，という先の疑問に戻る前に，当時の文壇において下層の人々を題材に描くことがどれ程の冒険であったかを確認しておこう。

　下層の人々を題材にすることが1798年の時点で特に斬新であったわけではないことは，Robert Mayo や Mary Jacobus によって明らかにされている。[16] 18世紀後半は，バラッド再流行の時代で，伝統的バラッドの蒐集がなされる一方で，過剰に激情を煽り立てたりセンチメンタルで読者の涙を求めるかと思うと，読者を恐怖に陥れるような gothic romance 風の雑誌投稿詩（magazine poetry）やブロードシート・バラッド（broadsheet ballads）が大流行していた。メイヨーの言葉を借りるなら「詩の過剰生産の時代」（"a period of poetic inflation"）であった。[17] その題材には下層の人々が多く扱われ，特に好んで用いられたのが，ワーズワスも頻繁に題材としてとりあげた，恋人に捨てられ赤ん坊を抱いた放浪の女や狂った女であった。

　しかし文壇における詩の評価はまだ新古典主義の基準に基づいてなされており，下層の人々を主題にすることが冒険であったことは，*Lyrical Ballads* に対する手厳しい批評によって理解できよう。*Lyrical Ballads* 出版後，早くも1798年10月には Robert Southey が，*Lyrical Ballads* の「実験」はあたら才能を浪費しているばかりで失敗だ，と断言したが，彼はその失敗の原因を，作者が意図した言語と題材の「実験」のうちの題材にあると断言している。[18] また，1802年 *Edinburgh Review* 10月号では Jeffrey が，「素朴さに対する異常な好み」（"perverted taste for simplicity"）として痛烈な批判を浴びせた。なによりも，この詩集は「実験」だと断言しているワーズワスの威勢の良さにもかかわらず，'Advertisement'の至る所から溢れ出てくる,批評家の判断によらず読者自身の判断で評価してほしいという彼の切実な感情自体,下層の人々を題材にすることがいかに破天荒のできごとであったかを,ワーズワス自身がよく自覚していたことを示唆していよう。現実には,Lyrical Ballads 初版はワーズワスや Coleridge の心配をよそに予想外に売れ,1800年6月初旬には完売という大成功をおさめたが,[19] 批判を受けることを承知の上で,なぜワーズワスは下層の人々を題材に選んだのであろうか。

　1798年 Lyrical Ballads の 'Advertisement' には,詩集の目的は,中,下層の人々を題材に彼等の言葉を使って,どの程度詩的喜びを生み出すことができるかを試みる実験であるとし,[20] 純粋に詩的言語の実験のためという以外には,下層の人々を選んだ理由については詳しい記述がない。しかし,1800年 'Preface' では,「総じて下層の田舎の人々の生活が選ばれた」("Low and rustic life was generally chosen") その理由が,4つの"because" を用いて説明されている。[21] その最初の3つの理由は要約すると以下のようになろう。すなわち,都会の人々は,虚飾に満ちた偽りの感情しか見せることがないが,田舎の人々の素朴な生活の中にこそ,人間の抱く「本質的な感情」("essential passions of the heart"),人間の「基本的な感情」("our elementary feelings") が自由に単純な形で表現され,それ故に,ワーズワスにとっては,人間の感情をより正確に観察でき,力強く伝達できると考えたのであった。あたかも科学者が物質を分析する時に純粋な物質を求めるように。人間の感情を分析するためには,それが最も基本的な形で表れる下層の人々が最も適切な題材であったと言えよう。

　しかし,彼が下層の人々を題材に選んださらに大きな理由があった。ワーズワスがその理由としてあげている最後の理由に注目したい。彼は,「下層の田舎の人々の生活では,自然の美しい永遠の姿と人間の熱情とが結合し一体となっているからだ」("because in that situation the passions of men are incorporated with the beautiful and permanent forms of nature")(22)と言う。この理由は、人々を楽しませない題材は詩に相応しくないとして、"The Idiot Boy" を批判した弱冠17歳の Glasgow 大学の学生 John Wilson に答える長い手紙（1802年6月）を想起させる。ワーズワスはこの手紙の中で、偽りの洗練さと虚栄心と自己愛しか持たない読者層と対比して、下層の人々を「最も良く自然と調和し最も素朴に生きている人々」("men who lead the simplest lives most according to nature") と説明している。(23)

　さて、ワーズワスが下層の人々に見い出したこのような自然と人間が相互に呼応しあう関係は、1798年7月執筆の "Lines written a few miles above Tintern Abbey, on revisiting the banks of the Wye during a tour, July 13, 1798" にワーズワス自身の経験を踏まえて彼独自の自然論として展開され、しばしばワーズワス特有の自然観と考えられている。しかし、ピクチャレスクに心酔していた1790年代初めから、自然の中に "one life" を感知しそれとの交感を認識するまで、ワーズワスにとって長い道のりがあったことを忘れてはならない。(24) そして、彼がこの自然観に到達したのは、丁度、Racedown や Alfoxden で *Lyrical Ballads* のための詩を書き始めた時期であったことは、特に注目に値する。こうした自然の霊との交感に喜びを見い出す自然観が認識されてこそ、彼の田舎の下層の人々の発見があったと考えられるからである。次に、1798年 *Lyrical Ballads* の諸作品が執筆された時期のワーズワスの自然認識について確認しておこう。

（2）自然への回帰 ── Return to the 'Spots'

　1797年から98年、レイスダウンやオールフォックスデンで *Lyrical Ballads* の詩が書き始められた時期は、ワーズワス自身が都会から文字通り再び自然の懐に戻ってきた時期であり、また、彼自身が自然との関係の新たなる認識に到達し始めた時期であった。フランス革命への挫折感から *Lyrical Ballads* 執筆に至る迷いの時期を、彼は、視覚の支配に甘んじ、

皮相の美しさばかりを追ってピクチャレスクに心酔していた時期であり、土地の霊の存在を見失っていた時代だった、と The Prelude 11 巻で回想している。

> O soul of Nature, that dost overflow
> With passion and with life, what feeble men
> Walk on this earth, how feeble have I been
> When thou wert in thy strength!　Nor this through stroke
> Of human suffering, such as justifies
> Remissness and inaptitude of mind,
> But through presumption, even in pleasure pleased
> Unworthily, disliking here, and there
> Liking, by rules of mimic art transferred
> To things above all art.　But more —— for this,
> Although a strong infection of the age,
> Was never much my habit —— giving way
> To a comparison of scene with scene,
> Bent overmuch on superficial things,
> Pampering myself with meagre novelties
> Of colour and proportion, to the moods
> Of Nature, and the spirit of the place,
> Less sensible.[25]　　　　　　　　　　　　(146-63)

おお，自然のたましいよ，そなたは熱情と生命に
溢れているのに，なんと弱々しい人間が
この地上を歩いていることか。私は今までなんと弱々しかったことか，
そなたが力溢れていた時に！　これは無気力になったり，

ものを受け入れるのに不適当な心の状態になったりするのも
仕方がないかと思わせるような,
そんな人間の不幸に見舞われたからではなくて,
それは,あらゆる芸術を超越した自然の事物にも
模倣芸術の法則を当てはめて,ここが好き,
あそこは嫌いと,たとえ楽しむにしてもつまらない楽しみ方をする,
傲慢さのためだった。いやさらには ―― このことのためだった。
時代の強い流行にかぶれることは
決して私の気質ではなかったとはいえ ―― つい景色と
景色の比較に身を委ねてしまい,
外面のことがらに夢中になりすぎ,色やつり合いなどの
つまらない目新しさに,勝って気ままに満足し得意になって,
自然がもたらす折々の情調とか,土地の霊には,
今ほど呼応する感性を持たなかったからだ。

　自然の美しさを眺め,その美しさを模倣し再現することをめざすピクチャレスク美学においては,自然は眺める対象でしかない。人は,場所を定め一定の距離の彼方に遠近法に従って広がる情景を眺め,色や形の釣り合いを楽しむ。しかし,ワーズワスは自然の中に「霊」を感じ,その「霊」と直接対峙し触れあうことに至高の歓びを経験した。この歓びを認識し始めた時期,つまり,忘れていた「土地の霊」("the spirit of the place")を再び見い出し始めたのが,*Lyrical Ballads* の諸作品を書き始めた頃とまさに時期を同じくする。[26]

　Geoffrey Hartman は *Lyrical Ballads* 執筆のこの時期を *The Prelude* で語られる,行方不明になった子ひつじが母ひつじの元に戻ってくる挿話を用い,"'return' to a 'spot'" の時期であったと指摘している。[27] *Lyrical Ballads* 執筆の時期に,Somerset と Lake District との違いはあ

れ，豊かな自然に包まれた 'spots'（「自然の霊の満ち満ちている場所」と理解したい）へ，彼は戻ってきたのであった。

　1798年1月から3月まで使われていた Alfoxden Notebook や 1798年3月初めまで使われていたノートブック（*The Ruined Cottage*, MS. B）には，自然の霊との交感の喜びを表白する，次のような草稿がみられる。

<pre>
                        Wonder not
    If such his transports were; for in all
                                        things
                    life
    He saw one [?s̶o̶u̶l̶ / ? mind], & felt that it was
                                        Joy.
    One song they sang, & it was audible,
    Most audible, then, when, the fleshly ear
       A̶m̶i̶d̶ ̶t̶h̶e̶ ̶v̶o̶i̶c̶e̶ ̶o̶f̶ ̶b̶r̶e̶e̶z̶e̶s̶ ̶s̶t̶r̶e̶a̶m̶s̶ ̶&̶ ̶[̶ ̶?̶w̶o̶o̶d̶]̶
    Oer come by grosser prelude of that strain
    Forget its functions, & slept undisturb=
                                        =ed.
                    (*The Ruined Cottage*, MS. B [15ʳ])⁽²⁸⁾
</pre>

　　　　　　　　　　　　　　　　　　　　　　　　　疑うなかれ
彼の恍惚の経験がそんな風であったかどうかなどと，というのはすべて
　　　　　　　　　　　　　　　　　　　　　　自然の事物の中に
　　　　　　生命
彼は一つの［？たましい／？こころ］を見たのだ，そして　それが
　　　　　　　　　　　　　　　　　　　　　　喜びだと感じた。
一つの歌を自然の事物は唄い，そして　それは聞こえた，

最も良く聞こえた，肉体の耳が
　　　そよ風や流れ[森]の音の中で
あの調べの粗雑な前奏曲に圧倒され
その機能を忘れ，また乱されることなく眠りにつく時に。

　上記の草稿は，自然に遍在する霊の存在をどのようにことばで表現すべきか，悩んでいるワーズワスの様子を彷彿させるものである。最終的に「一つの生命」('one life') として落ち着いた自然の霊とワーズワスとの交感は，Alfoxden Notebook に「神聖なる精神の緊張が解けた静かな気分」("In [? The] deep mood of holy indolence") と記され，すでにこの時点で，「賢明なる受け身の気分」("In a wise passiveness")⁽²⁹⁾ という表現が使用されている。

　さらには，同じく Alfoxden Notebook に，Pedlar の回想として，Pedlar が岩蔭で太古から続く大地に宿る霊の声に耳を傾けるエピソードが書かれている。⁽³⁰⁾

　　　　　　　　　　　he wandered there
　　In storm and tempest and beneath
　　　　　　　　　　　　　the beam
　　Of quiet moons he wandered there —— and there
　　Would feel whateer there is of power in sound,
　　To breathe an elevated mood, by form
　　Or image unprofaned —— there would he
　　　　　　　　　　　　　　　stand
　　Litsening to sounds [?t]　　are
　　Beneath some rock, listening to sounds that
　　The ghostly language of the antient

>   earth
> Or make their dim abode in distant
>   winds
> Thence did he drink the visionary power
>   (Alfoxden Notebook [20ʳ])[31]

　　　　　　　彼はそのあたりを歩いた
風や嵐の吹く中をまた静かな月の
　　　　　　　　　ひかりを浴びて
彼はそのあたりを歩いた ── そこでは彼はよく
汚れない浄化された姿や形によって，
高揚した雰囲気をかもす力を持ったものであれば，
どんなにかすかな音でも感じたものであった ── 彼はよく佇んでい
　　　　　　　　　　　　　　　　　　　　　　たものだった
様々な音に耳を傾けて
どこか岩の下で，太古の大地が奏でる
亡霊のはなすことばや
かなたの風に宿るかすかに聞こえる音に耳をすまし
そこから彼は幻影を視る力を飲み干した。

　上記草稿には，自然に遍在するものとワーズワスの側から主体的に交わる関係が "listening" や "drink" という動詞で記述されている。詩人の方から主体的に関わっていくこの関係は，"Tintern Abbey" では「自然の事物に流れる生命(いのち)を覗き込む」("We see into the life of things," 50) として表現され，主体性が強められると同時に，境界体験の瞬間の高度の緊張感が絶妙の表現で描出されることになる。
　さて，自然に遍在する「ある存在」の認識は，ワーズワスと自然を結び

付けるのみならず，さらには，人と人を結合させ連帯の喜びをもたらした。 *Lyrical Ballads* に見られる自然讃歌の詩には，その連帯の喜びに溢れている。

> To her fair works did nature link
> The human soul that through me ran;"
> ("Lines written in early spring," 5-6)

自然はその美しいかずかずの作品と
私の中に流れるひとのたましいを結びつける。

また，

> Love, now an universal birth,
> From heart to heart is stealing,
> From earth to man, from man to earth.
> ("Lines written at a small distance from my House...," 21-23)

愛が，今やいたるところで生まれ
心から心へ，大地から人に，
人から大地に密かにひろがっている。

さらには，人と人を結びつける自然は，同じ時間，空間にある人々のみならず，時空を越えて結びつけることを可能にする。"Tintern Abbey" では，過去と現在そして未来の人間を結びつける自然の力が主題となる。

以上，二三の例をあげるに留まったが，ノートブックの断片が示すように "Tintern Abbey" や *The Two-Part Prelude* に現れるワーズワスの自然観は，オールフォックスデン時代に既に芽生えていた。ここで特に強調

したいことは，上述の通り，Alfoxden Notebook は，1798年1月から3月まで使われており，ノートブック（*The Ruined Cottage,* MS. B）は1798年3月初めまで使われていたことである。*Lyrical Ballads* の詩篇の大半は3月から5月にかけて溢れるような勢いで書かれたという，[32] その直前のことであった。このような自然についての断片的な考察は集大成され体系化され，"Tintern Abbey" として一気に結実したと考えられる。この詩ほど楽しい気分で創作した詩はないとワーズワスは後年 Fenwick 女史に語り，ワーズワスと Dorothy がティンタン僧院を訪れて Bristol に到着した後一気呵成に書いた，と語っているあの有名なエピソードに，[33] 我々はワーズワスの即興的な詩作の天分を見るよりも，むしろ，彼が如何に自然についてそれまでに熟考していたか，を読み取るべきであろう。

　コウルリッジが1797年6月レイスダウンを訪問して以来，ドイツ旅行に出かけるまでの殆ど毎日，長時間を二人は共に過ごしたが，[34] そのコウルリッジとの共生の時期から，1798年3月から5月の *Lyrical Ballads* 執筆の時期に至るまでに，自然と人間との間に至高の喜びをもたらす交感関係を認識し，その交感の意識に基づいて，自然が人と人を結びつけ，時代を越えて結合させる力となり得るという彼の自然観はおおよそ確立していたと考えてよいであろう。

　一方，'Preface' やウィルソンへの返信の手紙に検討したように，下層の人々という時，ワーズワスは，「自然と共鳴し一体となって生きている人々」あるいは「永遠なる自然と事物の中に動く偉大なる霊に共鳴できる人々」と考えていた。自然の意味を再発見し自然と共鳴できることに喜々としていたワーズワスがあったからこそ，求めずして生来その資質を備えている下層の人々に人間のあるべき姿を見い出し得たと考えられる。

　ワーズワスがこの時期に自然へ回帰した理由の一つとして，フランス革命への決定的な挫折感を見過ごすことはできない。彼にとってフランス革命に歓喜する人々に心踊ったのはつかの間で，その恐怖政治を眼のあたり

にし，彼の革命への信頼感が急速に冷えていったことは *The Prelude* 10 巻に鮮明に描かれている。はたしてどの程度彼がフランス革命に心酔し，いつ彼がフランス革命に背を向けるようになったかは，John Rieder が主張するように定かではない。[35] しかし，ナポレオンがスイスに侵攻すると，ワーズワスのフランス革命への共感の気持ちは完全に消えてしまったと言われている。[36] そのナポレオンのスイス侵攻は1798年1月であった。フランス革命への挫折感が，ワーズワスに「人は人に何をしたのか？」("What man has made of man?")[37] と人と人を分離させる人間を嘆かせ，人と人を結合させる自然へと向かわせる要因になったことは容易に考えられよう。

（3）詩人の使命

　以上，ワーズワスが下層の人々を題材に選んだ理由を考察してきた。ワーズワスの詩作の重心が，社会や政治悪を告発することから「人間の感情」("human passions")や「人間性」("human characters")を描くことへと移行しており，下層の人々の生活には人間の感情が基本的な形で表れること，また，彼等が豊かな感情を抱き得るのは自然に抱かれ，自然と共鳴して生きているからであり，そのような下層の人々に価値を見い出し得たのは，この時期，ワーズワス自身が自然へ回帰した時期でもあったことを考察した。さらにもう一つ彼が下層の人々を題材に選んだ理由がある。次にその考察に移ろう。

　下層の人々を題材に彼等の言葉を使って詩を書く目的は，'Advertisement' では，「きらびやかに飾り立てた空虚なことば」("The gaudiness and inane phraseology of many modern writers")を楽しんでいる新古典主義に向けての 'poetic diction' 批判が大きな目的であった。1800年 'Preface' では，新古典主義への批判に加えて，人々の感受性を陶冶することが強調されている。すなわち，ワーズワスは，人々の間に蔓延してい

る「途方もない刺激への下品な渇望」("this degrading thirst after outrageous stimulation")と繊細な感受性が「未開のまま麻痺している風潮」("a state of almost savage torpor")を嘆き，刺激に頼らずに，本来人間が備えているはずの感動する能力を「生み出し」("produce")「増大」("enlarge")すること，これが詩人の使命であると主張している。[38] 感受性を陶冶する問題に関しては，ジョン・ウィルソン宛てのワーズワスからの返信（1802年6月）が，さらに深く考察する手がかりを与えてくれよう。

　ウィルソンへの返信はワーズワスの階級論として読むことができよう。注目すべきことは，ワーズワスが，彼自身の属する階級を「我々の階級」("people in our rank")と呼び，下層階級の人々とは明確に区別していることである。しかも，その階級は，紳士，淑女，知識階級であり，さらに付け加えて，本を買える余裕のある人としていることは注目してよいであろう。ワーズワスの時代の読者層が上，中流階級であったことが図らずも明らかにされている。

　さて，ここで，知識階級に属するワーズワスと下層階級の人々との関係を見ておこう。1793年に始まった英仏戦争に加えて1795年から96年にかけてイギリスを襲った飢饉は，当時農村に進んでいたエンクロージャをさらに加速させ，農村は貧困に喘いでいた。ドロシーは，近い将来 'the very rich' と 'the very poor' の二つの階級しか存在しなくなるだろう，という隣人の言葉を書きとめている。[39] これはワーズワスの近辺にも，エンクロージャの波が押し寄せていたことを示すエピソードである。またオールフォックスデン教区の1790年代の貧困率が1/3以上であったという数字は[40]，ワーズワスの周りにも日常的に貧困層がいたことを推測させる。ドロシーの *Grasmere Journal* には1800年5月から12月までの間に，Dove Cottage に乞食が，実に，6回も物乞いに訪れている記述が見られる。[41] このようにますます悲惨な生活を余儀なくされ貧困に喘ぐ人たちを

日常, 身近かに見ながら, しかし, ワーズワスは, 貧困は自然な事柄であり, 慈悲をかけて助けることができても, 制度上根絶する事などできないと考えていた中流階級の一人に過ぎなかったようである。[42] フランス革命の最中に, 裸足で歩く少女を見て貧困を根絶するためにこそ戦っているのだ, と叫んだBeaupuyに共鳴し,[43] 革命に希望を燃やした若い日のワーズワスではもはやない。

　下層の人々に暖かいまなざしは注ぐけれども, 自らは中流階級に位置し, 彼等との間に絶対的な距離を置いているワーズワスのスタンスは, ウィルソンへの返信には,「降りる」("descend")[44] という言葉に鮮明に表れている。自らは持てるもの("a higher rank")の側に身を置き, しかし, 持たざる者の側に「降りていって」("descend") 彼らの偉大さ美しさを認め, それを持てるものの側にも伝播しようとする姿勢に注目したい。

　さらに, 彼は, 偉大な詩人の使命は, 人間らしい感情をただ忠実に描出するだけではなく, 人々の感情を「矯正」("rectify") することだ, と言う。

> You have given me praise for having reflected faithfully in my poems the feelings of human nature; I would fain hope that I have done so. But a great Poet ought to do more than this; he ought to a certain degree to rectify men's feelings, to give them new compositions of feeling, to render their feelings more sane, pure and permanent, in short, more consonant to nature, that is, to eternal nature, and the great moving spirit of things.[45]
>
> 　　　　　（A Letter from Wordsworth to John Wilson, 1802）

君は, 僕が僕の詩の中で, 人間本来の持つ感情を忠実に表現したことを誉めてくれた。僕も実際そうだったと思いたいものだ。しかし, 偉

大なる「詩人」はそれ以上の事をしなければならない。すなわち詩人は，ある程度人々の感情を矯正し，人々に様々な構成要素からなる新しい感情を与え，彼等の感情をより健全で純粋で永続的なものに，換言すれば，自然，それも永遠なる自然と，そして事物の現象の中に動いている偉大なる霊と，より良く共鳴するようにしなければならないのだ。

1800年 'Preface' でワーズワスは，過激な刺激を求めるが故に麻痺してしまった人々の感受性を嘆いたが，その対極に，彼は，悠久の自然と，いや自然の霊と交感できる感受性を置く。富める人びとは下層階級の存在すら認めようとしないか，あるいは彼等を粗野で下品だと嫌悪感を抱く。しかし，彼等が粗野で下品だと軽蔑する下層階級の人々こそ，自然と共鳴し繊細な感情を豊かに備えているのであった。したがって，富める人びとの感性を，下層の人びとの持つ繊細な感性にまで「矯正」（"rectify"）すること，これが詩人の使命である，と彼は主張する。

　さて，18世紀啓蒙主義時代の芸術の目的は倫理的人間を形成することにあり，詩人の本分は人々を教育するということにあった。したがって，ワーズワスの読者の感性を陶冶するという詩人としての使命感は，きわめて18世紀的な啓蒙時代の時代性を示すものである。しかし，そこには，下層の人々をお手本として彼等と同じ感情を，より高い階層の人々にも植え付けるという下層から上層への発想があった。その発想の源には，フランス革命の理念に共鳴したワーズワスのリベラルな資質があったとしても，下層の人々に対する彼の距離感を考えれば，リベラルな資質だけでは納得できないものがある。彼にとっては，自然の霊と交感して生活している理想的な生活を営んでいる人びとを，他でもない，下層の人々のなかにこそ見い出し得たからではないだろうか。

（4） A Poet Speaking to Men

　さて貧困に喘ぎながらも自然の霊と交感して生活している人々の細やかな感情に人間の美しさを見，その美しさを伝え，人々の感情を矯正するという構図は，1798年3月以前に完成されていた *The Ruined Cottage* の構図と同じものである。エンクロージャと飢饉と戦争の犠牲となり苛酷な運命に生命力を徐々に削り取られていくマーガレットは，彼女を包む自然と，そしてその住居とともに息絶えてしまう。ワーズワスはマーガレットの物語に行商人と詩人を配置し，マーガレットの苦しみ耐える物語を行商人から詩人へと伝えていく構成をとった。この構図は，1797年11月から詩作が始められ，1798年3月23日に完成された[46] *The Rime of the Ancyent Marinere* にも顕著に見られる構図である。老水夫の物語を聞き終えた婚礼の客は，

> A sadder and a wiser man
> He rose the morrow morn.
>
> 　　　　　　　　　　　(657-58)
>
> 以前よりも人生の悲愴を知った賢い人間になって，
> 彼は翌朝ベッドをはなれた。

老水夫の悲愴な経験は，富裕層に属する婚礼の客に確実に語り伝えられ，彼の精神を「矯正する」効果を発揮した。
　ここで想起されるのは，*The Ruined Cottage* の最後の部分で，行商人からマーガレットの話を聞いた後の，詩人のコメントである。MS.B [43^V] および [45^r] には "I seemed a better and a wiser man"（「私は，より善良で賢明な人間になったように思えた」）と記されている。[47] ジョナサ

ン・ワーズワスは，執筆時期から考えて，先にこの表現を使ったのはワーズワスである，と考えている。[48] 二人が Quantock の丘を毎日のように一緒に散歩しながら詩想を練り，詩作に耽っていたことを考えるなら，この発想は，コウルリッジによるのかワーズワスによるのかというよりもむしろ，二人の共同産物であると考えた方が良いであろう。

そのコウルリッジは，1799年9月10日頃と思われるワーズワス宛ての手紙で，*The Recluse* の執筆に専念するように懇願した後で，フランス革命の失敗に挫折し，人間の改革など全く放棄してしまった人々のためにブランク・ヴァースによる哲学詩の大作を書く事を勧めている。

> ...I wish you would write a poem, in blank verse, addressed to those, who, in consequence of the complete failure of the French Revolution, have thrown up all hopes of the amelioration of mankind and are sinking into an almost epicurean selfishness, disguising the same under the soft titles of domestic attachement and contempt for visionary Philosophes. It would do great good and might form a part of 'The Recluse,' for in my present mood I am wholly against the publication of any small poems.[49]

……フランス革命の完全なる失敗の結果，人類の改革に対するすべての希望を捨ててしまい，ほとんど享楽的利己主義に陥っている人々や，家庭を愛するとか，理想を追ういわゆる「えせ学者先生」に対する軽蔑とかいう名目の下に，同じように享楽的な利己主義を装っている人々に向けて，君がブランク・ヴァースで詩を書いてくれればいいのだけれど。そうすれば，確かに大いにためになるであろうし，それは『隠遁者』の一部となるだろう，というのは，僕は今，短い詩を出版することには全く反対の気分なのだ。

革命の代わりに詩が「人間の改善」("the amelioration of mankind")を可能にする手段になりうることを,コウルリッジも信じており,彼は,その実現をワーズワスの *The Recluse* に託したのである。

さて,ウィルソンへの手紙で用いられた「矯正する」という言葉は,*The Prelude* の最終巻で,人間救済の詩人として歩みだそうとする詩人の自負を高らかな調子で詠いあげるワーズワスの姿を想起させる。詩人としての己れの精神の遍歴の跡を回想し,その回想の最後に見い出した人間の救済の道は,詩を人々に語る事によって人間の精神が何よりも美しいことを人々に教え,伝えていくことであった。

    Prophet of Nature, we to them will speak
    A lasting inspiration, sanctified
    By reason and by truth; what we have loved
    Others will love, and we may teach them how:
    Instruct them how the mind of man becomes
    A thousand times more beautiful than the earth
    On which he dwells, above this frame of things
    (Which, 'mid all revolutions in the hopes
    And fears of men, doth still remain unchanged)
    In beauty exalted, as it is itself
    Of substance and of fabric more divine.   (13. 442-52)

    大自然の預言者として,私達は人々に語りかけよう。
    理性と真理によって,神聖なものに純化された
    永続的な霊感を。そうすれば,私達二人が愛してきたものを
    他の人たちも愛するようになるだろう。そして,彼等に教え,
    教授することができよう。どのようにして人間の精神が,

彼等が住んでいるこの大地よりも，何千倍も美しくなるかということを。
そしてまた自然の事物が構成する世界よりも
（それは，人間の希望や不安の激変のさなかにも，
　常に変わることのないものだが）
それよりもさらに，美において高められるのだということを。
あたかも人間の精神自体が，自然の事物より
さらに神聖な物質と構造で，できているかのように。

ここに見られる人間讃歌は，「自然の預言者」（"Prophet of Nature," 442）によって語られるのであり，語られる内容は 「神聖なものに純化された永続的な霊感」（"A lasting inspiration, sanctified," 443）であることに注目したい。「神聖なものに純化された永続的な霊感」とは，"Tintern Abbey" では「より崇高な」（"more sublime," 38），「清澄な」（"serene," 42），あるいは「至福の」（"blessed," 38, 42）などの形容詞をつけて記述される，人間が人間を取り巻く事物と交感する時の純化された神聖なる経験と理解してよいであろう。そして，その神聖なる経験をもち得るがために人間は美しくなり得ることを人々に教え語りついでいく「人々に語りかける詩人」（"we to them will speak," 442）としての詩人の誕生を，彼は宣言している。ここでも彼が「矯正する」と同じ意味合いで「教える」，「教授する」（"teach", "instruct"）を用いていることに注目したい。

（5）A Levelling Poet

さて，1802年の *Lyrical Ballads* の 'Preface' には350行余を費やして詩人論が展開されている。[50] ワーズワスが「詩人とは何か？」（"What is a Poet?"）と自ら問いかけ，「詩人とは人々に語りかける人である」（"He [a Poet] is a man speaking to men"）と言う時，彼は，詩人とは一般の

人々よりも優位に立つという発想に立っていた。「人々に語りかける」という姿勢は，詩人は詩人のみに理解されていればよいのではなくて，「詩人という高みから降りなければならない」("the Poet must descend from this supposed height")といういわゆる詩語批判の文脈に見られた，詩人の高みから読者の位置まで「降りる」("descend")という発想とその基盤を同じくするものである。(51)

しかし，我々が考察してきたように，彼が目指す偉大なる詩人とは，人間と，人間をとりまく事物（人間も含めて）が呼応しあう交感作用の中で生まれる美しい感情を「教え，伝える」ことによって，人々（読者層を形成する上，中流階級の人々）の感情を「矯正する」詩人であった。そして，その交感作用を最もよくなし得るのが田舎の下層の人々であるならば，詩人とは「人々に語りかける人」と言う表現には，下層から上層への力のベクトルの仲介者としての詩人，という意味合いを読み込んでよいであろう。丁度，*The Ruined Cottage*で，貧困に打ちひしがれ，それでも健気に生きて死んだ，耐える（'suffering'）人間の偉大さを，Pedlarが詩人に伝え，また，*The Rime of the Ancyent Marinere*の下層に属する老水夫が婚礼の客に他者を愛することの大切さを教えたように。

1797年オールフォックスデンで書かれた"The Old Cumberland Beggar"には，乞食の存在意義が語られている。これは，先に述べたように，貧困者は人々の目のつかないように救貧院に押し込めてしまえ，という貧民法への抗議の詩であるが，ワーズワスの弱者に対する考え方を知ることができる。年老いた乞食は，村の家々を物乞いに回り村人から施しをもらうことによって，村人の心の中に「親切な気持ち」("The kindly mood," 92)を留めさせ，美徳と善意の行為("virtue and true goodness," 105)を知らず知らずのうちに喚起する。その意味において乞食は有用なのだ，と。人々の心に弱者への共感を喚起するという意味において，弱者の存在を認める考え方は，ウィルソンへの返信における，知恵おくれ

の子供は人々の間に無償の愛を呼び起こす神聖な存在だ,とする知恵おくれの子供の存在を擁護する議論にも見られる。知恵おくれの子どもJohnnyも,年老いた乞食も,力のない老人Simon Leeも,コミュニティに生きる人々を繋ぐ共感('sympathy')を喚起する。 さらには,弱者を主題とする詩は,下層の人々と読者(富裕層)を,階級のバリアを越えて結び付け統合する力となり得る。ワーズワスはこの共感による人々の統合を詩人の使命だと考えた。

ワーズワスは1800年の'Preface'で詩人と科学者との違いを論じている。⁽⁵²⁾ 人間は人間を取り巻くあらゆる事物と互いに作用し,また反作用する存在であるという認識の上に立って,詩人とは,その「共感」('sympathies')の様子を観察し,共感に伴って溢れ出る喜びを人々に伝え人間同士を結び付けるものである,と。詩人と科学者はともにこの共感に喜びを見い出しながら,科学者の喜びは個人的なものに留まる。これに対し,詩人は人間と人間を結び付ける存在である,と。

> ...the Poet binds together by passion and knowledge the vast empire of human society, as it is spread over the whole earth, and over all time.⁽⁵³⁾
>
> ……詩人は熱情と知識によって人々を結び付け,全地球に全時代に広がる人間社会という広大な帝国を統合する。

すでに検討したように,共感の喜びをワーズワスが認識するのは,空間の中を流れる「一つの生命(いのち)」('one life')があらゆる自然の事物や人間の中を流れ,人々と自然を結び付けることを認識したオールフォックスデン時代に始まった。彼は歓喜の声をあげた。「愛が,今やいたるところに生まれ,/人から人へ,大地から人へ,/人から大地へ密かにひろがってい

る……」("Love, now an universal birth, / From heart to heart is stealing, / From earth to man, from man to earth...")[54] と。このような自然認識は，調和のとれたヒエラルキーを構成している万物の，その存在の鎖の一番上に神が座を占め眼下を見下ろしているという，18世紀の自然観を否定することによって初めて成り立つ。詩人から読者へ，また下層の人々から読者（富裕層）へ，上下自由自在の影響を可能にする平等の意識は，この自然観とその根本において軌を一にするものである。

　ワーズワスの生きた時代にあって，大詩人をめざす彼にとっては身を貶めるとも考えられた，民衆のためのバラッドを敢てその表現形式に選んだこと，[55] また，下層の人々を題材に彼等の言葉を使ったことは充分に人々を驚かせるに足るものであった。しかし，彼の新しさは，人間の平等という問題にもっとも本質的に関わるところにあった。つまり，一方では「人々に語りかける詩人」として読者を「矯正」するという，極めて18世紀的啓蒙時代の特徴を保ちながら，他方，下層の人々に見られる「人間性の偉大さ」("The triumph of human heart")[56] を認め，それを階級を越えて「人々に語りかける詩人」として，人間と人間の間に共感を生み出し，フランス革命や社会革命では実現され得なかった人間社会の統合を，詩によって成し遂げようとしたことにある。それは，オールフォックスデン時代から *Lyrical Ballads* の詩作の時期に至るまでの，彼の自然への回帰と自然との新しい関係を結ぶロマン派の空間の発見があって初めてなされ得た。「ワーズワスのミューズは平等の女神だ」("His Muse is a levelling one")[57] と言ったHazlittの言葉を借りて，この小論を終えよう。

註

（1）1998年イギリス・ロマン派学会（第24回全国大会）では，1798年 *Lyrical Ballads* の出版200年を記念して，「リリカル・バラッヅをめぐって」と題するシンポージアムが催された（9月26日（土），於：岐阜女子大学。 司

会・発題者：吉田正憲。発題者：石倉和佳，山田　豊，および初井)。筆者はWilliam Wordsworthを担当した。本稿は，その発表の一部を論文に書き改めたものである。
(2) 18世紀から19世紀にかけての時代思潮については，武井隆通「教養小説のクロノトポス」『バフチンを読む』阿倍軍治編 (NHKブックス，1997年) 87-116ページ，W. J. ベート『古典主義からロマン主義へ』青山富士夫訳 (北星堂書店，1986年) 等から示唆を受けた。
(3) 拙著「1798年『リリカル・バラッズ』における＜実験＞」『帝京大学福岡短期大学　紀要』第12号 (2000年) を参照されたい。
(4) Mark L. Reed, *Wordsworth: The Chronology of the Early Years, 1770-1799* (Cambridge, MA: Harvard UP, 1967) 329-30; James Butler, ed., *The Ruined Cottage and The Pedlar by William Wordsworth* (Ithaca, NY: Cornell UP, 1979) 21-22. James Butlerによると，1798年3月6日には*The Ruined Cottage*は印刷できる段階になっており，1週間後にはJoseph Cottleに渡された。しかし，彼は，*Lyrical Ballads*を印刷に選んだのであった。James Butlerは，もしこの時CottleがThe Ruined Cottageを選んでいたら，イギリス・ロマン主義の幕開けはThe Ruined Cottageが担うことになったであろうと，考えている。また，ワーズワスの草稿の執筆時期を規定することは，Fenwick notesの詩作時期に関する記述には，ワーズワスの記憶に間違いがある場合もあり，非常に難しい。*The Ruined Cottage*の詩作時期についてはJonathan Wordsworth, *The Music of Humanity: A Critical Study of Wordsworth's Ruined Cottage, incorporationg texts from a manscriopt of 1799-1800* (New York: Harper & Row, 1969) にも詳しい。
(5) 以後，*Lyrical Ballads*と略記する。
(6) Wordsworth & Coleridge, *Lyrical Ballads*, eds. R. L. Brett & A. R. Jones, 2nd ed. (1963; London & New York: Routledge, 1991) 241.
(7) ワーズワスが晩年政治的に保守的になっていったことは周知のことだが，青年時代の急進的な考えをいつ頃からどの程度に捨ててしまったかについては，諸説紛々である。1798年以前に既に保守的だったという意見もあるくらいである。John Rieder, *Wordsworth's Counterrevolutionary Turn: Community, Virtue, and Vision in the 1790s* (London: Associated UP, 1997) 22, 232 参照。
(8) Stephen Gill, ed., *The Salisbury Plain Poems of William Wordsworth* (Ithaca, NY: Cornell UP, 1975) 88-89, 134-35, 257-61.
(9) Gill 12-13.
(10) Jonathan Wordsworth, *The Music of Humanity* 16-17; Butler 17-19.
(11) Jonathan Wordsworth, *The Music of Humanity* 16-17.

(12) James Butler and Karen Green, eds., *Lyrical Ballads, and Other Poems, 1797-1800 by William Wordsworth* (Ithaca, NY: Cornell UP, 1992) 110.
(13) William Wordsworth, *The Poetical Works of William Wordsworth*, eds. Ernest de Selincourt & Helen Darbishire, vol. 4 (Oxford: Clarendon P, 1940-49) 448. 以下 *PW* と略記する。
(14) Michael Mason は "animal" に次の2つの意味の可能性を挙げている。(1) 'Having to do with mental and nervous function'（Mason は, Wordsworth の時代には廃れてしまった意味だが 'Preface' ではこの意味に使われている事を根拠にしている。）(2) 'Pertaining to physical energy and constitution.' Michael Mason, ed., *Lyrical Ballads* (London: Longman, 1992) 101 参照。筆者は, *The Oxford English Dictionary*, 2nd ed., CD-ROM (Oxford: Oxford UP, 1992) の "animal" の定義（B. adj., 2) の 'Animate, living, organized, as opposed to inanimate. *Obs.* rare.' と理解し「生き生きとした」「生気に溢れた」とし "tranquillity and decay" の oxymoron と解釈したい。
(15) William and Dorothy Wordsworth, *The Early Letters of William and Dorothy Wordsworth (1787-1805)*, ed. Ernest de Selincourt (Oxford: Clarendon P, 1935) 305-06; *PW*, 5. 10-11; Mary Moorman, *William Wordsworth: A Biography, The Early Years・1770-1803* (Oxford: Clarendon P, 1957) 538 等を参照。
(16) Robert Mayo, "The Contemporaneity of the *Lyrical Ballads*," *William Wordsworth: Lyrical Ballads*, eds. Alun R. Jones and William Tydeman (London: Macmillan, 1972); Mary Jacobus, *Tradition & Experiment in Wordsworth's Lyrical Ballads 1798* (Oxford: Oxford UP, 1976) を参照。
(17) Mayo 80.
(18) *Lyrical Ballads* の同時代の批評については "Some contemporary criticisms of *Lyrical Ballads*," Brett and Jones を参照。また, William Hazlitt は *The Spirit of the Age 1825* で *Lyrical Ballads* を "the unaccountable mixture of seeming simplicity and real abstruseness" と評している。しかし, "Fools have laughed at, wise men scarcely understand them", あるいは, "To one class of readers he appears sublime, to another (and we fear the largest) ridiculous" 等の Hazlitt の言葉からは, ワーズワスの詩の真価は 1825 年になっても, 一般の人々から歓迎されなかったことが推測される。William Hazlitt, *The Spirit of the Age 1825*, Revolution and Romanticism, 1789-1834 Ser. 2. ed. Jonathan Worthworth (1825; Oxford: Woodstock Books, 1989) 233

参照。
(19) Mary Moorman 486.
(20) 'Advertisement' の "the middle and lower classes of society" は，1800年 'Preface' では "Low and rustic life"，1805年には "Humble and rustic life" と変更される。'Advertisement' での "the middle classes of society" でワーズワスがどの階層の人々を想定していたのか，また，なぜ後の 'Preface' では「中，下層」が省略されたかについては，まだ検討の余地がある。
(21) Brett and Jones 245.
(22) Brett and Jones 245.
(23) Mason 51.
(24) ワーズワスがピクチャレスクに心酔していた時代から自然と自我との間に相互関係を認識するに至る彼の自然観の推移については，また稿を改めて論じたい。
(25) *The Prelude* の引用は全て Norton Critical Edition の1805年版を使用した。 Jonathan Wordsworth, M. H. Abrams and Stephen Gill, eds., *The Prelude, 1799, 1805, 1850* (New York: Norton, 1979). また，*The Prelude* の翻訳に際しては『ワーズワス・序曲』岡　三郎訳（国文社，1968年）の恩恵を大いに受けた。
(26) ワーズワスのピクチャレスクからロマン派詩人としての自然認識への移行については，川口紘明「風景の変容── ピクチュアレスクからスポッツ・オブ・タイムまで」『英国十八世紀の詩人と文化』中央大学人文科学研究所編（中央大学出版部，1988年），川崎寿彦「ティンタン僧院の風景── ピクチャレスクからロマン主義への移行」『イギリス・ロマン主義に向けて』川崎寿彦編（名古屋大学出版会，1988年）に大いに啓発された。
(27) Geoffrey H. Hartman, *Wordsworth's Poetry 1787-1814* (Cambridge, MA: Harvard UP, 1987) 141.
(28) Butler 176-77.
(29) Butler 114-15.

```
        ⎧ a̶          calm
     In ⎨
        ⎩ [? The]  d̶e̶e̶p̶  mood of holy indolence
         A most wise passiveness in which the
                                              heart
           Lies open and is well content to feel
             As nature feels and to receive her
                                               shapes
           As she has made them.        (Alfoxden Notebook [16ʳ])
```

心は開き，自然が感じるように感じることに，
　　　自然がその姿を受け入れさせるように
　　　自然の姿を受け入れることに，十分心満たされる
　　　いと賢明なる受け身の状態で。
　　　神聖なる精神の緊張が解けた荘重な気分で
　　　　　　穏やかな

(30) これは，後に *The Two-Part Prelude* にワーズワス自身の体験として一人称で語られ，最終的には *The Prelude*, 2. 322-41 に入れられた。
(31) Butler 118-19.
(32) Mark Reed, "The Plan of the *Lyrical Ballads*," *University of Toronto Quarterly* 34 (1964-65): 245. Alfoxden Notebook が使われていた時期については Ernest de Selincourt & Helen Darbishire, eds., *The Prelude or Growth of a Poet's Mind* (Oxford: Clarendon P, 1959) xxv 参照。また MS. B が使われていた時期については，Butler 130-31 参照。
(33) *PW*, 2. 517.
(34) Samuel Taylor Coleridge, *Letters of Samuel Taylor Coleridge*, ed. Earl Leslie Griggs, vol. 1 (Oxford: Clarendon P, 1956) 525.
(35) Rieder 22.
(36) "…his anti-Napoleonic passion was not fully kindled, until the tyrant ravished Switzerland of her freedom. Thenceforward he was to Wordsworth a criminal rather than a conqueror." David Watson Rannie, *Wordsworth and His Circle* (London : Methuen, 1907) 184; Moorman 502.
(37) "Lines written in early spring" 24, 28.
(38) Brett and Jones 248-49.
(39) Dorothy Wordsworth, *The Grasmere Journals*, ed. Pamela Woof (Oxford: Clarendon P, 1991) 3. 1800 年 5 月 19 日の日記参照。
(40) Kenneth Johnston, *The Hidden Wordsworth: Poet・Lover・Rebel・Spy* (New York: Norton, 1998) 572.
(41) Dorothy Wordsworth, *The Grasmere Journals* 1-35.
(42) Johnston 572.
(43) *The Prelude,* 9. 517-18.
(44) Mason 52.
(45) Mason 52.
(46) William Wordsworth, *The Ruined Cottage, The Brothers, and Michael,* ed. Jonathan Wordsworth (Cambridge: Cambridge UP,

1985）44.
(47) Butler 256-57.
(48) Jonathan Wordsworth は, *The Ancyent Marinere* が1798年3月23日に完成されたのに対して, *The Ruined Cottage* は1798年3月10日以前に既に完成されていたことが確実であるとし, このことを根拠に, "a better and wiser man" を用いたのは, コウルリッジよりもワーズワスの方が先だと考えている。(*The Ruined Cottage*, *The Brothers*, and *Michael* 44 参照。)
(49) Griggs, 1. 527.
(50) Brett and Jones 255-61.
(51) Brett and Jones 261.
(52) Brett and Jones 259.
(53) Brett and Jones 259.
(54) "Lines written at a small distance from my House, and sent by my little Boy to the Person to whom they are addressed" 21-23.
(55) 1798年 *Lycal Ballards* におけるバラッドの新しさについては, 拙著「1798年『リリカル・バラッズ』における＜実験＞」を参照されたい。
(56) Mason 53.
(57) Hazlitt 233.

ワーズワスの「荒地」

高橋　勤

　その最も初期の作品において，William Wordsworth (1770-1850) が描いた自然は「荒地」であった。自然詩人として広く知られるワーズワスだが，初期の作品において彼が描出したテーマは自然からの疎外感であり，人間に対する深い懐疑であり，人生の苦悩という問題であった。ワーズワスの詩は，そうした意味において，近代人の苦悩を「荒地」のイメージで表現した T. S. Eliot の詩と共通する部分があると言えるかもしれない。ワーズワスが描いた自然と幼少期の記憶は，たんにノスタルジアでもまた哲学的な思索のモチーフでもなく，エリオット的な「荒地」の認識を通して再発見され，意味づけされたものではなかったろうか。[1]

　ここでぼくは，自然詩人としてのワーズワスの詩的天分を否定しているわけではない。また，「無垢」と「経験」というロマン派特有の言説を持ち出そうというのでもない。ワーズワスの詩において，自然にまつわる幼少期の体験や，いわゆる「時の点」('spots of time') とよばれる詩的な原体験にばかり注目が集中し，ワーズワスにおける苦悩の問題が批評の死角に入ってきた事実を指摘したいのである。自然はつねに再発見され，「再訪」される宿命にある。そして，自然の再発見を促すものは，個人の精神史における苦悩の体験であることを確認しておきたいのである。

　ワーズワスの苦悩の体験は，フランス革命に対する挫折という同時代的なものであるとともに，きわめて個人的な体験であったと思われる。それゆえに詩人は，その苦悩の体験を隠蔽する必要に迫られていた。読者であ

るわれわれは，このワーズワスの苦悩の本質を理解することなしに自然の意義を問うことはできないであろうし，ワーズワスにおいて重要なテーマである「愛」という問題を理解することはできないと思われる。この小論では，ワーズワスの苦悩の本質に迫り，その苦悩が詩的な体験へと昇華される過程を考察したいと考える。

（1）「ティンタン寺院」の5年間

ワーズワスにおける苦悩の問題を考える際に，一つの指標となるのが"Tintern Abbey"であろう。それは，この詩がワーズワスの精神史における「喪失と回復」という中心的な構図を如実に示しているからばかりではなく，この詩に描かれた「5年間」の歳月が詩人の精神的な危機の時期とほぼ重複しているからにほかならない。[2] "Tintern Abbey"は，その表題に示されているとおり，ワーズワスが1798年にワイ川のほとりにあるティンタン寺院を再訪したときに書かれたものである。1793年の最初の訪問から5年の歳月が流れており，そのこみ上げる気持ちをきわめて即興的に書いたものらしい。

    Five years have passed; five summers, with the length
    Of five long winters!　and again I hear
    These waters, rolling from their mountain-springs
    With a sweet inland murmur. ── Once again
    Do I behold these steep and lofty cliffs, ….　　　(1-5)

    5年の歳月が過ぎた。5年の夏と
    5年の長い冬が過ぎたのだ。そして再び私は聴いている，
    この川が山の泉から流れだし
    やさしいせせらぎの音を立てているのを。── そして再び

この険しく気高い断崖を見つめているのだ。[3]

　この詩は寺院を「再訪」した体験を、文字どおり、反復のレトリックを用いて描いた詩だと言えるだろう。"again" や "five" のくり返しだけではなく、この詩のキーワードとも言える "revisit"、"repose"、"revive"、"remember"、"restoration"、"recompense" という言葉のそれぞれが、なんらかの意味において「反復」を示唆し、過去と現在、自然と自我、そして喪失と回復という関係性のドラマを描いてみせたからである。そして、この反復のレトリックと「感情の流露」によって示されるこの詩の「明快さ」に読者は戸惑うのではないだろうか。

　じっさい、この詩にはいくつかの謎が隠されている。なぜこの詩は「5年の歳月が過ぎた」といういささか唐突な言葉で書き始められるのか。「さらに深く秘められた想い」（"thoughts of more deep seclusion," 7）とは何だろうか。5年前の「私」は、なぜ「恐れるものから逃れるように」（"flying from something he dreads," 72）自然の懐を求めたのか。なぜこの詩全体が、人生を達観した老人の言葉で語られるような印象を与えるのだろうか。この詩が執筆された1798年、ワーズワスは弱冠28才の若者であり、妹Dorothyは27才の誕生日を迎えようとしていた。そして、妹の将来を思いやる心優しい詩人には、フランスに置き去りにした愛人と私生児がいた。

　この詩の冒頭に戻ろう。「5年の歳月が過ぎた」という冒頭の唐突さについてはすでに述べた。詩人は5年という歳月の経過を強調しており、さらに "again" のくり返しによって、不自然なまでにティンタン寺院再訪の感激を表白している。これをそのまま郷愁の詩と解し、詩人の「感情の流露」とするのはあまりに短絡的な解釈ではないだろうか。むしろ、読者はこの5年の歳月の重みにこそ目を向けるべきであり、その5年という歳月における詩人の心境の劇的な変化に注目すべきだろう。

この詩の「5年間」はワーズワスの詩的想像力において，おそらくもう一つの「5年間」と結びついてた。"Tintern Abbey" の直前に書かれた *The Ruined Cottage* のなかで，ワーズワスは主人公 Margaret の悲運の人生にふれて「5年の辛い歳月」という言葉を用いていたのである ("Five tedious years / She lingered in unquiet widowhood, / A wife and widow.　Needs must it have been / A sore heart-wasting," 446-49)。ワーズワスがマーガレットの境遇のなかにフランスに残した愛人 Annette Vallon の境遇を重ね合わせていたことは明らかであり，二人が離別した1792年の暮れから *The Ruined Cottage* が書かれた1798年までに「5年の辛い歳月」が経過していた。すると，マーガレットが体験したこの5年間はティンタン寺院再訪の5年間とほぼ重複することになる。換言するならば，"Tintern Abbey" の「5年間」は，ただたんに寺院を再訪した時間的な隔たりを述べたものではなく，そこには「5年」の苦悩という心理的な隔たりが示唆されていた。その苦悩の体験を経て自然の風景というものが再発見される過程が "Tintern Abbey" の主題であったのだ。"Five years have passed" という冒頭の詩句は，「あれから5年が過ぎた」，「長い冬が過ぎたのだ」と，ワーズワスの苦悩の歴史を読み取ることも可能なのである。

　この詩において，詩人はその5年間の経緯についていっさい語ってはいない。むしろ，苦悩の体験を意図的に隠蔽している。しかし，注意深い読者にとって，そこに苦悩の体験を推察することは難しいことではないだろう。次の一節には，そうした詩人の切迫した心理が如実に示されている。

                    If this
        Be but a vain belief, yet, oh!   how oft,
        In darkness, and amid the many shapes
        Of joyless day-light; when the fretful stir

> Unprofitable, and the fever of the world,
> Have hung upon the beatings of my heart,
> How oft, in spirit, have I turned to thee
> O sylvan Wye! Thou wanderer through the woods,
> How often has my spirit turned to thee! (50-58)

     もし，これが
虚しい考えであったとしたら，ああ，幾度
暗闇の中で，そして喜びのない日々の
多くの人影の間で，私の心に空しい苛立ちと
世の喧騒が重くのしかかっていたときに，
心の中で，幾度，私はおまえのことを思ったことだろう
森につつまれたワイ川よ，森を抜ける旅人よ，
幾度，私の心はおまえを思ったことだろう。

"how oft", "How oft", "How often" という言葉の反復に詩人の切迫した心理が表現されていることは言うまでもない。"darkness", "the many shapes of joyless day-light", "the fretful stir / Unprofitable", "the fever of the world" と詩人は一般化した詩句で表現しているけれども，そこには確固とした，個人的な苦悩の体験が示唆されていたはずであり，その「暗闇」の認識ゆえに，ティンタン寺院の自然風景がこれほどまでに理想化されたのである。自然の意義というものは，その意味において，詩人の苦悩と表裏一体であると言えるかもしれない。John Stuart Mill, Matthew Arnold, さらにわが国では国木田独歩が，それぞれの精神的な危機においてワーズワスの詩に癒され，回復の契機をつかんだのは，自然の無垢な情景や「感情の流露」によるものではなく，自然描写に示唆されたワーズワス自身の苦悩と回復の構図によるものではなかったろうか。再

発見された自然に, いや, 自然が再発見される過程に癒されたのであった。"Tintern Abbey" において, 詩人が妹ドロシーの将来を案じ, 自然の記憶が心の支えとなり「癒しの思想」("healing thoughts," 145) となることを願ったように, ミルもアーノルドも独歩もその「癒しの思想」のなかに精神の危機を乗り越える手がかりを見出したのではなかったろうか。

ワーズワスの詩の構造について, M. H. Abrams が宗教的な神正論 (theodicy) の一変奏であると述べたことは周知のとおりである。[3] ユダヤ・キリスト教の伝統において, 神正論とは悪を神の摂理の一部と解し, より大きな恩恵をもたらすものとする賛美の一形式である。ワーズワスの詩は, この神正論の世俗化された一つの変奏であり, 人生の苦難を正当化しより大きな恩恵に感謝するという構図をもつと言うのである。"Tintern Abbey" に則して解釈すれば, 若き日の情熱と自然に対する純粋な愛が苦難を経て変容し,「静かで悲しい人間の調べ」("still / Sad music of humanity," 92) を帯びるのだが, 逆にその苦悩によってもたらされた「より豊かな恵み」("abundant recompense," 89) に感謝し, 自然と人間に対する愛を再確認するというものである。図式に当てはめて説明すると,「自然愛」(幼年期の自然体験等) → 「人間愛」ではなく,「自然愛」→ 「苦悩」→「自然の再発見(苦悩からの回復)」→「人間愛」となるはずである。"Tintern Abbey" の次の一節において, 自然風景による心の癒しが人間愛の記憶と「無意識のうちに」("unremembered") 結びついているのも, そのためである。

     Though absent long,
These forms of beauty have not been to me,
As is a landscape to a blind man's eye:
But oft, in lonely rooms, and mid the din
Of towns and cities, I have owed to them,

In hours of weariness, sensations sweet,
Felt in the blood, and felt along the heart,
And passing even into my purer mind
With tranquil restoration: —— feelings too
Of unremembered pleasure; such, perhaps,
As may have had no trivial influence
On that best portion of a good man's life;
His little, nameless, unremembered acts
Of kindness and love.　　　(23-36)

　　　　この自然の美しい姿を
私は久しく見ることはなかった。しかし，それは
盲目な者が風景を見ることがないのとはちがっていた。
幾度となく，淋しい独りの部屋で，あるいは街中の騒音の中で
疲れたときに，私はその風景にやさしさを見出し，
その気持ちが血をめぐり，心臓にまで達して，
心のより純粋な部分にまで滲みわたり
穏やかな回復をもたらしてくれるのを感じていた。
それはもはや思い出すことのできない喜びの気持ちに似ていた，
小さな親切や思い出すことのできない愛の行為が
人の心の最も大切な部分に大きな影響を及ぼすように。

　ワーズワスがはじめてティンタン寺院を訪れたのは1793年夏のことであり，William Calvertとワイト島を訪れ，その後一人でソールズベリー平原を旅行した直後のことだった。[5] 1793年といえば，その年の1月にフランスでルイ16世が処刑され，英仏間の緊張が一気に高まった時期であり，2月には英仏戦争が勃発している。ワーズワスが政治思想に急斜した

のもこの頃であり，彼が強い影響を受けた William Godwin の *Political Justice* が出版されたのもこの年の2月だった。しかし，"Tintern Abbey" の「5年間」を考える際に忘れてはならないのは，1792年の夏から冬にかけてワーズワスがフランスで体験した出来事である。92年，フランスではフランス革命の歓喜と自由の夢も束の間，急進派ジャコバン党の台頭によって Robespierre の恐怖政治が進行し，9月には September Massacre が決行され，ワーズワスの身辺にも危険が迫っていた。一方において，ワーズワスはフランス滞在中にアネット・ヴァロンと恋に落ち，同年の12月には Ann Caroline が誕生している。ワーズワスはアン・キャロラインの出生の直前にフランスを離れ，イギリスに帰国する。そうすると "Tintern Abbey" の「5年間」はワーズワスが寺院を再訪した5年間であると同時に，彼がアネット（および私生児のアン・キャロライン）をフランスに残してイギリスに戻った時期から，ドロシーとともにドイツのゴスラーに旅立つまでの期間と考えることができるであろう。そして，この詩を理解することは，この5年間の社会情勢やワーズワスの伝記的事実を考慮に入れるばかりではなく，その間に書かれた *Salisbury Plain* (1793年執筆，のち数年に渡って改稿), "The Thorn" (1798), *The Ruined Cottage* (1797-98), *The Borderers* (1796-97) 等の作品を分析することが必要になると思われる。

　この時期におけるワーズワスの苦悩の問題については，従来，革命思想に対する幻滅，英仏戦争の勃発，そして人間性への懐疑がおもな要因とされ，1796年にワーズワスが精神的な危機を迎えたとするのが通説となっている。[6] しかし，この時期におけるワーズワスの苦悩の本質を，ぼくはフランスに置き去りにしたアネットとアン・キャロラインに対する罪の意識によるものであると考える。[7] そして，アネットに対する罪の意識が，1793年から98年における詩作活動の原動力となり，その体験が詩的想像力のなかで昇華された事実を指摘したいのである。その意味において，

1793年に執筆され,以後数年にわたって改稿された Salisbury Plain がのちに「罪と悲しみ」(Guilt and Sorrow) と改題されたことは意義深いことであったし,The Prelude の第11巻の冒頭において,詩人がフランス革命当時を振り返り「長い間,人間の不幸と罪がわれわれの心を捉えていた」("Long time hath Man's unhappiness and guilt / Detain'd us," 1-2)[8] と述べたことも意味のないことではなかったはずである。

(2) ソールズベリーの心象風景

"Tintern Abbey" における自然風景の虚構性についてはしばしば論じられてきた。Marjorie Levinson の指摘があるように,[9] 実在のティンタン寺院周辺の風景は,詩のなかに描かれたような穏やかな田園風景ではなく,浮浪者がたむろする荒涼とした風景だった。おそらく,詩人が5年前の自己を振り返り,「ノロジカのように」大地を駆けたというあの有名な一節も虚構であったかもしれない。なぜなら,1793年当時ワーズワスの心は自然のなかで歓喜に浸る体験よりも,自然に疎外され自意識の「暗闇」に埋没する経験によって強く支配されていたからである。「愛するものを求めるというより,恐れるものから逃れるように」という詩句が詩人の心境をより的確に表現していたのである。

1793年におけるワーズワスのティンタン寺院訪問が,ソールズベリー平原への徒歩旅行の直後であったことを,われわれは知っている。その際に書かれた Salisbury Plain には自然のなかで歓喜に浸る詩人の姿はなく,「死のような重み」("deadly weight," 20) にあえぐ詩人の情況が描かれている。すると,"Tintern Abbey" は歴史的にも,また象徴的な意味においても,その内側に「荒地」を内包していたことになる。「ノロジカのように」大地を駆けたというあの一節が虚構でなかったとしても,当時の詩人の心理においてそうした牧歌的な恍惚感はきわめて刹那的なものであったにちがいない。あたかも「人生というものが広大な砂漠であり,/幸せ者

が見出した小屋と／緑の場所でさえ果てしない荒地に囲まれている」かのように ("life is like this desert broad, / Where all the happiest find is but a shed / And a green spot 'mid wastes interminably spread," *Salisbury Plain*, 421-23)。

　Salisbury Plain の冒頭の一節は，当時の詩人の心境を端的に表している。

> Hard is the life when naked and unhouzed
> And wasted by the long day's fruitless pains,
> The hungry savage, 'mid deep forests, rouzed
> By storms, lies down at night on unknown plains
> And lifts his head in fear, while famished trains
> Of boars along the crashing forests prowl,
> And heard in darkness, as the rushing rains
> Put out his watch-fire, bears contending growl
> And round his fenceless bed gaunt wolves in armies howl. (1-9)

> 生きることは辛いものだ。着るものも家もなく
> 長い一日の報われぬ苦悩に身をやつし，
> 腹を空かした野人が深い森で嵐の音に目覚め，
> 真夜中見知らぬ土地で恐怖に怯えながら
> 頭をもたげた時のように。飢えた獣たちが
> 嵐の森をうろつき，暗闇の中で遠吠えをたて
> 激しい雨が焚火を消した後は，熊たちがうなり声を上げ
> 無防備な寝床の回りでは，やせた狼が群れて吠える。

　Salisbury Plain が風景詩 (logo-descriptive poem) でないことは一目瞭

然である。詩人がこの詩のなかで描こうとしたものは，平原に広がる寂寥としたトウモロコシ畑ではなく，その風景によって喚起される「暗闇」，「恐怖」，あるいは「地獄」といった心象のイメージであった。自然風景の写実性から，その象徴性へと詩人の視点が移行しているのは明らかであり，詩人の心象とソールズベリーの自然が同調し（より正確に言うと，詩人の内面の「暗闇」が自然の風景を蔽い尽くしてしまい），そこに悪夢のような心象風景を創り上げているのである。3行目以下に示された原始あるいは野性のイメージは，詩人の「恐怖」や「暗闇」という心象風景が実存的であり根源的なものであることを示す比喩だと解釈できるであろうし，2行目に示された "wasted"，"fruitless" という語句は当時の詩人の心の荒廃と空虚感を如実に示すものであった。

　とくに，2行目の "waste(d)" はこの詩のキーワードと言っても過言ではない。第5連から8連にかけてのソールズベリーの風景描写において詩人は "waste" という語をさらに二度くり返し，あるいは "lost"，"blank"，"vacant"，"forlorn"，"bleak" という類似した形容詞を用いてソールズベリーの情景を描いてみせる。[8] つまり，*Salisbury Plain* はワーズワスにとって 'waste land' であることは明らかであり，それは同時にワーズワス自身の内面の心象風景でもあったのである。第9連から11連において，さらにソールズベリーの外面の世界は消失し，詩人は「悪夢にうなされるかのように」("mocked as by a hideous dream," 101）内面の風景のなかを彷徨うのである。そして，そこに想起されたものは地獄の情景であった。

　　　　To hell's most cursed sprites the baleful place
　　　　Belongs, upreared by their magic power.
　　　　Though mixed with flame rush down the crazing shower
　　　　And o'er thy naked bed the thunder roll

> Fly ere the fiends their prey unwares devour
> Or grinning, on thy endless tortures scowl
> Till very madness seem a mercy to thy soul. (84-90)

> この忌まわしい場所は地獄の呪われた
> 霊たちの住処であり，その魔術で築かれている。
> 凄まじい雨が炎とともに降りしきり
> おまえの赤裸々な大地に雷鳴が轟く。
> 逃げるのだ，悪霊たちが容赦なくおまえをえじきとし，
> ほくそ笑みながら，果てしない拷問を見守り，
> ついには，狂気さえおまえの魂の救済と映る前に。

　この「地獄」の光景は Milton の *Paradise Lost* を想起させるのだが，一方において，ここに描かれた情景はキリスト教的な寓話の世界ではなく，「狂気」にさえ魂を救われると思えるほどの心理的な苦悩であった。いわば，地獄のイメージは詩人の「魂」のなかで展開された光景であり，そこには「悪夢」のような衝撃と心理的な現実性が込められていた。詩人の心の「暗闇」は時として「地獄的な暗がり」（"infernal glooms," 99）にまで到達していたのである。

　ワーズワスは1796年に精神的危機に陥ったと従来考えられてきた。しかし，*Salisbury Plain* を執筆した1793年当時においてワーズワスはすでに心理的な「地獄」を体験し，世界を「荒地」として表現していた。[10] Nicholas Roe はワーズワスにおける「絶望」という問題に関して，それが *Salisbury Plain* から *The Borderers* へと通底する主題であり，その背景には英仏戦争の勃発や貧者の経済的抑圧という詩人の政治的関心があったと指摘する。[11]「絶望」という主題の要因が当時の政治性のみに起因するものかどうか断言は控えるとしても，1793年に書かれた *Salisbury*

Plain の世界苦的な絶望(ヴェルトシュメルツ)と後年 *The Borderers* に描かれた哲学的，道徳的懐疑の深淵がともにワーズワスの心性において連続したものであることは確認しておいてよいだろう。

　The Prelude の 10 巻には，ワーズワスの精神の軌跡における二つの「絶望」が記されている。一方は，詩人が 1795 年から 96 年にかけて体験した精神の「危機」であり，もう一方はフランス革命にまつわる断頭台の悪夢である。1795 年から 96 年にかけての道徳的な懐疑と精神の閉塞状況について，ワーズワスは以下のように描いている。

> 　　　　　　　　　　　　　Thus I fared,
> Dragging all passions, notions, shapes of faith,
> Like culprits to the bar, suspiciously
> Calling the mind to establish in plain day
> Her titles and her honours, now believing,
> Now disbelieving, endlessly perplex'd
> With impulse, motive, right and wrong, the ground
> Of moral obligation ─ what the rule
> And what the sanction ─ till, demanding proof,
> And seeking it in everything, I lost
> All feeling of conviction, and, in fine,
> Sick, wearied out with contrarieties,
> Yielded up moral questions in despair,
> ....　　　　　　　　　　　　　(888-900)

　　こうして私は，
　犯罪人が法廷に連れ出されるように，
　あらゆる感情と思想と信念を引きずりながら

日々を過ごしていた。心が白日のもとに
地位と尊厳を回復することを，怪しげに願いながら，
確信したり，不信に陥ったり，果てしなく戸惑い，
衝動と動機，正邪，道徳的な義務感，規律と承諾，
その根拠をあらゆるものに求めているうちに，
私はすべての確信を喪失し，そして最後には，
嫌気がさし，矛盾する価値に疲れてしまい，
道徳的な問題を絶望のうちに投げ出したのだ。

さらに，ワーズワスは1850年版の *The Prelude* において，この一節に次のような詩句を加え，この当時の精神の「危機」を明確化している。

> This was the crisis of that strong disease,
> This the soul's last and lowest ebb; I drooped,
> Deeming our blessed reason of least use
> Where wanted most; ....　　　　　(306-09)

これはあの根深い病いの危機的状態であった，
それは魂の力の極限的な衰退であり，
私はうなだれ，理性というものが
もっとも必要な時になんの役にも立たないことを
痛感していたのだ。

詩人の精神の「危機」が，"sick" あるいは "disease" という表現に示されるように，ある病理的な状態にまで達していたことは明らかであり，その数行あとに述べられているとおり「抑欝的」("depressed") な状態へと詩人の心を追い込んでいたことは容易に想像できる。またこの一節に顕著

に表れていることは,「犯罪人」のようにという詩句に示される, ワーズワスの抱いていた深い罪の意識であった。

　ワーズワスにおける罪の意識をさらに明確に表現したのが *The Prelude* の10巻に描かれたもう一つの「絶望」の一節であり, 詩人が断頭台のシーンを夢想する場面においてである。

> Most melancholy at that time, O Friend,
> Were my day-thoughts, my dreams were miserable;
> Through months, through years, long after the last beat
> Of those atrocities (I speak bare truth,
> As if to thee alone in private talk)
> I scarcely had one night of quiet sleep,
> Such ghastly visions had I of despair,
> And tyranny, and implements of death,
> And long orations which in dreams I pleaded
> Before unjust Tribunals, with a voice
> Labouring, a brain confounded, and a sense
> Of treachery and desertion in the place
> The holiest that I knew of ── my own soul. (368-80)

> ああ友よ, その頃私はもっとも憂鬱な想いに
> 悩まされ, 見る夢も惨めなものだった。
> 数か月, いや数年間, この残酷な事件が
> 終わりを告げたあとも長く(君には真実だけを語ろう,
> 耳打ちをするように), 私は安らかな眠りについたことは
> 一度もなかった。絶望と独裁と断頭台の
> 身の毛もよだつ光景に苛まれていたのだ。

> 夢の中で，不当な革命裁判所に連れ出され，
> 幾度となく弁明をしながら，声はとぎれ，
> 頭は混乱し，魂というもっとも神聖な場所で
> 裏切りと失踪の想いに苛まれていたのだ。

　フランスにおいて革命裁判所が設けられ，いわゆる「恐怖政治」が始まったのは1793年の3月であり，Robespierreが処刑され恐怖政治が終結したのは1794年7月だった。断頭台の場面に描かれた「絶望」が精神的危機に直面した「絶望」と同一の情況を示すものなのか，それとも時期的に数年遡るものなのか判断の根拠がない。しかし，ワーズワス自身が言うように，この「もっとも憂鬱な」時期が「数か月いや数年」続いたということから判断しても，詩人の精神の危機は1793年ワーズワスがフランスから帰国した当初からすでにその予兆が見られていたと考えていいだろう。
　ワーズワスの作品にみられる深いペシミズムは，ロウが指摘するようにワーズワスの政治意識によるものではなく，よりプライベートな心情の問題であったとぼくは考える。具体的に言うと，フランスに置き去りにしたアネットとアン・キャロラインに対する罪の意識であり，その内面の問題ゆえに英仏戦争の勃発や弱者の抑圧という問題が詩人にとって深刻な関心事となっていたのである。少なくとも1793年からの数年間，フランスの政治状況とアネットの安否はワーズワスの心中において密接に連関していたのは事実であろう。[12] 上に挙げた断頭台の悪夢のシーンにおいて詩人自らが告白するように，「魂というもっとも神聖な場所」において感じた「裏切りと失踪の感情」とはアネットに対する罪の意識の象徴的な表現と解釈することができるだろう。1850年版において，ワーズワスはあえて「裏切りの失踪」（"treacherous desertion," 414）と修正して罪の意識を明確化しており，さらにこの場面を革命裁判所のシーンから切り離した事実を考え合わせると，詩人がアネットに対する罪の意識を痛感し，そのな

かに象徴的な「死」("death-like," 414) を体験したと解釈するほうが妥当だろう。フロイトの理論を援用するまでもなく，[13] ワーズワスが内面の絶望を悪夢的なヴィジョンの中に投影し，詩作を通して昇華し浄化しようとしたことは事実であり，そこに表現されたものは政治的な寓話ではなく，抑圧された病理的な心理と感情であったと考えることができる。

 Salisbury Plain がのちに改稿され *Guilt and Sorrow* というタイトルで出版されたことは前にも触れた。ワーズワスの「荒地」を描き出した *Salisbury Plain* の後半部には「流浪の女」の物語が挿入されているのだが，この挿話の中にワーズワス自身のアネットに対する「罪と悲しみ」を読み取ることは難しいことではない。夫と三人の子供を失った女の不幸な境遇に「旅人」が同情を寄せる様子を，詩人はこう描いている。

> But human sufferings and that tale of woe
> Had dimmed the traveller's eye with Pity's tear,
> And in the youthful mourner's doom severe
> He half forgot the terrors of the night,
> Striving with counsel sweet her soul to chear,
> Her soul for ever widowed of delight.
> He too had withered young in sorrow's deadly blight. (399-405)

> しかし，人間の苦しみとその悲哀の物語が
> 旅人の目を哀れみの涙で曇らせた。
> この若い女のつらい運命を知り，
> 旅人は夜の恐怖も忘れて，
> やさしく声をかけながら，女の心を慰めた，
> 喜びから永遠に引きさかれた女の魂を。
> 旅人自身もまた，悲しみという病によって

若くして枯れていたのだから。

「喜びから永遠に引きさかれた女の魂」という詩句に用いられた"widowed"という表現に注目したい。夫と子供を戦争によって奪われた流浪の女は文字どおり「寡婦」であったのだが、この表現は1793年当時英仏戦争によってワーズワスと離別したアネットの境遇を示唆する言葉でもあったはずである。ワーズワスに宛てた手紙の中でアネットがくり返し自らを「妻」と呼んでいたことは周知の事実であり、[15] 戦争の勃発により「妻であり寡婦」となった (The Ruined Cottage, 448) アネットへの罪悪感が"widowed"という言葉に込められていたはずである。実際、戦争勃発後フランスにおけるアネットとアン・キャロラインの境遇は極めて不安定なものであり、[16] アネットは手紙の中で「妻という地位」("the title of his wife")を切望していた。ワーズワスは The Prelude の精神的な「危機」に触れた一節のなかで、「白日のもとでわが心に地位と名誉を回復させる」("Calling the mind to establish in plain day / Her titles and her honours")ことを願うのだが、それは同時に白日のもとにアネットの「地位と名誉」("her titles and her honours")を回復することを、しかも「怪しげに」("suspiciously")願っていたワーズワスの罪の意識を示唆していたのではないだろうか。「彼もまた若くして枯れた」という表現にはそうした詩人の苦悩を読み取ることもできるであろうし、弱冠28才にして人生を達観した詩 "Tintern Abbey" をワーズワスに書かせた一因をこの詩句の中に見いだすことも可能であろう。

（3）「りんごの木」の構図

John Galsworthy (1867-1933) に The Apple Tree (1916)という恋愛小説がある。友人と二人卒業旅行に出かけた主人公 Frank Ashurst は旅先の田舎町で Megan という女性と知り合い、恋に落ちる。結婚の準備のた

めに都会へ戻った彼は旧友と再会し，その妹 Stella を知る。ステラと過ごすうちに，アシャーストの心の中でメガンとの恋も結婚の約束も遠い夢のように思われる。少なくとも，ステラとの関係のほうがより現実的に思われるのだ。数日後，アシャーストは駅でメガンの姿を目にする。しかし，彼は黙ってそこを通り過ぎてしまう。アシャーストはステラと結婚する。それから25年後，ステラと旅に出たアシャーストは，田舎の十字路に置かれた墓標に佇む。それは25年前にみずから命を絶ったメガンの墓標だった。

ここでぼくが唐突にも『りんごの木』を引用した理由は，アシャーストの物語がワーズワスとアネットの関係とパラレルをなすばかりではなく，1793年から98年の5年間において「見捨てられた女」というモチーフがワーズワスの心に重くのしかかり，詩的想像力のなかで昇華された経緯があるからである。この「りんごの木」の構図はまたワーズワスの同時代の社会現象の一つにもなっていた。Kenneth Johnston の調査によると，[16] ワーズワスの友人のなかには旅先で恋に落ち私生児を設けた者たちが少なくなく，Coleridge 自身が取材し一大センセーションを巻きおこした「バタミアの乙女」の事件が1802年に起き，[17] ワーズワスが *The Prelude* のなかに引用したのも周知の事実であった。このように「りんごの木」という悲しき恋愛の構図はワーズワスの身辺に少なからず存在していた。しかし，ワーズワスの体験をこうした恋愛事件と隔てたのは，ワーズワスがアネットに対して抱いた苦悩と罪悪感の深さにおいてであり，その深い苦悩こそが詩作の原動力となり，想像力のなかで昇華され浄化されたという事実だったのである。

ワーズワスの作品において，「りんごの木」の構図を如実に示すのが，1798年に書かれた「さんざしの木」("The Thorn")である。丘の上に年老いた一本のさんざしの木があり，その横には小さな池と苔むした塚がある。さんざしの木の根元には Martha Ray という女性がうずくまり，そ

こで彼女の悲運の恋が語られる。マーサはStephen Hillという男と恋に落ち、将来を誓い合う。結婚式も間近に迫ったころ、スティーヴンはもう一人の女性と結婚し失踪してしまう。マーサはすでに身ごもっており、生まれた赤子をさんざしの木の下の塚に葬ったという。マーサはメガンと同様にもう一人の「見捨てられた女」だった。もし「りんごの木」が若き日の一時的な純愛の象徴であったとするなら、「さんざしの木」は若き日の純愛を葬り去ろうとした墓場の墓標であり、その埋葬に伴う苦悩の象徴だった。

　ワーズワスにとって"The Thorn"という詩がいかにプライベートな詩であったか、ここに示したいと思う。つまり、アネットとの関係をめぐるワーズワスの苦悩と罪の意識がこの詩のなかに投影された事実について、二つの例を挙げながら考察したい。一つは、この詩の語りの手法にみられる告白の衝動であり、もう一方は、罪の意識を如実に示す「顔」のイメージである。この詩において、当初語り手はマーサの運命については何も知らない人物として設定されている。

    "And wherefore does she cry?——
    "Oh wherefore?　wherefore?　tell me why
    "Does she repeat that doleful cry?"

    I cannot tell; I wish I could;
    For the true reason no one knows,
    ....　　　　　　　　　　　　　(86-90)

    「何故に、女は泣いているのか——
    何故に、何故に、教えてくれないか
    何故に、女は悲しい叫びを繰り返すのか」

> 私にはわからない，残念なことに，
> 本当の理由は誰にもわからない

"wherefore" という言葉の反復が語り手の切迫した心理を反映したものであることは疑問の余地がないだろう。語り手は何も「知らない」はずでありながら ("I cannot tell; I wish I could")，後半部においてマーサの運命の「語り手」となり，"I'll tell you all I know" (114) と自らの立場を翻すのだ。語り手は「知らない」のではない。むしろ，「言えない」のだ。「言えないが，言いたい」のである。"I cannot tell, I wish I could" とは，なんらかの制約によって事実を語ることができない者が無意識のうちに告白の衝動に駆られた，その表現だと見做すことができるだろう。さらに，語り手は "No more I know, I wish I did, / And I would tell it all to you" (155-56) と再び無知であることを強調するのだが，一方でさんざしの山に「望遠鏡」を携えて登り，実際にマーサの顔を見た経緯を「語っている」し，さらに検死人たちが赤子の遺骨を捜して塚を掘り起こそうとした事実まで「知っている」のだ。最終連においても，語り手は "I cannot tell how this may be, / But plain it is... / And this I know..." (243-44, 247) と撞着語法的な言い回しによってマーサの運命を物語るのだが，そこにも隠蔽と暴露の図式を読み取ることができる。そして，この隠蔽と暴露の図式によって表現されたものは，語り手の，いやワーズワス自身の告白の衝動であり，アネットとの関係をめぐる罪の意識だった。

　この詩において詩人の罪の意識を如実に示すのが「顔」のイメージである。ロマン派の文学において，しばしば「顔」のイメージが人物の内面の葛藤や運命を暗示する装置として用いられていることは周知のとおりだが，この詩においても同様である。望遠鏡を携えてさんざしの木のふもとまで辿りついた語り手は，そこでマーサの顔を見る。

> I did not speak —— I saw her face,
> Her face it was enough for me;
> I turned about and heard her cry,
> "O misery! O misery!" (199-202)

> 私は言葉もなく —— ただ女の顔を見つめた
> 女の顔，それだけで十分だった
> 私は目をそらした，そして泣き声を耳にした
> 「ああ，このみじめさよ，みじめさよ」

語り手の「私」はマーサに声をかけなかった。いや，かけることができなかったのである。その悲哀にやつれた「顔」を見るだけで「十分」であったのだ。

ワーズワスはおそらく二重の罪の意識に苦しめられていた。一つはアネット母子をフランスに置き去りにしたことであり，そしてさらに1798年の時点においてワーズワスはアネットの記憶を忘れ去り，永遠に葬ろうと決意していたことである。"The Thorn" において，マーサ・レイが苔むした塚に赤子を葬ったように，ワーズワスはアネットとアン・キャロラインの思い出を永遠に忘却の淵へ葬り去ろうと考えていたのではないだろうか。そして，葬り去ろうとした赤子の「顔」が，いや，その罪の意識が詩人を見つめ返すのだ。次に挙げる悪夢のように鮮明な描写は，詩人の切迫した心理と認識の衝撃を描き出している。

> I've heard the scarlet moss is red
> With drops of that poor infant's blood;
> But kill a new-born infant thus!
> I do not think she could.

> Some say, if to the pond you go,
> And fix on it a steady view,
> *The shadow of a babe you trace,*
> *A baby and a baby's face,*
> *And that it looks at you;*
> *Whene'er you look on it, 'tis plain*
> *The baby looks at you again.* （221-31, 強調筆者）

> この苔が赤いのは
> 子供の血に染まっているからだ，と私は聞いた。
> 生まれ出た赤子をこうして殺めることなど
> 女にできるとは思えなかった。
> 噂によると，もし，あの池に行ったなら
> そしてじっと見つめたならば
> 赤子の影が見えてくる，
> 赤子の姿とその顔が
> じっとおまえを見つめているのだ
> いつ出かけてみても，明らかに
> 赤子がおまえをまた見つめているのだ。

語り手は赤子の「顔」を見ているのではなく，その「顔」に見つめられているのである。そして，その「顔」から逃れられないのである。"The Thorn" はそのバラッド風の作風からスコットランドの物語詩を模倣したものだとされてきたが，そこに描かれた内容はワーズワス自身の内面の物語であり，屈折した告白の構図であった。

"The Thorn" とほぼ同じ時期に書かれた *The Ruined Cottage* も，その主題において，「りんごの木」の構図を内包していた。この詩の主人公

Margaretは，マーサと同様に「見捨てられた女」であり，彼女の夫は戦争へ出かけたまま二度と戻らない。別離の悲しみのなかでマーガレットは子供を失い，自らの命をも落してしまう。愛する者の突然の失踪，そして戦争による別離など，ワーズワスとアネットの関係とパラレルをなしていることはいうまでもない。この詩が書かれた1797年までの5年間，アネットが事実上「寡婦」として生きなければならなかった事情を考えると，アネットの苦悩とマーガレットの苦悩とが符号を合わせたように一致する。

> Five tedious years
> She lingered in unquiet widowhood,
> A wife and a widow.　Needs must it have been
> A sore heart-wasting.　　　　(446-49)

　　5年の辛い歳月を，
　女は不安なまま，寡婦として過ごしたのだ。
　妻であり寡婦。どれほど辛い想いを
　したことだろう。

　*The Ruined Cottage*は主人公マーガレットが語る物語を行商の老人が語り，それを旅人の「私」が語るという三重の語りの構造になっている。この詩において旅人の「私」と行商の老人の視点がマーガレットをめぐる心理において一致していることは注目すべきであろう。「私」も行商の老人もマーガレットの不幸な境遇に深く同情したという意味ではなく，マーガレットの夫の心境を「私」と老人が代弁しているという事実である。アネットをめぐるワーズワスの罪悪感が，「私」の語りにも，また老人の語りにも投影されていたのである。「私」はマーガレットの人生の物語を老人から聴きながら，そこに自分自身の心境を重ね合わせている。

> In my own despite
> I thought of that poor woman as of one
> Whom I had known and loved.   He had rehearsed
> Her homely tale with such familiar power,
> With such a[n active] countenance, an eye
> So busy, that the things of which he spake
> Seemed present, and, attention now relaxed,
> There was a heartfelt chillness in my veins.   (206-13)

> 心ならずも，私は
> この悲しい女の身の上に
> むかし愛した女を重ねていた。老人は
> 女の家族の物語をなれ親しんだ口調とともに
> 目を輝かせ，豊かな表情で語ったので，
> 老人の語る事柄が目の前に浮かぶように思われた
> そして，言葉が途切れると，
> 体のなかに悪寒が走るような気がした。

なぜ「私」には女の姿が「目のまえに思い浮かぶような」気がするのであろうか。なぜ「体のなかに悪寒が走る」気がしたのか。また行商の老人にしても，なぜマーガレットの「悲しみの顔」が「まとわりつく」ように感じられたのであろうか。彼女の夫の安否を気づかう言葉が，なぜ老人には「不思議な驚きと恐怖」の言葉として心に迫るのだろうか。それは旅人の「私」もまた行商の老人も，アネットをめぐるワーズワスの罪の意識を表現するメタファーとして機能していたからである。

　この時期に書かれたワーズワスの一連の作品には，母と子を扱った詩が少なくない。[18] そしてその母の多くは「見捨てられた女」であり，悲嘆に

くれる女であり、そこに詩人ワーズワスのアネットに対する罪の意識を読み取ることは難しいことではないだろう。この罪の意識に、ワーズワスの心の「荒地」の重要な一面があったことは疑問の余地がない。

（4）都会の憂愁

フランスにおけるワーズワスとアネットとの関係が The Prelude 第9巻の Vaudracour と Julia の物語のなかに描かれたことは周知の通りだろう。たしかに、アネットとの関係がその物語に投影されたのは事実であろうし、ワーズワスが『ロミオとジュリエット』のような悲しくも美しい物語によって自らの体験を虚構化し、その虚構を通して過去の体験を忘却しようとしたことも事実であったことだろう。しかし、そこにはワーズワス自身の現実的な苦悩も罪の意識も描かれてはいない。虚構化された事実が、詩人における隠蔽の心理を如実に物語っていたのである。ワーズワスが、The Prelude において、アネットに対する苦悩と罪の意識を描いたのは第7巻の "Residence in London" においてではないだろうか、とぼくは考える。年代的に考えると、第7巻のロンドン体験はケンブリッジ大学卒業後の1791年2月から5月までの4ヵ月という設定になるのだが、このロンドンの描写の中に1793年フランスから帰還した直後の7ヵ月のロンドン滞在と1795年における6ヵ月の滞在を重ね合わせていたことは容易に想像できる。[19] 1793年から96年におけるワーズワスの精神史を考える際に、ロンドンという都市の体験を考察することは不可欠なことだろう。

第7巻におけるロンドンの描写に特徴的なことは、一貫して劇場あるいは見せ物小屋のイメージが用いられていることである。それは芝居小屋やバーソロミュー・フェアといった劇場の記述ばかりではなく、ロンドンの街並そのものが猥雑で騒々しく、グロテスクな「見せ物」として描かれている事実である。たとえば、ロンドンの情景は "broad high-way appearance"（155）であり "foolishness, and madness in parade"（589）と描か

れており，それは巧みに演出された「見せ物」（ショー）であると同時に，詩人の内面世界と外面世界の断絶を印象づける装置だとも言えるだろう。つまり，ワーズワスはロンドンというショーを演出しながら，この都会が詩人の心に意味したものを隠蔽した。「見せる」という行為によって，その背後にある心情を「隠した」と言えるのではないだろうか。奇形やグロテスクな見せ物によって表象される都会は同時に詩人の苦悩に充ちた心象風景を内包しており，そこに描かれたものはロンドンの街並ではなく，ロンドンという都会の象徴性にほかならなかった。第7巻の冒頭でワーズワスはロンドンを「広大な荒地」("wide waste," 76) に喩えるのだが，この象徴的イメージは明らかに *Salisbury Plain* に描かれた「荒地」という詩人の心象風景と通底していたはずである。

　ロンドンの記述における基本的な構図は，"Tintern Abbey" と同様に，都会における精神的苦悩と記憶の風景による慰謝というものであった。ワーズワスがロンドンにおいて詩的想像力の喪失を嘆いたことは既知の事実だが，その背後に示唆された精神的苦悩の深淵を推察することは容易である。

　　　　… I feel the imaginative power
　　　　Languish within me. Even then it slept,
　　　　When, wrought upon by tragic sufferings,
　　　　The heart was full ── amid my sobs and tears
　　　　It slept, even in the season of my youth.
　　　　　　　　　　　　　　　(498-502)

　　　　私の中で想像力が
　　　　萎えていくのを感じている。あの時も眠っていた。
　　　　悲劇的な苦悩のために心は重く，
　　　　悲しみと涙の中で想像力は眠り続けた。

　　　　青春のさ中だというのに。

詩人の心に迫る「悲劇的な苦悩」とは何であったろうか。また「青春のさ中」という詩句のなかに，「若くして枯れた」という *Salisbury Plain* の記述を重ね合わせることもできるだろう。詩人はこのロンドンの記述において，さらに「世の中の罪と悲しみ」("the crimes / And sorrows of the world," 363-64) に思いを馳せ，「苦悩と罪，苦しみと屈辱」("distress and guilt, / Pain and abasement," 405-06) という心情を告白する。こうした情況のなかで詩人は「盲目の乞食」と遭遇するのだが，詩人の心理が自己喪失の危機に直面し「絶望」の淵に追い込まれていたことは想像に難くない。

　　　　And all the ballast of familiar life——
　　　　The present, and the past, hope, fear, all stays,
　　　　All laws of acting, thinking, speaking man——
　　　　Went from me, neither knowing me, nor known.
　　　　And once, far-travell'd in such mood, beyond
　　　　The reach of common indications, lost
　　　　Amid the moving pageant, 'twas my chance
　　　　Abruptly to be smitten with the view
　　　　Of a blind beggar,....　　　　　　　(604-12)

　　　　日々親しんだ生活の基盤のすべて，
　　　　現在，過去，希望，恐れ，制約のすべて
　　　　行動と思考，そして人との語らいのすべての規範を
　　　　私は失った。気づくことも気づかれることもなく。
　　　　ある時，こうした気分のまま遠出をし，

見慣れた風景からそれて，うごめく人影のなかで
　　　さ迷ってしまったのだ。その時突然，
　　　私は盲目の乞食の姿に目を奪われたのだった。

　思考の規範を失い，自己を「喪失した」("lost")詩人の混迷がここには描かれおり，その文体は第10巻のなかで描かれた詩人の「絶望」の描写と酷似していた。さらに，ロンドンという都市の「典型」("type")とされたバーソロミュー・フェアが地獄的な様相を呈しているのも，そうした詩人の心情を直接的に反映した表現と言えるだろう。
　ロンドンという都市空間に象徴されるワーズワスの苦悩の中心にフランスに置き去りにしたアネットへの罪の意識が存在していた，とぼくは考える。少なくとも，アネットとの体験が第7巻のロンドンの描写に大きな影響を与えているのは事実であろう。[20] ロンドンの描写には母子のイメージや不幸な女のイメージが多用される。バタミアの乙女，劇場で見かけた母子，街中で悪態をつき侮蔑を受ける女，夜の町に響く女の声がそれであり，ワーズワスの想像の中でロンドンという都会が意味するものと不幸な母子というイメージが結びついていたのである。第9巻に描かれたボードラクールとジュリアの物語にワーズワスとアネットとの虚構化され，美化された恋を見るとすると，アネットと私生児のアン・キャロラインをフランスに置き去りにしたワーズワスの現実的な苦悩と罪の意識がロンドンの描写に投影されたと解釈することはできないであろうか。
　ワーズワスは「バタミアの乙女」の挿話の直後に，劇場で見かけた母子の姿と道端で侮蔑を受ける女の描写を続けて挿入している。この母と子という一連のイメージの連鎖の中で，詩人の意識が自らの内面に向けられ，悲劇的な自己認識へと到る過程は注目してよいだろう。「バタミアの乙女」のエピソードは，まず芝居小屋で見かけた茶番劇として紹介される。無垢な田舎娘が妻子ある男に誘惑されるという筋書きのこの劇は，ロンドンで

流行した大衆劇の定番だった。ワーズワスは実際に出会ったことのある「バタミアの乙女」のモデル Mary を思い起し，故郷の自然を体現したような美しさをもつこの女性に賛辞を送っている。ところが，この時点で詩の調子が一転する。メアリーの姿が再び詩人の脳裏をよぎると，ワーズワスはメアリーの子供が教会の墓地に眠っていることを告白し，この世の「罪と悲しみ」（"the crimes / And sorrows of the world," 363-64）に目を向けるのである。さらに，詩人は劇場で見かけた母子の様子を紹介しながら，現実の世界が「苦悩と罪，苦しみと屈辱」（"distress and guilt / Pain and abasement," 405-06）に充ちたものであると記し，その子が成長して世の中の辛酸を舐めるよりは，メアリーの子供のように教会の墓地に眠っているほうがいいだろうと表白する。ワーズワスの連想は，女性の境遇をめぐって，さらに世の中の暗黒な側面に向けられている。詩人は路上で人々から侮蔑を受ける女の姿を思い起し，「私は本当に心の底から震えた」（"Full surely from the bottom of my heart / I shuddered," 420-21）と言い，「この光景を見たあと気分が沈み／深く思いに耽った，穏やかな悲しみがこうした光景には／付きまとった」（"Distress of mind ensued upon this sight, / And ardent meditation── afterwards / A milder sadness upon such spectacle / Attended," 428-31）と自らの心を振り返っている。路上で侮蔑されるこの女の姿は，私生児を胎み故郷で出産さえできなかったアネットの境遇と重なり合わないだろうか。「バタミアの乙女」という茶番劇に始まったこの一連のイメージは，詩人の苦悩と罪の意識という，きわめて悲劇的な自己認識へと到達しているのである。そして，詩人はその苦しみから逃れるように，「こうした辛い話題はもうやめにしよう」（"I quit this painful theme," 436）と述べるのである。

　ロンドンという都会はワーズワスの精神的な苦悩と罪悪感の象徴的なトポスとして機能していた。しかし同時に，The Prelude において都市という「地獄」はワーズワスの心に回復と再生の糸口を与える場として設定さ

れている。第8巻のロンドンの描写に描かれるように，詩人はこの都市において「人間の同一性」("the unity of man," 827)を認識し人間愛へと目覚めていくのだが，その象徴的イメージとなったのがロンドンで目にした父と子の描写だった。

>   ... on the corner-stone
> Of the low wall in which the pales were fix'd
> Sat this One Man, and with a sickly babe
> Upon his knee, whom he had thither brought
> For sunshine, and to breathe the fresher air.
> ....
> He held the child, and, bending over it
> As if he were afraid both of the sun
> And of the air which he had come to seek,
> He eyed it with unutterable love. (847-51, 856-59)

> 柵の立てられた石塀の隅に
> この男は座っていた。膝のうえには
> 病気の子供をかかえ，
> 新鮮な空気を求めるために
> 陽ざしのほうへ連れ出したのだ。
> ....
> 男は子供を抱きかかえ，
> 陽ざしの強さと外気を恐れるように
> 前かがみになり，子供の顔を
> 言葉にならない愛情で見つめていた。

この父と子の一節は，1850年版では第7巻のロンドンの描写に移され「盲目の乞食」と遭遇する場面に挿入される。ワーズワスが精神的な混迷を極めた時期の描写の中に，この一節が移し替えられたことも故なきことではなかった。なぜなら，この父と子の一節は「盲目の乞食」のエピソードとともに，ワーズワスが人間存在と和解し人間愛に目覚めるきっかけとなる啓示的な体験だったからである。ワーズワスはこの父と子の情景の中で人間社会と和解した。そしておそらく，フランスに残したわが子アン・キャロラインと心のなかで和解し，自らの罪の意識と和解した。「バタミアの乙女」に始まる不幸な母子のイメージと，そこに表現された詩人の苦悩と罪の意識は，この父と子の情景の中で癒されるのである。

　さらに，「盲目の乞食」も象徴的な存在であったはずである。「盲目の乞食」は孤独な人間存在の"type"であり"emblem"である一方で，「別の世界から警告する」("As if admonished from another world," 623)存在であり，それは"Resolution and Independence"に描かれたヒル採りの老人と旅人との遭遇を想起させるものであったのだ。[21] これをワーズワス流の「時の点」と解することもできるだろう。しかし，それは同時に「盲目」になってはじめて真理が「見える」という『オエディプス王』以来の文学的修辞とも考えることができるであろうし，ワーズワスの偉大な先達であり詩的なインスピレーションとなった「盲目」の詩人ミルトンを想起させるものでもあったのだ。ワーズワスが第8巻のロンドンの描写において，精神的な苦悩の果てに人間愛を体得した自己の姿を楽園喪失後のアダムに例えたことも意義深いことであったのだ。

　　　Lo, everything that was indeed divine
　　　Retain'd its purity inviolate
　　　And unencroach'd upon, nay, seemed brighter far
　　　For this deep shade in counterview, that gloom

Of opposition, such as shewed itself
To the eyes of Adam, yet in Paradise
Though fallen from bliss, when in the East he saw
Darkness ere day's mid course, and morning light
More orient in the western cloud, that drew
'O'er the blue firmament a radiant white,
Descending slow with something heavenly fraught.' (813-23)

見よ，すべて神聖であったものは
純粋さを保ち，汚されもせず，
いや，この深い影と対立する暗闇により
いっそう明るく思えるのだ
アダムの目には見えていた，楽園にいながら
至福の世界から堕ち，
東には日中から暗闇が迫ってはいても
西の雲は蒼穹に白く輝き
いっそう明るい朝の光が
ゆっくりと神々しさを湛えながら
降りそそいでいる光景が。

ワーズワスはフランスから帰還した後のロンドン滞在において，切迫した「暗闇」を体験する。しかも，その「暗闇」の認識とともに，「いっそう明るい朝の光」が輝きだすことを自覚したのだった。喪失と回復という，"Tintern Abbey" に描かれた基本的な構図がここにおいて再度くり返されており，その象徴的なトポスとなったのがロンドンという都市であったのだ。

（5）おわりに

　The Prelude が西洋における叙事詩の伝統を継承したものであることはしばしば論じられてきた。しかし，叙事詩の伝統的形式の一つである「冥府行」（catabatic journey）というモチーフについては論じられることは少なかった。『オデュッセイ』，『エアネーイス』，『神曲』に始まり，英国における *Faerie Queene, Paradise Lost* へと受け継がれる叙事詩の伝統のなかで，主人公の多くは精神的な危機に直面し絶望する。そうした時，主人公たちは冥府へと巡礼の旅に出かけ，死者である父権的な存在から予言を託され将来の指針を与えられる。『エアネーイス』におけるアンキセス，『神曲』におけるウェルギリウス，そして *Paradise Lost* における Michael の存在がそれである。危機に直面した主人公が，地獄的な風景のなかで象徴的な「死」を体験し，父なる神の恩寵によって蘇生するという，キリスト教的な「死と再生」のモチーフがすでに叙事詩の伝統のなかに息づいていたのである。

　ワーズワスの精神史を綴った *The Prelude* について，この「冥府行」を想定するならば，それは詩人のフランス滞在，そしてロンドンでの体験がそれに相当するだろう。伝記的にみると，1792年秋から96年にかけての詩人の精神的な危機の期間である。ワーズワスは *The Prelude* の第8巻において，ロンドン体験を洞窟に分け入る体験に喩えて描いているのだが，それを「冥府行」の一変奏と解釈することもできる。そして，詩人をそうした危機から救い出し，将来の指針を与えるという父権的な役割を演じたのがコウルリッジであり，妹のドロシーであった。

　ワーズワスは絶望の期間のなかで象徴的な「死と再生」を体験する。それは同時に詩人の精神における「自然愛」から「人間愛」への移行の過程であったし，またワーズワスの詩作が風景詩から深い精神性を秘めた象徴詩へと変貌する過程でもあったはずである。前にも触れたとおり，ワーズ

ワスにおける自然愛から人間愛への移行は無自覚的なものではなく，その過程のなかに深い苦悩の体験と幼少期の記憶を通して再発見された自然体験が介在していた。記憶という媒介を通して自然が再発見されたように，人間愛も無自覚的なもの（"unconscious love"）から苦悩の体験を通して意識的な愛へと変貌した。それは「悲しい調べ」（"still / Sad music"）であると同時に限りなく恩寵に充ちた愛（"abundant recompense"）であったのではないだろうか。

　ダンテの地獄にフランチェスカとパラオという恋人たちがいたように，ワーズワスの地獄にはボードラクールとジュリアという恋人がいた。つまり，ワーズワスの精神的な危機の根底には，フランスに置き去りにしたアネットとアン・キャロラインへの罪の意識が存在していたのである。ワーズワスはこの罪の意識と直面し，詩作のなかで昇華し浄化することによって精神的な危機を克服する糸口を見出し，同時に象徴的な詩人へと変貌する手がかりを掴んだのである。逆の見方をすれば，フランスにおける愛と苦悩という悲劇的な体験がなければ，詩人ワーズワスは誕生しなかったのである。ワーズワスが体験した精神の危機は，この意味において「幸福な堕落」（felix culpa）であったし，それは同時に「悦楽的な」（felix）「罪」（culpa）であったと言えるだろう。

註

（1）横川雄二は「*The Prelude* —— 記憶と風景の遠近法」において，*The Prelude* に描かれた苦悩の体験をT.S.エリオットの *The Dry Salvage* と比較し，次のような卓見を示している。「1793年からの5年間にわたる苦悩の日々に，これら「時の点」の体験は，《記憶の風景》を通して彼のこころに何度も甦ったことであろう。彼はidentityの危機に瀕し，自己の生の支えを，自らの内にある何ものかに求めたのだった。……『序曲』という作品を執拗に書き続けていくなかで，彼はこの〈体験〉に〈意義〉を見いだし，自己の歴史を物語ることでその不形なるものに〈形〉を与え，自己のidentityを確立し，そして再び生の確かさを手にするのであった。」横川雄二

「*The Prelude* ── 記憶と風景の遠近法」吉野昌昭編『ワーズワスと「序曲」』(南雲堂,1994) 22-23 ページ。

(2) Jerome J. McGann は "Tintern Abbey" の「5年間」について歴史的に考察し,この詩と密接に結びついた当時の社会情勢や詩の背景が隠蔽されている事実を指摘している。Jerome J. McGann, *The Romantic Ideology: A Critical Investigation* (Chicago: U of Chicago P, 1983) 85.

(3) *Lyrical Ballads* のテキストについては,Wordsworth & Coleridge, *Lyrical Ballads,* eds. R. L. Brett and A. R. Jones (London: Methuen, 1963) を用いた。訳文については,すべて拙訳を用いることとした。

(4) M. H. Abrams, *Natural Supernaturalism: Tradition and Revolution in Romantic Literature* (New York: Norton, 1971) 95.

(5) ワーズワスの個人史と当時の社会的背景については,次の文献を参照した。Mark L. Reed, *Wordsworth: The Chronology of Early Years 1770-1799* (Cambridge: Harvard UP, 1967); Mary Moorman, *William Wordsworth: The Early Years 1770-1803* (Oxford: Oxford UP, 1957); Kenneth R. Johnston, *The Hidden Wordsworth: Poet・Lover・Rebel・Spy* (New York: Norton, 1998)

(6) ワーズワスの代表的な研究家である Emile Legouis, Mary Moorman, M. H. Abrams はすべて,ワーズワスの精神的危機の原因を革命思想の挫折に帰している。Emile Legouis, *The Early Life of Wordsworth 1770-1798* (New York: J. M. Dent & Sons, 1921); Moorman, *William Wordsworth*; Abrams, *Natural Supernaturalism* 等を参照のこと。

(7) ワーズワスの苦悩の一因にアネットとの恋愛事件を挙げる批評家はあるが,ワーズワスのアネットへの罪の意識が詩作のなかで昇華され,詩人としての成長に寄与したとする指摘はないのではないだろうか。たとえば,Mary Moorman はワーズワスにおけるアネットとの関係を過小評価し,その事件はむしろ詩人の形成の障害となったと述べている。"Indeed, in his own view, it might ── probably did ── seem that the whole episode had been more of a set-back than a process in poetic growth." Moorman 183.

(8) *The Prelude* については別途指示しないかぎり 1805 年版についての言及とし,カッコ内に行数を記した。なお,テキストには Jonathan Wordsworth et al., eds., *The Prelude: 1799, 1805, 1850* (New York: Norton, 1979) を用いた。

(9) Marjorie Levinson, "Insight and oversight: reading Tintern Abbey,'" in *Wordsworth's Great Period Poems: Four Essays* (Cambridge: Cambridge UP, 1986) 14-57.

(10) *Salisbury Plain* には「流浪の女」が登場するのだが，彼女の口を通してワーズワスは心の「絶望」を語っていた。

> The very ocean has its hour of rest
> Ungrated to the human mourner's breast
> Remote from man and storms of mortal care,
> With wings which did the world of waves invest,
> The Spirit of God diffused through balmy air
> Quiet that might have healed, if aught could heal, Despair.
> (355-60)

(11) Nicholas Roe, *Wordsworth and Coleridge: The Radical Years* (Oxford: Clarendon P, 1988) 118-44 参照。
(12) Johnston 296.
(13) フロイトの文学論については，*Der Dichter und Phantasieren* (1908) 等を参照のこと。
(14) アネットの手紙については，Emile Legouis, *Wordsworth and Annette Vallon* (1922; New York: Archon Books, 1967) および Moorman, *William Wordsworth* を参照した。
(15) アネットは故郷のブロアに戻った後も，醜聞を避けるために，娘のアン・キャロラインとは離別して暮らさなければならなかった。Legouis, *Wordsworth and Annette Vallon* 29.
(16) Johnston 335.
(17) 「バタミアの乙女」の事件をコウルリッジが取材した経緯については，Donald H. Reiman, "The Maid of Buttermere as Fact and Romantic Symbol," *Criticism* (Spring, 1984): 139-70 を参照のこと。
(18) Moorman の指摘によると，"The Mad Mother"，などの作品にアネットとの関係が投影されているということである。Moorman 385.
(19) ワーズワスが William Mathew に宛てた手紙から判断すると，1791年のロンドン滞在では特記すべき事件は起こってはいない。第7巻に描かれたロンドンの描写は1791年の滞在のみに限定されるものではなく，それは回想の中のロンドンを主観的に記述したものであった。Letter to William Mathew (17 June, 1791), *The Early Letters of William and Dorothy Wordsworth (1787-1805)*, ed. Ernest de Selincourt (Oxford: Clarendon P, 1935) 48 参照。また「バタミアの乙女」の事件にしても1802年に起こったものであり，その劇がロンドンの Saddler's Well で上演されたのは1803年のことであった。これについては前川俊一註 *Wordsworth: The Prelude*, Vol. 2 (研究社, 1965) の註 (22 ページ) に

挙げられた de Selincourt の引用を参照した。
(20) Reiman は，第7巻に描かれた「バタミアの乙女」とアネットの境遇に共通点があると指摘している。Reiman 156.
(21) ワーズワスは「盲目の乞食」と遭遇した体験について "admonished" という単語を用いているが，"Resolution and Independence" においても同様に "admonishment" という語句を用いており，二つの描写には顕著な類似性が見られる。

    And the whole Body of the man did seem
    Like one whom I had met with in a dream;
    Or like a Man from some far region sent;
    To give me human strength, and strong admonishment.
                                         (116-19)

『序曲』におけるエピファニーをめぐって

時枝千富美

　The Prelude の中核をなしている 'spots of time' のエピソードが, 幼年時代の様々な幻想体験を基盤としていることは既に周知の事実である。Wordsworth の自叙伝詩とも言うべきこの作品は, 少年の頃の「自然との触れ合い」に始まり, やがてそこから離れ, 人間への関心に目覚めた青年期を過ぎ, 深刻な精神的危機に直面するも最終的には幼き折体験した「自然」の意味を再確認し, 精神的安定を回復するに至るという形式をとっている。そのため, 作品の構造が「自然」に始まりやがては「自然」に帰るという一種の「循環」のパターンを示していることもまた, 指摘されてきたことである。(1) ワーズワスにとっての自然とはかくも重大な意味を持ち, 彼に多大な影響を及ぼしたわけである。この小論では幼年時代の自然の中でのヴィジョン体験の幾つかを取り上げ, 啓示的瞬間がどのように具体的に顕在化されたのか, epiphany 体験がワーズワスにいかなる内面的変化をもたらしたのかについて考察してみる。(2)

（1）

　1798年, ワイ川のほとりを再訪した折の体験をもとに, ワーズワスは "Lines written a few miles above Tintern Abbey" を書いている。その中で, 彼は心の内なる眼を通して体得したものが精神的存在の核心となったことを力説しているが, ワーズワスの言う心の眼にはどんな意味が込められているのであろうか。

> Five years have passed; five summers, with the length
> Of five long winters !　　　　　　　　(1-2)⁽³⁾

　　　五年もの歳月が過ぎた。五度の夏と
　　　五度の長い冬とが過ぎ去ったのだ。

と、"five" を三度もたたみかけるように繰り返して始まっているこの詩には、過ぎ去った年月の間に喪失してしまったものへの憂い、それを償ってあまりある恩恵を受けたことへの喜びとが、過去と現在との時の流れを行きつ戻りつしながら表現されている。少年の日に感じた痛いほどの快楽も、目も眩むような歓喜も五年の歳月で消え失せてしまったが、そのかわり当時とは違った目で自然を眺めるようになった作者は、以前よりも高遠なる喜びを心に感じ取っている。

> 　　　　　　　　　　Though absent long,
> These forms of beauty have not been to me,
> As is a landscape to a blind man's eye:
> But oft, in lonely rooms, and mid the din
> Of towns and cities, I have owed to them,
> In hours of weariness, sensations sweet,
> Felt in the blood, and felt along the heart,
> And passing even into my purer mind
> With tranquil restoration:…
> ………………
> 　　　　　　　　　…Nor less, I trust,
> To them I may have owed another gift,
> Of aspect more sublime; that blessed mood,

In which the burthen of the mystery,
　　　In which the heavy and the weary weight
　　　Of all this unintelligible world
　　　Is lighten'd:...
　　　..................
　　　　　　　　　...we are laid asleep
　　　In body, and become a living soul:
　　　While with an eye made quiet by the power
　　　Of harmony, and the deep power of joy,
　　　We see into the life of things.　　(23-31, 36-42, 46-50)

　　　　　　　　　　　永いこと眼にしなかったとは言え，
これらの美しい事物の形は，私にとって眼の不自由な人の眼に
映る景色とは違ったものであった。
しかし時として，一人で部屋に居る時，
都会の喧騒の中で疲れきっている時に，
あの美しい事物のおかげで，私は甘美なる感覚を血液に，
そして心に感じたのだ。そして，それは純粋な心の中にまでも
入り込み，心を穏やかに回復してくれた。
....
　　　　　　　　......それに劣らず，
それらの事物のおかげで，私はもっと気高い
意味を持った授かり物を手にしたのかもしれない。
その祝福に満ちた雰囲気の中では，神秘の重荷，
この不可解な世界の重苦しい負担が軽くなされるのだ。
....
　　　　　　　　......私たちの肉体は眠ったままで

生きた魂となるのだ。そうしながらも，
調和の力と悦びの深い力とによって
穏やかになされた眼で，
私たちは事物の生命をも見通すのだ。

「甘美なる感覚を血液に感じる」("sensations sweet / Felt in the blood")とは，純粋に肉体的感覚でとらえた表現である。そしてそれは「心（心臓の意味も含まれる）に感じ取られ，純粋な精神の中にも入り込み」("felt along the heart, / And passing even into my purer mind")という表現から読み取れるように，肉体の感覚を越え、心の中，すなわち精神の領域にまで入り込んでくるのだ。最初肉体的な快楽をもたらした感覚が，次の瞬間には心の穏やかさを回復するまでに高められることによって，心の内なる眼が開かれるのである。「調和の力と悦びの深い力とによって穏やかになされた眼」("an eye made quiet by the power / Of harmony, and the deep power of joy")とはこの心の内なる眼を表しており，この眼を通してワーズワスは自分の心に映った景色を見ているのである。「もっと気高い意味を持った授かり物」("another gift, / Of aspect more sublime")とは，視覚でとらえた自然の美しい景観を超越した世界にあるものの存在を示唆していると思える。ワーズワスはワイ川の川辺に立ち眼前に広がる景色を眼にしながらも，さらに自然の内面に踏み込んで，現実の風景の向こうにあるものを見ていると考えられる。

　心の内なる眼は epiphany を感じ取る際には不可欠な要素だと思われるが，*The Prelude* の次の詩行において一つの典型として示されている。

　　　　　　　　　　　　　　...I forgot
　　　　That I had bodily eyes, and what I saw
　　　　Appear'd like something in myself, a dream,

A prospect in my mind.   (2. 368-71)⁽⁴⁾

　　……私は肉体の目を持っていることを忘れた。
　　そして，私の眼にしたものは，私自身の内部にある
　　何か夢のようなもの，心の中にある風景のように
　　思えるのであった。

ここでワーズワスの眼に見えているものは，視覚的現実の世界に存在するものではなく，彼の心の眼に映る，いわゆる心象風景である。外部から彼の肉眼に飛び込んできた景色は，ある瞬間に心の眼で見た景色へと変貌を遂げる。この変貌の瞬間こそがまさに 'spots of time' のことであり，啓示的瞬間すなわち epiphany が示される際に彼の心を揺さぶる衝撃の訪れには，ある一定のパターンが見受けられる。ワーズワスは 'spots of time' の経験を二種類に大別して次のように述べている。

　　　　　　　　…But I believe
　　That Nature, oftentimes, when she would frame
　　A favored being, from his earliest dawn
　　Of infancy doth open out the clouds
　　As at the touch of lightning, seeking him
　　With gentlest visitation; not the less,
　　Though haply aiming at the self-same end,
　　Does it delight her sometimes to employ
　　Severer interventions, ministry
　　More palpable — and so she dealt with me.
　　　　　　　　(*The Prelude*, 1. 362-71)

……大自然は目をかけた人間を創ろうとする時には，
時折，その人のごく早い幼年期から，稲妻が手を触れる
ように夜明けの雲間を押し開いて，この上ない優しさで
その人を捜し当て訪れるものだ。又それどころか，
心の中では，たまたま同じ結果をもくろんでいたとしても，
自然は時々より厳しい干渉を行って自らを満足させ，
さらに明白な仕事を成し遂げたりもする。
私に関して，自然とはそういう存在であった。

　つまり，自然との関わりを「この上なく優しい訪れ」"gentlest visitation" と，「厳しい干渉」"severer interventions" とに区分しているのだが，自然の干渉の仕方を明確に二つに分けられるかどうかは議論の余地があろうが，いずれにしても epiphany を垣間見る瞬間に伴う衝撃の訪れには，"severer interventions" が大きな要素として働いていると思われる。それでは，Ulswater 湖畔でのボート漕ぎの場面を見てみることにする。

　　　　The moon was up, the lake was shining clear
　　　　Among the hoary mountains;…
　　　　………………
　　　　　　　　　　…Nor without the voice
　　　　Of mountain-echoes did my boat move on,
　　　　Leaving behind her still on either side
　　　　Small circles glittering idly in the moon,
　　　　Until they melted all into one track
　　　　Of sparkling light.
　　　　………………
　　　　When from behind that craggy steep, till then

The bound of the horizon, a huge cliff,
　　As if with voluntary power instinct,
　　Upreared its head. I struck, and struck again,
　　And, growing still in stature, the huge cliff
　　Rose up between me and the stars, and still
　　With measured motion, like a living thing
　　Strode after me.　　（1. 383-84, 389-94, 405-12）

月が昇っていた。神々しいほどの山々に囲まれて
湖の水面は輝いていた。
………………
　　　　　　　　　　　　　　………小舟は，
山のこだまの声を聴きながら進んだ。小舟の両側では，
静寂の中で小さな水の輪が
月の光にぼんやりと輝いて，やがては溶けて
煌めく一筋の光となっていった。
………………
さっきから，天地の境界になっていた
険しい岩山の背後から，まるで自らの本能的な意志を
持っているかのように，巨大な断崖が頭を聳え立たせた。
私は舟をどんどん漕いだ。そうすると，その断崖は
ますます巨大になりながら，私と星との間に
立ちはだかり，生き物のように大股で，私のあとを
追いかけてくるのであった。

　少年ワーズワスは岩穴の奥に繋いであった小舟に独りで乗り込み，静かな湖面を滑るように漕いでいる。このボート漕ぎの経験描写の最も重要な

部分は，405行目から始まる山の背後から急に姿を見せた"a huge cliff"の出現である。それまで視界から遮られていた山が，手前の山の背後からまるで巨大な生き物のように現れ，しかもボートを漕いでいる少年の眼には，それが自分を追いかけてくるような恐怖体験として映ったのである。この恐怖体験の根底には先に述べた自然の"severer interventions"が介在しており，恐怖感にも似た衝撃の訪れがepiphanyを成り立たせていると言える。湖面に輝き渡る一筋の帯となった月の光の効力も加わり，幻想的な雰囲気に包まれた中，少年はたった独りで小舟を漕いでいる。ワーズワスがここで扱っているのは「錯覚」とも呼べる心理現象である。勢いよく漕いでいる舟が岸から離れていくにつれて，今まで手前の岩山に遮られていた後ろの山が徐々にその姿を現し，その現れ方は，まるで生き物が巨大化していくように見えてくる。他人の舟を無断で使用しているという後ろめたさも手伝って，恐れの感情までもが湧き出てくるのである。このように物理的説明がつく心理的錯覚を不可思議な体験として扱っているところに，このエピソードの重要性が認められるのだと言える。切り立った崖が襲いかかってくるなどと現実にはあり得ない現象に怯えるのは，心象的な世界への没入を表現する一つの例であり，先に述べた心の眼で見た景色への変貌は，次の箇所で明確に読みとることが出来る。

>   ...and after I had seen
> That spectacle, for many days my brain
> Worked with a dim and undetermined sense
> Of unknown modes of being. In my thoughts
> There was a darkness — call it solitude
> Or blank desertion — no familiar shapes
> Of hourly objects, images of trees,
> Of sea or sky, no colours of green fields,

But huge and mighty forms that do not live
Like living men moved slowly through my mind
By day, and were the trouble of my dreams. (1. 417-27)

　　　　　……私はあの光景を見て以来ずっと長い間,
未だ知られざるものの存在について, 漠然とした気持ち
で考え続けてきた。というのも私の考えの中に一つの
暗がりがあり, それは孤独とも言えるし, 空虚な虚脱感
とも言えるもので, 木, 海, 空というような,
絶えず見慣れているものの形ではなく, 緑の野原の色を
しているわけでもない。そうではなく, ただ
生きている人間とは全く違う巨大で力強いものの形が,
白昼ゆっくりと私の心に忍び込んできて,
夢の中でも悩ませるのであった。

「未だ知られざるものの存在」("unknown modes of being") とは現実の日常世界に在るものではない。これらは, 肉眼から心眼へと移行した epiphany の瞬間に心に映ったものの存在なのである。ワーズワスはその瞬間を体験して以来, 昼夜を問わず一つの暗がりのような存在に取りつかれ, それは彼にとって強迫観念のようになり, 心の中に住み着いてしまったと言える。幼年時代の単なる錯覚ともおぼしき心理現象がそれだけにとどまらず, 彼独自の啓示的瞬間の体験なのだと言える所以はここにある。
　自然界に存在している事物が, 心の中へと侵入してくる如くに感じる錯覚めいた感覚は, 次のエピソードにおいても表現されている。

　　　　　…And oftentimes
When we had given our bodies to the wind,

> And all the shadowy banks on either side
> Came sweeping through the darkness, spinning still
> The rapid line of motion, then at once
> Have I, reclining back upon my heels,
> Stopped short ── yet still the solitary cliffs
> Wheeled by me, even as if the earth had rolled
> With visible motion her diurnal round.　　(1. 478-86)

　　　　　…….また，時折，追い風に身を任せて
滑っている時などには，両側の暗い山々の土手が，
暗やみの中から飛び去るように現れて，
まるで糸のように紡ぎだされ，素早い一本の線に
なっていくようであった。そういう時に，
私はすばやく踵に重心をかけて，瞬時にぱっと立ち止まる。
しかしそれでも，まるで地球が自転するのが
眼に見えるかのように，孤立した崖は，ずっとぐるぐる
私のまわりを廻り続けるのであった。

　これはワーズワスが夢中になってスケート遊びに興じている描写である。ここでも「両側の暗い山々の土手が／暗闇の中から飛び去るように現れてくる」("all the shadowy banks on either side / Came sweeping through the darkness")と景色が彼の方に迫ってくる様子が明確に表現されている。実際には，周囲の景色が糸を手繰るように次から次に紡がれて，一本の線になって迫ってくるなどあり得ないことであり，少年の目の錯覚だと言ってしまえばそれまでのことであるが，自分の身体全体の眼と心で自然を感じ取っている少年にとっては，このような現象が超現実的に思えても至極当然のことであったに違いない。このエピソードの前半には，無心に

スケート滑りをする少年の耳に騒々しい遊びの歓声とは違う，今まで聞いたことのない「異質のもの悲しい響き」("an alien sound / Of melancholy," 1.470-71) が聞こえており，それはこれから遭遇するであろう神秘体験を暗示しているとも解釈できる。しかし，地球の自転運動を体感したと思われた事が神秘的な体験だったとはいえ，これもまた肉体の急速度の運動が突然停止したことから生じる，眩暈にも似た視覚現象なのである。この感覚をワーズワスは自然の中での不可思議な経験と結びつけ，超現実的な啓示体験の一つとして捉えようとしたのだ。いずれにせよ，景色が心の内面に迫り侵入してくる "intrude" の感覚は十分に描きだされていると思われる。心の中に侵入してくる自然を描く際に，metaphor としてではなく，"intrude" という言葉がそのまま用いられている例の代表は，やはり "Nutting" である。

> ...Then up I rose,
> And dragg'd to earth both branch and bough, with crash
> And merciless ravage; and the shady nook
> Of hazels, and the green and mossy bower
> Deform'd and sullied, patiently gave up
> Their quiet being: and unless I now
> Confound my present feelings with the past,
> Even then, when from the bower I turn'd away,
> Exulting, rich beyond the wealth of kings
> I felt a sense of pain when I beheld
> The silent trees and the intruding sky.——　　(42-52)

　　……ようやくわたしは立ち上がり，大枝も小枝も地面の方へ引きおろし，情け容赦なく枝をへしおった。

> 葉蔭の多い奥まった榛も，緑濃く苔むした木蔭も，
> 樹の形が不恰好になり汚されてしまい，それでも
> 我慢して諦めたような樹々は，静かなたたずまいを
> 見せていた。たとえ今のわたしが，現在の気持ちと
> 過去の気持ちとを混同していなくとも，それでも，
> 王者の富に勝る豊かさに大喜びして，その木蔭から立ち帰るとき，
> 静かに佇む樹々とその隙間に入り込んできた空を見て，
> わたしは心に痛みを感じたのであった。

木の実採りに行ったワーズワスは前人未踏の森蔭を見つけ，鈴なりの実を見上げて，この上ない満足感を味わっている。一心不乱に実を採っている少年は，熱中するあまり，自然への侵害とも言うべき過度の採取行為をしてしまう。その結果，木の葉の間を通して見え隠れする空は，前よりも広さを増したようにも見える。実際に自然を侵害しその中へ侵入していったのは少年の方であるのに，少年の眼には，空が自分の方へ"intrude"してきたように映ったのだ。どちらが侵入したにせよ"intruding sky"という表現には，少年の心と自然との交感体験が暗示されている。現実の木の実採りの描写が"intruding sky"によって，現実を越えた心象的な世界へと見事に転化されていると言える。枝を折られた樹々の隙間から垣間見える空と少年との距離感はいつしか崩れ，その空は少年の視界を突き抜け，心の中にまで侵入してきたのだ。この時点で，彼を取り巻く樹々も空も心の眼に映されたそれであり，現実の風景というより，自然と交わった少年の眼がとらえた風景であると言える。先に引用したボート漕ぎの場面で，天と地を分ける境界となっている険しい岩山が単なる境界線ではなくなり，日常世界と超自然的な世界を隔てるものへと変わっていったのと同様に，榛の樹はワーズワスと天を遮る境界ではなく，現実とヴィジョンの世界との境界線としてのニュアンスが込められている。このようにヴィジョ

ンの世界の現出は，自然界の現象が境界線の向こう側から"intrude"してくるという形をとってなされる場合が多いと言えるのではなかろうか。

(2)

では再び The Prelude に眼を移して，epiphany の瞬間をとらえた描写を見てみよう。

       ...while he blew his flute
 Alone upon the rock, oh, then the calm
 And dead still water lay upon my mind
 Even with a weight of pleasure, and the sky,
 Never before so beautiful, sank down
 Into my heart and held me like a dream.　　(2. 175-80)

     ……その間，彼は
岩の上でたった独りでフルートを吹いていた。
おお，その時，穏やかで静まりかえった湖水が，
喜びの重みをさえ伴って私の心に広がり，
以前に見たこともないような美しい空が，
私の心に沈みわたり，
まるで夢のように包み込むのであった。

湖水が心に沈み渡り，その湖水の水面に映し出された空が心の奥にまで浸透してくるとは，何と感覚的な表現であろうか。少年を中心に，彼の目線より下にある湖水と遙か頭上にある天空が，少年を挟んで上と下との両方から身体全体を抱き締めるように"intrude"してくるのだ。「喜びの重み」

という言葉からは，epiphany の瞬間を体感した時の恍惚状態に付随する一種の肉体的快楽も連想される。ここには epiphany の顕在化が極めて感覚的な言葉で表現されている。そして，このフルートを吹く少年のイメージの延長線上にあるのが，"There was a boy" の一節である。

There was a boy —— ye knew him well, ye cliffs
And islands of Winander —— many a time
At evening, when the stars had just begun
To move along the edges of the hills,
Rising or setting, would he stand alone
Beneath the trees or by the glimmering lake,
And there, with fingers interwoven, both hands
Pressed closely palm to palm, and to his mouth
Uplifted, he as through an instrument
Blew mimic hootings to the silent owls
That they might answer him. And they would shout
Across the wat'ry vale, and shout again,
Responsive to his call, with quivering peals
And long halloos, and screams, and echoes loud,
Redoubled and redoubled —— concourse wild
Of mirth and jocund din. And when it chanced
That pauses of deep silence mocked his skill,
Then sometimes in that silence, while he hung
Listening, a gentle shock of mild surprize
Has carried far into his heart the voice
Of mountain torrents; or the visible scene
Would enter unawares into his mind

With all its solemn imagery, its rocks,
Its wood, and that uncertain heaven, received
Into the bosom of the steady lake.　　　　(5. 389-413)

少年がいた。ウィンダミアの岸や島々よ,
その少年のことをよく知っていたはずだ。星々が山の背に沿って
昇ったり沈んだりしながら,ちょうど動き始めたばかりの
夕暮どきに,少年は木々の蔭や仄かに光っている
湖のほとりに,何度も独りぼっちでたたずんでいたのを
お前は憶えているだろう。彼は指を組み合わせ,掌を互いに
しっかりと押しあて,口元に持ってきて,
その掌を楽器のようにして,静かに押し黙った梟が
彼に応えてくれるようにと,梟の鳴き真似を
吹き鳴らすのであった。すると,梟は渓流の流れる谷間の
向こうから声高に鳴き,そしてまた鳴き,声を震わせながら
彼の呼び掛けに応えるのであった。そして,
永く尾を引いた鳴き声と,金切り声と,声高なこだまとが重なり,
また重なり,楽しげで賑やかしい騒々しさの競演となる。
すると,深い沈黙のひとときが,彼の自慢の腕を
台無しにしてしまう時もある。そんな時,時折その静寂の中で
耳を澄ませていると,かすかに心を揺るがす穏やかな衝撃が,
少年の心の奥深くまで,山あいの奔流の水音を
運んできたのだ。あるいは,眼に映る光景が
そのあらゆる荘厳な形象,岩,森と共に無意識のうちに
彼の心に流れ込んできたのだ。そして,
波ひとつない湖の,底深くに受けとめられた
あの定かならぬ空とともに,少年の心に入ってきたのだった。

このエピソードにおいてワーズワスが取り上げているのは，少年と梟との間に漂っている緊張感である。湖の畔に独りで佇んでいる少年の耳には，三種類の音の響きが聞こえている。一つは自分の指を使って鳴らす梟の鳴き真似の音，一つはそれに応えて鳴いてくれる梟の鳴声とこだまとの賑やかな競演，もう一つは，少年の期待通りに梟が応えてくれない時に起こる深い沈黙である。響き渡る音とその間を縫って流れる沈黙とが創りだす対照的な時間と空間の中で，緊張感に満ちた少年の眼に映っていたものは，いつしか心の眼でとらえたものへと移行している。肉眼から心眼へと変わった瞬間，少年の周囲の景色は心象風景と化してしまう。それは「眼に映る光景が無意識の内に彼の心に流れ込む」("the visible scene / Would enter unawares into his mind") という表現によって暗示されている。また，すぐ前にある「かすかに心を揺るがす穏やかな衝撃」("a gentle shock of mild surprize") には，二重の意味が込められているように思える。梟の鳴声を聞こうと耳に全神経を集中して待っている少年は，声が聞こえないと，期待を裏切られたことで精神的緊張が緩み，"gentle shock" を感じるのだ。表向きはこのような解釈が成り立つのだが，この言葉には肉眼から心眼への移行段階において生じる，ある種の衝撃めいた心の運動が示唆されているように思えてならない。啓示的瞬間の顕在化に伴う心の動揺が暗示されているのだと言える。これも，前述した自然の側からの "severer interventions" であることに変わりはない。"gentle shock" を伴って景色が流入するというのは，現実の世界からそれを越えた或る形象の世界へ入り込んだことに他ならない。さらに "into" という語の反復によって，読み手である我々の心も形象の世界へまぎれ込んだ少年の心へと，二重の意味において誘い込まれてしまう。また，切り立った崖に反響する少年と梟の鳴き声は，"Redoubled and redoubled" という表現によって我々の中でも，まさしく redouble される。もっと言うならば，波ひとつない湖の底深くに映っている空は，少年の心に映っている空であり，context を追う

我々の心の眼にもその空は映し出され，このいわば二重構造の図式において，ワーズワスは読み手である我々の心の中にも 'spots of time' の瞬間を呼び覚ましてくれる。そして自然と一体化した少年の心と我々の心はさらに一体化し，読み手の中にも epiphany の瞬間が顕在化されるのである。

　ここで注目すべきは，少年の epiphany 体験が読み手の直接経験であるかの如くに顕在化されているという点である。言葉の反復，リズム，言葉から立ち昇ってくる音，visionary なイメージのどれもが，読み手の眼と心に感覚的に訴えかけてくる。もちろん，前述のフルート吹きの少年の表現と同様に，ここでも視覚と聴覚両面からの極めて具体的かつ感覚的な要素が多分に盛り込んである。"intrude" してくる空の図式はさらに複雑化され，見上げた空が直接心に入り込んでくるのではなく，空は一旦湖の水面に映し出され，その映し出された空が心の奥深くに受けとめられるのだ。この時，context を辿る読み手は少年に自分を重ね合わせ，自分の心の奥深くに受けとめられた空を見るという自然との一体感を得ることになる。水面に映し出された空が，見上げる空よりも輝きを増しているのは言うまでもないことだ。湖面の微かな揺らぎや仄かな光の具合が，いかにも幻想的な風景を醸し出している。少年を幻惑した湖水の煌めきは，我々をも少年と同じ幻想的な世界へと導く。読者をも取り込んで，極めて感覚的なレベルで epiphany が顕在化されているとする理由はそこにある。このようにワーズワスの描く epiphany の顕在化は，自然界の様々なエレメントとの一体感を機に，日常的な生活空間がふと非日常的なそれへと変貌する瞬間に，認識されるものであると言える。特殊な状況が要求されるのではなく，日常生活を取り巻く自然界の中に啓示的瞬間の可能性が含まれているのである。

（3）

　ワーズワスの epiphany 体験は，自然界の日常空間において，成立する

ものであることは先に述べたが，はたして彼は少年時代の記憶の体験にどれほどの重要性を認めていたのであろうか。これをふまえて，The Prelude 第2巻に出てくる "self-presence" の存在に眼を向けてみることにする。

     ...so wide appears
 The vacancy between me and those days,
 Which yet have such *self-presence* in my mind
 That sometimes when I think of them I seem
 Two consciousnesses ―― conscious of myself,
 And of some other being.   (2. 28-33, 強調筆者)

     ……今の私と
当時の日々との間の空白感が，あまりにも
大きく思われる。だが，そのような自意識は
今もなお私の心の中にあり，そのことを考えると，
時折私は二つの意識，現在の私ともう一つ別の存在を
持っているような気がする。

「二つの意識」（"Two consciousnesses"）とは，一つは The Prelude を書いている時点のワーズワスの自意識であり，もう一つは，永い年月の経過にもかかわらず当時から存在し続けている，少年の日のワーズワスの自意識である。[5] ワーズワスにとって過去の記憶は，永久に変わることなくそれ自体が独立したものとして，現在の自意識と並行して存在していると解釈できる。つまり，自意識を「現在の意識」（"conscious of myself"）と，「過去の体験当時の意識」（"conscious of some other being"），すなわち "self-presence" との二種類に分け二重構造にすることによって，記憶の中の体験に奥行を持たせている。前述の "Nutting" にも「たとえ今の私

が／現在の気持ちと過去の気持ちを混同していなくとも」("and unless I now / Confound my present feelings with the past") とあるが、"present feelings" は "conscious of myself" に、"past feelings" は "self-presence" にそれぞれ相当するものだと思われる。文学作品がいずれにせよ after-meditation の形をとっているという事実を考慮に入れると、二重意識の構造が生じるのは当然のことではあるが、ワーズワスの場合、'spots of time' の概念を正当化するには、現在の自分とは別の意識の存在が不可欠な要素となってくるのである。しかも、二つの意識のうち 'spots of time' を体験した当時の少年の意識に比重が多くかかるのもまた当然のことであろう。ワーズワスの "past self" と "present self" との両方に意識を投影させながら読み進んでいく過程で、読み手の意識からは "conscious of myself" の持ち主である現在のワーズワスの姿が遠退き、少年の日の epiphany 体験が直接的な形で、我々の心に響いてくるのを感じ取ることが出来る。もう一度 "Nutting" を例にとると、空が少年の心に入り込んできた時点で顕在化された epiphany は、詩作時点のワーズワスの中でも甦り、記憶の中の "intruding sky" は言葉の意味そのままに読み手の心の奥にも入り込み、その瞬間を再現させるのである。以上のように "self-presence" の存在を明らかにすることによって、ワーズワスは記憶の構造に広がりを与え、そのことによって epiphany の顕在化をよりダイレクトに表現しようとしたのだと思われる。

"self-presence" の存在を考えると、Virginia Woolf が用いた小説を物語る上での技法の一つである「意識の流れ」("the stream of consciousness") が思い浮かんでくる。[6] 彼女の自伝的著作集 Moments of Being に収められた "A Sketch of the Past" と題する回想記の中に次の一節がある。「わたしは、ある衝撃を受けたと感じる。だがそれは子供の頃考えたような、単に真綿に包まれたような日常生活の背後に隠れた敵による打撃ではない。それはある秩序の啓示であり、あるいは、この先啓示となる

であろう。それは現象の背後にある何か真実なもののしるしである。」("I feel that I have had a blow; but it is not, as I thought as a child, simply a blow from an enemy hidden behind the cotton wool of daily life; it is or will become a revelation of some order; it is a token of some real thing behind appearances")[7] 彼女の言う「存在の瞬間」とは、驚くほど強烈な啓示で満たされていながらも、日常的な情景や外界を形作る物質的な物の描写の中に、縫い込まれているものである。「現象の背後にある何か真実なもののしるし」もまた、ウルフ流の epiphany ということになるだろう。そして A Portrait of the Artist as a Young Man で、James Joyce が主人公 Stephen に語らせた 'claritas' もまた「存在の瞬間」と同質のものだと考えられる。Stephen は一点の光のようにきらめく霊感を感じる一瞬を体験した明け方の様子を、「クラリタスとは何か事物における神の目的の審美的発見と再現である」("*claritas* is the artistic discovery and representation of the divine purpose in anything")[8] と述べているが、これは紛れもなく epiphany 的な体験の一種であったことが窺える。

　Frank Kermode は「クロノスであったものがカイロスになる時が、小説家の時間である」と述べているが、彼はクロノスとカイロスというギリシャ語を次のように定義している。[9]「クロノスとは始まりと終わりのある時間、すなわち『過ぎ行く時間』、あるいは『待ち受けている時間』、黙示録によれば、『もはやなくなるであろう時間』であり、カイロスとは『季節的時間』すなわち終わりとの関係から生じる意味を持たされた、意味に満ちた一時点である。」現実の様々な出来事が生じる日常時間というものが、始めと終わりのある直線的時間の上に成り立っていると考えれば、そのようなクロノス的時間の中で永遠の一瞬を垣間見る epiphany の瞬間は、カーモード流に言うと、クロノス的時間の流れからカイロス的時間への転化ということになる。これをワーズワスに置き換えて考えてみると、カイロス的時間への転化とは外界の風景が突如日常空間から抜け出し、以

前には見られなかった輝きを持って迫りくる一瞬をとらえる，肉眼から心眼への移行の瞬間だと言えるかもしれない。T. S. Eliot が *Four Quartets* の第1楽章 "Burnt Norton" の中で繰り広げた 'the still point' の概念も，クロノス的時間とカイロス的時間との接点における，非時間の認識論の定義だと考えられる。

> At the still point of the turning world. Neither flesh nor fleshless;
> Neither from nor toward; at the still point, there the dance is,
> But neither arrest nor movement. And do not call it fixity,
> Where past and future are gathered.　Neither movement from nor
> 　　towards,
> Neither ascent nor decline. (16-20)[10]

> 廻る世界の静止点において。肉体でもなく非肉体でもなく，そこからでもなくそこへ向かっていくのでもない。その静止点に舞踏があるが，とどまるわけでもなく動いているわけでもない。それを固定と呼んではいけない。そこは過去と未来が集まっている処である。そこからの動き，またそこへの動きでもなく，上昇でも下降でもない。

周囲の現象界は絶え間なく動いているが，その中心には静止した一点がある。neither 〜 nor という否定表現を用いることによってしか表現し得ない「静止点」とは，時空の中の一点ではない。これは，時間を超越した永遠の一点であり，永遠の現在とも言うべき点であり，過去と未来とがその一点に集約されているのである。時間を超越した永遠の一点とは，啓示的瞬間が日常的時間の流れの中に降り立った一点のことを示しており，これもやはり epiphany の一瞬であることに間違いはない。

(4)

　最後に，epiphany が顕在化される瞬間に必ずと言っていいほど存在している，水の metaphor について考えてみることにする。すでにボート漕ぎの場面や "There was a boy" の引用文などで，啓示的瞬間の訪れには自然界に存在する様々なエレメントが深く関わっていることを述べてきたが，ここでは水と想像力との関係について論じてみたい。彼は *The Prelude* の中で，湖水の底から水死人が引き上げられる時の様子を目撃し，次のように語っている。

> At length, the dead man, 'mid that beauteous scene
> Of trees and hills and water, bolt upright
> Rose with his ghastly face, a spectre shape ——
> Of terror even. And yet no vulgar fear,
> Young as I was, a child not nine years old,
> Possessed me, for my inner eye had seen
> Such sights before among the shining streams
> Of fairyland, the forests of romance ——
> Thence came a spirit hallowing what I saw
> With decoration and ideal grace,
> A dignity, a smoothness, like the words
> Of Grecian art and purest poesy.　　　(5. 470-81)

　ついに，木々や山々や湖水などの美しい景色の真ん中で，恐ろしい形相をした水死人がぬっと浮かび上がってきた。真直ぐな棒のように身体を硬直させ，まさに恐怖の亡霊の有様であった。しかし，わたしは九歳にもならない，まだ

ほんの子供であったが，低俗な恐さにはとりつかれなかった。
というのは，内なる眼が妖精の国の輝き流れる川や，
お伽話の森の中で，前にそのような光景を見たことがあったからだ。
このように自分の見たものを神聖化する魂が，装飾や理想的な
美しさを持ってわたしのところにやって来たのだ。
そこには，まるでギリシャ芸術や純粋な詩の作品のように，
ある威厳や穏やかさがあった。

　ここでキーワードになっているのは，「神聖化してしまう力を持った魂」（"a spirit hallowing"）である。それは，眼に映った現実の光景を浄化してしまう働きをもっており，現に水死人などという醜悪な物を見てしまった時でも，その魂に清められたおかげで，彼は恐怖感すら感じてはいない。それどころか，純粋な詩を読んだ時に感じる威厳さえ見出だしているのである。ここでは，水は現実の汚れや醜さを洗い清めてくれる神聖なる力を宿した，自然のエレメントとして存在している。"There was a boy" のエピソードを再度取り上げてみることにする。エピソード最終部分の「波ひとつない湖の底深くに／受けとめられたあの定かならぬ空」（"that uncertain heaven, received / Into the bosom of the steady lake"）からわかるように，ここで少年が眼にしているのは，頭上に広がる空ではなく湖に映し出された空である。湖が周囲の景色を全て逆さまに映し出すのは，或る意味で当然の現象ではあるのだが，上下逆の位置に置かれた景色というのは，幻惑された状態を引き起こす可能性を秘めている。それを見ている者は，否応なく超現実的な感覚を与えられるのである。湖面に受け止められた空を見ているのは，少年だけではない。エピソードを辿る我々も，沈んだ天空の深淵を心に受けとめているのだ。
　水の metaphor は，スノードン山頂での啓示体験でクライマックスを迎える。この幻想体験は，ワーズワスが The Prelude の最後に置いたことか

らも分かるように，彼が最も重要な想像力の体験と見做したものである。

>   ...and from the shore
>   At distance not the third part of a mile
>   Was a blue chasm, a fracture in the vapour,
>   A deep and gloomy breathing-place, through which
>   Mounted the roar of waters, torrents, streams
>   Innumerable, roaring with one voice.
>   The universal spectacle throughout
>   Was shaped for admiration and delight,
>   Grand in itself alone, but in that breach
>   Through which the homeless voice of waters rose,
>   That dark deep thoroughfare, had Nature lodged
>   The soul, the imagination of the whole.   (13. 54-65)

>   ……そしてその岸辺から
>   三分の一マイルほども離れていない処に，
>   青色の深い割れ目があった。そこは霧の裂け目で，深く
>   暗い休息の場であり，そこを通って急流や無数の川の
>   水流の轟く音が，一つの声となって立ち昇ってくる。
>   その普遍的な光景は，くまなく賞賛と歓喜の形をしていた。
>   そして，それ自体で壮大な姿をしていた。だが，
>   よるべのない水流の音が立ち昇ってくるあの裂け目，
>   あの真っ暗な深い水路の中に，大自然は，魂，
>   全体を見通せる想像力を宿していたのだ。

「よるべのない水流の音が立ち昇ってくる / あの裂け目」("that breach

/ Through which the homeless voice of waters")とは想像力の根源であり、この水によってヴィジョンが触発され、epiphany が顕在化され、その瞬間に想像力が宿されるのだ。水とは想像力の深淵を象徴しているのであり、"that breach" の奥深くにその根源が内在しているのだと言える。epiphany の瞬間に心の眼でとらえた自然の姿は、それ自体が生き物であるかのような存在として、ワーズワスの内部に侵入し、自然とワーズワスとの 'spiritual intercourse' が成し遂げられる。その結果、ほんの一瞬の顕在化された世界において、「想像力」(poetic imagination) を希求することが、ワーズワスの究極目的であったと思われる。感覚的で直接的な顕在化によって、読み手の内部でもその瞬間は開示され、自然とワーズワスの一体感はそのまま、読み手と自然との一体感を呼び起こす。従って、読み手は自然とワーズワスとの関係に自己を投影しやすくなるのである。The Prelude におけるワーズワスの epiphany 体験は、あたかも我々の直接体験であるかのごとくに、心に刻みつけられるのである。

註

(1) このような指摘は、多くの人々によって支持されていることであるが、例えば、その中の一人M. H. エイブラムズは、次のように言及している。"In the course of *The Prelude* Wordsworth repeatedly drops the clue that his work has been designed to round back to its point of departure." M. H. Abrams, *Natural Supernaturalism* (New York: Norton, 1971) 79.

(2) 'epiphany' とは本来、ギリシャ語で 'showing forth' の意味を持ち、ギリシャ神話においては、神々が変装を解き、人間に対してその神性を顕すことを示している。また、キリスト教においては、救世主キリストの Magi に対する顕現を表わすものである。この論文で扱う 'epiphany' については、そのような宗教的な意味合いではなく、むしろ、Ashton Nichols の言うところの "epiphanic imagination" を対象にしている。彼は *The Poetics of Epiphany* の中で次のように述べている。"The epiphany that begins in Wordsworth also gives rise to what we call the 'epiphanic

imagination.' Epiphany is not to be identified with imagination. Rather, literary epiphany is used by authors to show one way that the verbal imagination operates, by heightening a perception through language to suggest psychic intensity and emotional importance."Ashton Nichols, *The Poetics of Epiphany* (Tuscaloosa and London: Alabama UP, 1987) 5.

(3) R. L. Brett & A. R. Jones, eds., *Lyrical Ballads* (London and New York: Routledge, 1988) 以下, "Tintern Abbey" と "Nutting" からの引用は, すべてこのテキストに拠るものとする。

(4) 本論中の *The Prelude* の引用は, Jonathan Wordsworth, M. H. Abrams, Stephan Gill, eds., *The Prelude 1799, 1805, 1850* (New York: Norton, 1979) に拠る。以下, *The Prelude* への言及は, 1805年版に基づくものとする。

(5) Herbert Lindenberger によると, "Wordsworth, in fact, is sometimes at pains to separate his past self, which it is the object of the poem to explore, from the present self which speaks directly to the reader." とある。つまり, "conscious of myself" が "present self" であり, "conscious of some other being" が "past self" であると述べている。Herbert Lindenberger, *On Wordsworth's Prelude* (Princeton: Princeton UP, 1963) 148.

(6) このフレーズは William James が *Great Books of the Western World 53, The Principles of Psychology* (Chicago: Encyclopedia Britannica, 1994) 155 において用いたものである。その中で彼は, 途切れることなく流れ続ける意識と思考を, 自覚的精神状態の中で特徴づけるために, このような言葉を用いている。これは, 今や現代小説においては, 'narrative method' の一つとして適用されている。

(7) Virginia Woolf, *Moments of Being,* ed. Jeanne Schulkind (Tronto: Clarke & Irwin, 1976) 72.

(8) James Joyce, *A Portrait of the Artist as a Young Man* (London: Triad Paladin, 1988) 217.

(9) Frank Kermode, *The Sense of an Ending: Studies in the Theory of Fiction* (Oxford: Oxford UP, 1967). 『終わりの意識・虚構理論の研究』岡本靖正訳 (国文社, 1991) 62.

(10) T. S. Eliot, *The Complete Poems and Plays of T. S. Eliot,* eds. Valerie Eliot, Frank Kermode, David Edwards (London: Faber and Faber, 1991).

苦悩する茨

中村ひろ子

　1798年 William Wordsworth が *Lyrical Ballads* を出版した同じ年に，Joanna Baillie は彼女の代表作である *A Series of Plays: In Which It Is Attempted to Delineate the Stronger Passions of the Mind* と題する戯曲3部作を出した。[1] 当時 (1790年代) ロマン派劇が盛んに演じられていたが，彼女はロマン派劇の母と見なすべき存在であった。[2] この3部作の序文の中で，詩は往々にして，隠喩やアレゴリーで装飾されるが，「日常世界の事物の秩序」を忘れてはならないと，[3] 日常性を重視する主張をベイリーは表明している。そして彼女は激情の内的葛藤に注目し，[4] 心理劇の先駆けとも言える発言を行っている。ワーズワスがベイリーの影響を受けたかについては，明言できない。[5] しかしながら，日常生活への視点の移動と併せて，特に激情（感情）を主題に取り上げ，人間の内面に目を向けた点で，ベイリーとワーズワスとには共通性が認められることに注目したい。

　18世紀の「理性と散文」の時代が終わり，1790年代には激情 (passion) や情緒 (feeling) に関心の目が向けられたことがわかる。1790年代の一つの傾向として，人間の情熱や感情（情緒）に対する考察の結果，生じた現象ともいえる。劇作家——ベイリー——を取り上げ，ワーズワスとの共通点を指摘したのは，一つにはワーズワスが芝居に関心を持っていたことを明らかにするためであった。[6] ロンドン滞在中，芝居小屋に出入りしていたことは，彼の自伝的叙事詩 *The Prelude* 第7巻に記されている。

さらに重要なことは，劇への関心から，本稿で取り上げる "The Thorn"（「茨」）において，「劇的独白」(dramatic monologue)[7] を含む，劇的要素をワーズワスが取り入れたと考えられるからである。[8]

　嵐の吹く日に茨の側を通りかかったワーズワスが，それまで気にも止めなかった茨の木の存在に注目し，嵐がワーズワスに与えた茨の印象を，詩でも実現出来ないものかと，書いたのがこの作品である。そのために彼は，捨てられた女の物語を描き込んだ。ワーズワスは，彼が想定した語り手──退職し，住み慣れない土地に住み，迷信を信じやすい傾向を持つ老船長──[9]にこの詩を語らせるが，捨てられた女の物語は，茨を印象づけるのに成功したのか，しなかったのか。そもそもワーズワスが茨に対して覚えた感動とは何だったのか。そこで本稿では，*Lyrical Ballads* の一篇である "The Thorn" の抒情性を，ワーズワスが劇的効果を用い，如何に表したかを論ずることにする。

（１）

　作品の分析に入る前に，劇的独白について少しふれておきたい。劇的独白とは目の前の聞き手に向かっての一人語りの対話である。"The Thorn" を劇的独白ととらえた Stephen Parrish によれば，劇的独白によって語り手の心理が明らかにされるというのだ。[10] これは心理劇的要素の指摘と考えられるが，この章では語り手が，読者にむかって恰かも劇を見るかのように語る〈語り〉および詩に見られる劇的効果について検討したい。

　"The Thorn" は "There is" のバラッド調で語り始められる。[11] 第１連および第２連では三人称（"it" と "they"）を用いてできる限り茨の木を客観的に描写しようとする。

    "THERE is a Thorn——it looks so old,
    In truth, you'd find it hard to say

How it could ever have been young,
It looks so old and grey.
Not higher than a two years' child
It stands erect, this aged Thorn;
No leaves it has, no prickly points;
It is a mass of knotted joints,
A wretched thing forlorn.
It stands erect, and like a stone
With lichens is it overgrown.

"Like rock or stone, it is o'ergrown,
With lichens to the very top,
And hung with heavy tufts of moss,
A melancholy crop:
Up from the earth these mosses creep,
And this poor Thorn they clasp it round
So close, you'd say that they are bent
With plain and manifest intent
To drag it to the ground;
And all have joined in one endeavour
To bury this poor Thorn for ever.　　(1-22)[12]

茨の木があった，木は大層年老いてみえた
実際木にかつて若い時があったのだろうか
言うのは難しい，
木は古く，大層年老いて見えた。
2歳の子供の背たけほどもなく
その年老いた木は真っ直ぐに立っていた

木は葉も刺もなかった
それは結ばれた節の固まり
寂しく哀れなものだった。
木は真っ直ぐに立ち，そして石のように
苔で一面覆われていた。

岩もしくは石のように，木は
苔でその先端までも覆われていた
そして重い苔の房が垂れ下がった
憂鬱な集まりであった，
地面からこれらの苔は這い上がり
そしてこの哀れな茨の木に苔はしっかりとしがみついていた
あまりにしっかりとしがみついているので，苔は
明らかに明白な意図をもって
茨を地面に引きずり倒そうとした，
そしてあらゆるものがこの哀れな茨の木を
永遠に葬ろうとする一つの試みで結ばれていた。

この2連は幕が開き，舞台を前にした観客に，確実に茨の木の状態を把握させるような語りとなっている。そのために出来る限り対象と距離を置きつつ，語り手が茨の存在を印象づけるために，客観性と同時に抒情的表現を用いていることが認められる。例えば，語り手は背の低い古木の茨を見て「かつて若い時があったのだろうか」("How it could ever have been young")と驚嘆を示し，茨の木を「寂しく哀れなもの」("A wretched thing forlorn")と描写し，木への語り手の情緒を表す。他方「憂鬱な集まり」("A melancholy crop")とpathetic fallacyを用い，茨に巻付いた苔に，語り手の心情を織り込む。この2連を誰が語ったかという問題で

あるが，筆者は必ずしも老船長とは捉えない。むしろ客観性と抒情性の相容れないものを織り込む巧みな技巧は，この2連がワーズワス自身によって語られたものではないかと思わせる。確かに言語の簡潔さに関しては老船長の言語世界に近いと言えなくもないが，[13] 一本の茨の木に三次元的存在感を与える描出力を，迷信深く，単純な船長の語りと見なすことに読者はすぐには納得できない。

　さて茨は一面苔で覆われており，木を引きずり倒そうとする苔の力に抗うかのような姿で立っている。それは，ある目に見えぬ〈何〉かと闘っているかに思われる。語り手は苔が「明らかに明白な意図をもって」茨を地面に引きずり込み，地中に埋めてしまわんばかりの「企て」("endeavour")があることを示す。"bury" と，その縁語として後に登場する "grave" は，この詩では重要な役割を果たしていると考えられる。茨を永遠に葬り去ろうとする苔の目的とは何か。自然の存在物をある力によって無きものとする，即ち死の象徴と言えまいか。"bury" および "grave" も死そのものを仄めかす。苔に巻きつかれ，一見成長を止めたような茨であるが，苔に圧殺されることなく，辛うじて生き延びている。〈生〉と〈死〉の思想がこの詩の底流には存在するように考えられる。

　第1，2連で描かれるのは，苔に覆われた，瘤の固まりのごとき異形の存在の茨である。瘤だらけの異様な形をした茨の木にワーズワスは強い印象を抱いたのであろうか。無論外観の美しさから受けた感動からではない。だとすれば茨の有り様自体が，見る者に，ある impact を与えたと考えられるのだ。奇怪な存在である茨は，以後語られる捨てられた女（Martha Ray）の悲劇へとつながっていく。作者は茨の木から捨てられた女の物語へと展開するために，茨と捨てられた女に，同様の形容詞（"wretched"）を，また茨を石に（第1，2連），女を岩に（第17連）例える[14] 両者の相関性を用いる。茨の有り様を捨てられた女の物語に変調するための作者の手段であるようだ。言い換えれば，以後語られる捨てられた女の物語は，

当初ワーズワスが茨に抱いた感動を伝えるための装置と考えられる。

　第1連から第5連までは，ありのままの風景の描写といえるのだが，第3連から，いきなり語り手の「私」が登場する。山頂に存在する池の大きさを計る所作を見せ，我々読者（観客）の前に語り手である彼が舞台に登場したかの観を抱かせる。第3，4，5連は，茨の木を中心としたその周辺の〈場〉の描写にあてられる。茨，小池，塚が山の頂きにみられるものとして描かれる。ワーズワスの得意とする山の頂きというトポスにおけるさまざまな体験は，特に The Prelude に顕著である。天と地の交わる境が，この "The Thorn" でも選ばれた〈場〉であるが，ここではヴィジョンの境界の地として見るよりも，一つの風景と見なされる。この詩の場合，風景は水平に広がるのみで，本来の風景に見られるような，遠景，中景，前景を形成しておらず，[15] 広大な空の空間が背景に広がるのみである。空間の広がりが示唆するものを，Helen Darbishire がいうような一つの風景美として捉えるべきなのか。[16] 筆者にはむしろ，その簡素さから空を背景とする風景は，これから始まる劇の第一場（scene）と考えられる。

　塚が「子供の墓のようだ」と暗示的な切り出し方をして，第5連は後の物語の展開への糸口を作る。朱赤の苔に覆われた塚（第4連）と茨のそばに座り深紅の衣装をまとった女（第6連）。赤へのこだわりが，ゴシック的な血を暗示する怪奇を仄めかす目的で意識的に用いられたようで，後の連（第20連）にも当時のゴシック趣味を取り入れたと考えられる描写がある。[17] ゴシック的な雰囲気に合わせるかのように，突如我々の目の前に狂女が登場することになる。語り手は山の頂きを通り過ぎるときは，時を選ぶことを読者に語りかける。というのは，しばしば深紅の外套をまとった女が塚と池との間にすわり，哀れな叫び声をあげているからだ。

　狂女についての語りが進むにつれて，彼女が恋仲だった男に裏切られ，子供を宿したまま捨てられた女であることが分かる。彼女は自分の境遇を「ああみじめ，みじめ」と叫ぶ。彼女の存在もその叫び声も村人の知ると

ころとなり，彼女は噂話の的となる。当時彼女と同じ仕打ちを受けた女性が詩や小説で取り上げられる傾向にあったことは，Mary Jacobus も指摘するところである。[18] 他方 Mary Moorman は狂女マーサ・レイの物語にはワーズワスのフランスでの体験が基になっていると見る。[19] 愛する男に裏切られ，しかも私生児を宿している女について，第6連から第21連までにわたって語られることになる。

　語り手は，噂の女について村人から聞く前に彼女と山頂で出くわしているが，そのエピソードは第16，17，18連という詩の後半近くで語られる。語り手自らの体験の語りと，その位置が表す意味について考えて見よう。語り手によれば，この地に到着したその日に，付近一帯を調べるための探索に出かける。望遠鏡をもって出かけたと言うが，この望遠鏡は劇場でのオペラ・グラス同様に，遠方にあるものを，手に取るように眺める手段である。つまり望遠鏡は語りの距離を〈遠〉から〈近〉に切り替え，目の当りに対象を見ることを暗示する。さらに言えば，我々は望遠鏡で遠くの事物を近くに見るごとく，これから語られる語り手の体験を舞台で見せられるように，聞かされることになるのである。

　詩の展開は，突然の嵐に語り手は遭遇し，嵐の中，山の頂きで雨を避けるための場所を捜していたところ恰好の岩場を見つけ，しばらくそこで雨を避けようとする。近づいて，よく見ればそれは岩ではなく，雨のなか一人座り込んでいる女であった。彼は彼女の顔をみてすぐ顔をそむけるが，意外なものに出会った狼狽が伝わってくる。さらに女性の叫び声を聞きながら，雨が上がるまでわびしい山頂で，その女性の側に居続けたことになる。語り手が出会った女性ははたしてマーサ・レイなのか。それとも他の村人か。この地に移り住んだ直後のマーサとの遭遇は，その後彼女に対する村人の噂に強い興味を抱いて彼に耳を傾けさせることになる。

　第18連の体験 ── 女の顔を見たこと，彼女の叫びを聞いたこと，雨が上るまで彼女の側に居続けたこと ── の全てが果たして，語り手の実体験

といえるのか疑問が残る。というのは、語り手のこうした女との直接の出会いがあったにも拘らず、彼女を語る際、他の連では "I cannot tell; I wish I could"（第9連）、"They say"（第12連）、"More know I not, I wish I did, / And it should all be told to you"（第14連）、"I will be sworn is true."（第16連）といった間接性を示唆する語句を用いているからである。[20] この3連（第16, 17, 18連）における語りの直接性は、語り手の体験を読者の眼前に提示し、あたかも舞台を見るかのような効果を作り出す。他方、語りの間接性に関しては、マーサ・レイの身の上に関する迷信的物語の性質上、いきおい曖昧ならざるをえない。それをワーズワスは間接的表現を差しはさむことで処理したのではないかと考えられる。語り手は体験をクロノロジカルには語っていない。第16, 17, 18連は語り手と女との初めての邂逅である。だとすると、第18連の196-98行「辺り一帯が知るとおり、／彼女は震えそして彼女の叫び声が聞こえた／『ああみじめ！ああみじめ！』」("As all the country know, / She shudders, and you hear her cry, / 'Oh misery! oh misery!'") は矛盾を来す。語り手は初めてマーサ・レイと思われる女性に山頂で出会ったのであるから、彼女がいつも「ああみじめ」と嘆くことは知らないはずである。この2行は、その後の村人との交わりの中でマーサの悲劇的噂話を耳にし、その迷信的物語が、自身の体験と融合してこの表現になったのだと考えられる。穿った見方をすれば、"shudders" は語り手が出会った女性が果たして生きた女性なのか、あるいは彼は幻を見たのか、読者の判断を中断させたまま、我々をもまた「震え」させる詩の劇的効果を狙っているのだ。すなわち語り手は物語の進行を巧みに操作し、読者との間に微妙な距離を取るのだ。語り手を老船長にすることで、物語（劇）の登場人物とし、彼の劇的独白に真実味を帯びさせる一方で、詩人自身の声にすり変わる。それが詩を単なる伝統的なバラッドではなく、ドラマティックなものにする効果をあげる。

　マーサとの出会いと、村人の迷信的噂話とが語り手の中で混ざり合い、

マーサの存在を一種謎めいたものにしている。それに一役買うのが，いわゆる劇的独白と呼ばれるものである。第8連は謎めいたマーサの存在に，

> "Now wherefore, thus, by day and night,
> In rain, in tempest, and in snow,
> Thus to the dreary moutain-top
> Does this poor Woman go?
> And why sits she beside the Thorn
> When the blue daylight's in the sky
> Or when the whirlwind's on the hill,
> Or frosty air is keen and still,
> And wherefore does she cry?──
> O wherefore? wherefore? tell me why
> Does she repeat that doleful cry?" （78-88）

さてなにゆえにこのように，昼も夜も
雨，嵐，そして雪のなか
このようにわびしい山頂へ
この哀れな女性は行くのだろうか
そして何故彼女は茨の側に座るのか
空に青い日の光が差し
丘の上につむじ風が吹き
冷たい空気はさらに冷たく静まりかえるときに
そして何故彼女は泣き叫ぶのか
ああ何故に，何故に，教えてくれ
何故彼女は悲しい叫びを繰り返すのかを

と問いかけ，読者の疑問を先取りする形で，謎深いマーサの存在を伝える。我々は迷信として，この話を聞くべきなのか，あるいは実際の身の上話として捉えるべきなのか，まさに自己への問いかけを迫られる。言い換えれば，劇的独白で，物語自体が一歩我々の内面に踏み込んでくる効果があるということだ。

　最終部の第21連でマーサ・レイが，はたして自分の子供を殺し埋めたのか，公に明らかにしようとする動きが生じ，村人は山頂の小さな苔に覆われた塚を掘り起こし，事実を確かめようとするのだが，それを拒むかのように塚は動きだし，辺り一帯の芝生も揺れるという，奇怪な現象が生じる。この連の語りも第1，2連同様に三人称で語られ，語り手の口調には客観性が認められる。客観性を装い，詩人自ら信念を表白している。従って第1，2連同様にこの連の語り手もワーズワス自身と考えられる。"The Thorn"に社会性あるいは政治性は表されていないと言えるが，[21]この連の最初の2行（"And some had sworn an oath that she / Should be to *public justice* brought,"強調筆者）の"public justice"からワーズワスの当時の社会的正義に対する考えを伺うことができるだろう。

　*Lyrical Ballads*ではワーズワスは貧しい人々を取り上げ，描いている。彼も一時はフランス革命に共感したり，イギリスで勢いづいた急進主義に関心を寄せた経歴をもつ。[22]当時問題にされていた社会正義が如何に不当で根拠のない噂（あるいは迷信に近いもの）に基づくものであるか。それをワーズワスはWilliam Blakeのように，激しい告発的言辞や風刺で語るのではなく，ここでみるように一種の超自然的現象でかわし，むしろ皮肉のである。社会正義と仰々しく騒ぐ者達への，そのいい加減なでたらめさへの揶揄でもある。マーサ・レイが自分の子供を殺して茨の側に埋めたにちがいないので，その真偽を明らかにしようとするものがいる。しかし所詮マーサの物語は村人が面白半分，興味半分に語り継いでいったものにすぎない。そんなものに社会正義の尺度を用いることこそ滑稽である。

滑稽を超自然現象で切り返したところに，ワーズワス自身の社会正義に対する見解を見る思いがする。

(2)

　John Danby は第11，12連がそれまでの高い調子から人間的な普通の分野に踏み込んだと，構成上の問題を指摘するが，[23] 筆者には，この2連は三人称を使い，客観性を装いながらも，むしろワーズワス自らの内面を表白する箇所となっているように思われる。そこで，詩が如何に内面性を帯びるかについて考察したい。

　不誠実で軽薄な Stephen Hill の人間性は，何の良心の呵責も覚えずに「別の女性と別の誓いをした」("But Stephen to another Maid / Had sworn another oath") の "another" の繰り返しによって，風刺的に表されている。[24] 無神経な男の行為が，マーサの心に火をつけ彼女は全身炎に包まれたようになる。マーサの憤りの激しさを，「思慮に欠ける男」("Unthinking Stephen") の行為と対比的に描き，効果的である。炎のイメージが続く2行につながることになる。"It dried her body like a cinder, / And almost turn'd her brain to tinder." "cinder"（「燃え殻」）と "tinder"（「燃えやすいもの」）の脚韻と連想性は見事であるが，"cinder" から "tinder" への連想は，知的なイメージ操作と考えられ，老船長の語りとは捉えにくい。[25] この第12連は第1，2連と同様に三人称による客観的語りとなってはいるものの，迷信深い老船長の語りうる域をこえており，ワーズワス自身の「力強い感情の自然の流出」("the spontaneous overflow of powerful feelings") が書かせたと捉えた方が無理がない。[26] これについては後に論じたい。

　荒涼たる山頂の風景は，現実の風景というよりもワーズワスの内面風景（内的空間）とも考えられ，遠近法を必要としない風景である。[27] 茨をめぐる入念な描写とは対照的に，捨てられた女の登場する場面（光景）は極

端に簡潔に表され，嵐もしくは強風の冬のイメージが強い。その描写の簡潔さから，詩人が舞台装置を念頭に置いていたのではないかということは先に触れた。荒涼たる山頂におけるマーサ・レイの叫びは，強風の中，荒野をさ迷うリヤ王の一場面を想起させる。[28] 外の嵐は内面の苦悩の客観的照応であり，心理劇的様相を呈し，風景描写は最小限に留められる。

例えば The Ruined Cottage には，描かれた風景を読むことで，登場人物 ── Margaret ── について，読者は彼女の状況を知ることになる。Lisa M. Steinman の言葉を借りれば「物語化された風景」("narrativized landscape")[29] はここには見られない。語り手の関心はマーサ・レイを含む風景描写よりも，繰り返される叫びが，如何に読者に心理的効果を生じさせるかに向けられている。ワーズワスが心理描写に関心が強かったことは，批評家の指摘するところである。[30] 劇的独白もこれを可能にする。

当初 Lyrical Ballads のなかに収められ，後に Guilt and Sorrow に移された "The Female Vagrant" において，語り手の言葉がマーサ・レイの心情の理解に役立つと考えられる箇所がある。女浮浪者は「しかし強い悲しみで私の心の平安を乱すのは／私が内なる自己を傷つけたことである，／変わらぬ真実に支えられた家庭の喜びと／恐れを知らぬ若い日々大層大切にした，純粋で偏見のない魂を失くしたことである。」("But, what afflicts my peace with keenest ruth / Is, that I have my inner self abused, / Foregone the home delight of constant truth, / And clear and open soul, so prized in fearless youth," 258-61) という。マーサは山頂から離れた粗末な小屋に一人住み，しばしば山頂の茨と塚の間に腰をおろし，「ああみじめ，みじめ」と叫ぶ生活を送っている。生活者としてのマーサの姿は表されておらず，むしろマーサの心理を描こうとしたのではないかと思われる。

彼女は娘時代に男に裏切られ，結婚出来なかっただけではなく，身ごもった子供も亡くす羽目に陥る。村人は，宿した子供を産み落とした後自らの

手で処分したのではないかと噂をするが，それはあるいは死産だったのかもしれないし，栄養失調で幼くして亡くなったのかもしれない。マーサには自分がかつて愛した男のみならず，子供までも失うことになった二重の喪失感がまずあっただろう。さらに自分と結婚する同じ日に，男が別の女と結婚の誓いを交わしたことを教えられて，味う屈辱感そして憤り。その後身ごもったことを知った不安。しかし妊娠の事実は憤りと苦悩で狂気に陥っていた彼女を正気に戻す。20数年を経てなお，彼女を苦しめるのは，昔自分が男に裏切られたこと，私生児を設けたという過去に関する嘆き，憤り，後悔の念ではない。男に裏切られて以降，自分の人生の最良の部分を無に帰してしまい，いたずらに年を重ね孤独のうちに嘆きに身を委ねるだけの自己に対する慚愧の念ではなかったか。すなわち「ああみじめ」なのは現在の自分の状況を顧みての叫び —— 内的独白（internal monologue）—— であるとも言えるのだ。確かに *The Ruined Cottage* のマーガレットにしても，女浮浪者にしても，"The Thorn" のマーサ・レイにしても，当てもなくさ迷い歩く以外に，人生を建て直すための行為には出ていない。

　ここでは登場人物の行為ではなく，情緒が問題である。「情緒が行為と状況に重要性をあたえるのであって，行為と状況とが重要性を情緒に与えるのではない」("it is this, that the feeling therein developed gives importance to the action and situation, and not the action and situation to the feeling.")。[31] ワーズワスは行為にではなく情緒に関心があるのだ。

　ワーズワスは繰り返しの語句の使用にふれて，次の指摘を行っている。詩は情熱で，情緒についての由来や知識である。しかし言語の欠陥や語り手の力量不足を読者は感じさせられ，満足が出来ない。その結果，語り手は同じ言葉や，情緒を伝える繰り返しの言葉に固執することになる，というのだ。[32] ワーズワスは聖書の例を挙げ，繰り返しの効果を説く。ワーズワスの主張に従えば，繰り返しもまた，情緒を伝える一技法となるのだ。

繰り返し語られるマーサ・レイの謎めいた行動と，彼女の体の底から発せられる嘆きの言葉が持つ呪文に似た響きで，Albert S. Gérard が指摘するように，人間の不幸に我々は耳を傾けることになるのである。[33] 第11連の最後の2行「残酷な炎が燃え殻のように彼女の体を枯らし，／そして彼女の頭は燃えやすいものに変わった」の「燃え殻」から「燃えやすいもの」への転換にイメージの飛躍があり，老船長が語ったイメージというよりも，詩人自身のものではないかと論じたが，この転換はマーサの苦悩の深さの比喩——即ち苦しみ（suffering）[34]——と捉えた方が適切だろう。そうすると「ああみじめ」の叫びに時間的長さと内面的深さが出てくる。「苦しみは永遠で，曖昧模糊としたもの／そして無限の性質を共有する」("Suffering is permanent, obscure and dark, / And shares the nature of infinity," *The Borderers,* 1543-44) とすれば，1793-95年にかけてフランスから帰国したのちのワーズワス自身の精神的危機と重なる。当時ワーズワスが内部崩壊しかねない，苦悩の状況のなかにあったことはよく知られるところである。苦悩の原因が Annette Vallon との個人的理由によるものなのか，あるいはフランス革命に賛同し行動をおこしたものの，革命の現実を目の当りにし，政治的理想に対する挫折感と自国イギリスの政治的状況の現実に直面し思想的葛藤を味わされた結果の苦悩であったか，[35] あるいはまたその両者から生じたものかは確とは言い難い。しかし少なくともこの2行を見れば，ワーズワスも一時マーサ・レイ同様に苦悩に身を焼き尽くすような存在であったことは確かである。とすれば，想定した語り手の心理というよりもむしろ，語り手として顔を出したワーズワスの心理を我々は知ることになったと考えられるのではないだろうか。

(3)

「ああみじめ，みじめ」とバラッド風に繰り返し叫ぶマーサ・レイは，男に捨てられ，身ごもった子供を殺したのではないかと噂される迷信的人

物に過ぎなかった。しかしながら，あたかも舞台を見るかの如き，物語の展開の妙——繰り返しや劇的独白などの効果——によって，我々はマーサ・レイの内面へと導かれ，彼女の「ああみじめ，みじめ」の叫びに凝縮される内面の苦悩を我々は知ることになる。老船長の劇的独白と詩人自身の独白とを混ぜ，語りを自在に操作することで，従来のバラッドとは異なる，内面の重層性をワーズワスは詩に与えた。

　茨が苔にされるごとく，彼女は迷信的存在として村人によって葬り去られようとする。しかしながら第6連から第22連の長きにわたって繰り返される彼女の苦悩の叫びは，20数年の時空を経て，象徴的意味を担うことになった。苔の圧迫を受けつつも生き続ける茨と，マーサ・レイとが対応する点には，先にも触れた。苔の重圧は茨にとって苦しみの象徴と言える。その苔を身に纏い茨が生き続けることは，苦悩を受容しつつ生きる〈生〉のシンボリカルな存在へと，茨が転化したことを表すのである。ワーズワスが感動した理由もここにあると考えられるのだ。

　パリッシュは，最初茨を見たときとマーサ・レイの物語を聞いた後では，茨の印象が異なることを指摘している。[36] 最終連（第22連）では，第2連のように茨は巻付かれた苔に引きずり倒され，地中に埋められる気配はなく，苔の方がむしろ茨の強さと闘っている（"…the Thorn is bound / with heavy tufts of moss that *strive* / To drag it to the ground," 強調筆者）。茨はワーズワス自身の姿とも重なる。つまり茨は，external nature から internal nature へと転換し，精神的意味を担うことによって，我々にこの物語詩を印象づけることになるのである。劇的装置を用いて，ワーズワスは，嵐が彼に与えた茨の印象を再現するという意味で，茨を印象的にすることに成功したと言えるのではないだろうか。

註

（1）Joanna Baillie, *A Series of Plays: In Which It Is Attempted to*

Delineate the Stronger Passions of the Mind (1798; rpt. London: Routledge / Thoemmes P, 1996) の作品はいわゆる closet drama とよばれるもので，舞台化されることを目的とするというよりも，読むために書かれた戯曲である。最近ベイリーの戯曲と *Lyrical Ballads* の類似性を論じる研究者がいることを，Catherine B. Burroughs, *Closet Stages: Joanna Baillie and the Theater Theory of British Romantic Women Writers* (Philadelphia: U of Pennsylvania P, 1997) 86 は指摘している。
(2) Burroughs 13.
(3) Baillie 20-21.彼女はつぎのように書いている。"Who in the enchanted regions of simile, metaphor, allegory and description, can remember *the plain order of things in this every-day world?*"（強調筆者）
(4) Baillie 39.
(5) ワーズワスがベイリーの作品を読んだか否かの問題については，Jonathan Wordsworth がベイリーの *De Monfort: A Tragedy* の劇の一部が "There was a boy" の literary source となっていることを指摘していることを付記しておきたい。Joanna Baillie, *A Series of Plays 1798*, Intro. Jonathan Wordsworth (Oxford: Woodstock Books, 1990), "Introduction."
(6) *Lyrical Ballads* (1802) の 'Preface' において，ワーズワスは2回劇にふれている。以下参照，William Wordsworth, *The Poetical Works of William Wordsworth*, ed. E. De Selincourt, vol. 2 (1944; rpt. Oxford: Clarendon, 1952) 397. 以下 *PW* と略記する。
(7) Stephen Maxfield Parrish, "'The Thorn': Wordsworth's Dramatic Monologue," *ELH* 24 (1957): 154.
(8) 劇的要素について言及している批評家として，次の3人を挙げておく。S. T. Coleridge, *The Collected Works of Samuel Taylor Coleridge: Biographia Literaria or Biographical Sketches of My Literary Life and Opinions*, eds. James Engell and W. Jackson Bate, vol. 2 (Princeton: Princeton UP, 1993) 135; Parrish, "'The Thorn': Wordsworth's Dramatic Monologue" 54; Judith Pascoe, *Romantic Theatricality* (Ithaca: Cornell UP, 1997) 184-228. また，パスコーはワーズワスに自分の詩を演じたりする，いわゆる芝居がかりを好む性向があることにも言及している。
(9) *PW*, 2. 512. "The Thorn" の注で Fenwick note に記されたワーズワスの "The Thorn" を書くに至った動機や，また 1800-05 年にかけての *Lyrical Ballads* に付した "The Thorn" の「語り手」についての，ワーズワスの詳しい説明が転載されている。

(10) Parrish, "'The Thorn': Wordsworth's Dramatic Monologue" 154.
(11) Mary Jacobus によれば形式の面において当時伝統的バラッド調が人気があったが，ワーズワスの実験的詩には殆ど直接的影響をあたえなかった，という。*Tradition and Experiment in Wordsworth's Lyrical Ballads 1789* (Oxford: Clarendon, 1976) 211.
(12) *PW*, 2. 240-41. なお，ここに引用した *Lyrical Ballads* の詩は，全てこの版による。ただし "The Female Vagrant" については，James Butler and Karen Green, eds., *Lyrical Ballads, and Other Poems, 1797-1800* (Ithaca: Cornell UP, 1992) に依った。
(13) Stephen Maxfield Parrish, "Dramatic Technique in the *Lyrical Ballads*," *Wordsworth: Lyrical Ballads*, eds. Alun R. Jones and William Tydeman (1972; rpt. London: Macmillan, 1987) 138. パリッシュは，"The Thorn" は老船長の光景の描写から始まるとしている。またジャコウバスは言語の簡潔さの点で，当時その翻訳が *Monthly Magazine* に載ったドイツの詩人ビュルガーのバラッドに，ワーズワスは影響を受けたと考えられていると指摘。以下参照，Jacobus 217-24.
(14) Albert S. Gérard, "Of Trees and Men: The Unity of Wordsworth's 'The Thorn,'" *Wordsworth: Lyrical Ballads*, eds. Jones and Tydeman 224.
(15) アラン・リュウはワーズワスのゆがみの構造として，歴史が背景になり，自然が中景に，そして「私」が前景に来ることを指摘。Alan Liu, "Wordsworth: the History in 'Imagination,'" *ELH* 51 (1984): 516.
(16) Helen Darbishire, *The Poet Wordsworth* (Oxford: Clarendon, 1950) 44. 彼女はつぎのように解釈している。"We see the wild desolate scene *through* the human passion, whilst the stark human passions are lifted into permanence, even beauty, by the setting of earth, air, and sky." (「私たちがこの野性の侘しい光景を人間の情熱を通して見るのである。他方，この純然たる人間の情熱は，大地，空気そして空によって高められて永遠となり，美とさえなるのである。」)
(17) ゴシック的表現は用いながらも，ワーズワスは当時のゴシック小説には関心を示さなかったようである。ゴシック小説が女性読者を確保しようとした点や，狂気じみた点があるため，彼はゴシック小説を無視したようである。以下参照，Judith W. Page, *Wordsworth and the Cultivation of Women* (Berkeley: U of California P, 1994) 34-35.
(18) Jacobus 241-42.
(19) Mary Moorman, *William Wordsworth, A Biography: The Early Years, 1770-1803* (Oxford: Clarendon, 1957) 385. ムアマンは，詩人のフランスでの体験が例えば "The Mad Mother" や "The Complaint of a

Forsaken Indian Woman" や "An Evening Walk" の "the Beggar-woman and her children" に出ているといっているが, "The Thorn" のマーサ・レイをはっきりとその中に含めてはおらず,「多くの他の詩」にも経験が反映されている, と記しただけである。

(20) ジャコウバスは, "I cannot tell; I wish I could", "'But wherefore...?'" という表現は語り手として自身を神秘化させる, と指摘。Jacobus 246. 一方 John F. Danby, *The Simple Wordsworth: Studies in the Poems 1797-1807* (London: Routledge, 1960) 67 は, 語り手の間接性は巧妙に計算されたものとしている。

(21) 政治性という意味では, ワーズワスが *Lyrical Ballads* の 'Preface' で用いた「普通の生活」("common life") の "common" は, 当時は極めて政治的ニュアンスを持つ語で, 例えば Thomas Paine の *Common Sense* の論文のタイトルからも推察できる, と Lisa M. Steinman, *Masters of Repetition: Poetry, Culture, and Work in Thomson, Wordsworth, Shelley, and Emerson* (London: Macmillan, 1998) 62-63 は指摘。他方アラン・リュウは歴史性と言う観点からワーズワスを論じ, 彼が当時の政治(歴史)に無関心ではなく, ワーズワス的書き換えの操作が行われているとしている。以下参照, Liu 505-42。

(22) Jon Mee, *Dangerous Enthusiasm: Blake and the Culture of Radicalism in the 1790s* (Oxford: Clarendon, 1992) 97 は, ワーズワスと急進主義的出版業者 Joseph Johnson との結びつきがあったことを記している。

(23) Danby 65.

(24) Danby 66. ダンビーは, "another" の繰り返しは乾いたウィットの効果を出すために用いられている, という。

(25) *PW* では次のようになっている。

> A fire was kindled in her breast,
> Which might not burn itself to rest. (1849-50 年)

本稿で用いたものは 1798-1805 年版および 1815 年版のものである。この版のものが詩的密度において優れると判断し, この版のものに基づき論じることにする。なお 1798-1800 年版のものを The Cornell Wordsworth でも用いていることを付記しておく。また, ダンビーは "cinder" から "tinder" のイメージの変化を, 有機的なものが火によって無機物化したと指摘, マーサの経験の強さを我々に理解させるとしている。以下参照, Danby 67.

(26) コウルリッジは "The Thorn" に言及して, その語り手が大部分ワーズワス自身によって語られている, と指摘している。以下参照, *Biographia*

Literaria, 2. 49-50.
(27) 湖水地方の華やかな雰囲気は詩から消される，とパスコーは指摘する。以下参照，Pascoe 197.
(28) 嵐の中の茨は *King Lear* の荒野のシーンを彷彿させる。("Through the sharp hawthorn blow the winds.") William Shakespeare, *King Lear*, ed. Alfred Harbage (1958; Harmondsworth: Penguin Books, 1980) 3. 4. 45-46. ワーズワスの脳裏に *King Lear* の光景が浮かんでいたのではないか。*The Prelude*, 10. 462 では "As Lear reproached the winds" となっている。William Wordsworth, *The Prelude 1799, 1805, 1850*, eds. Jonathan Wordsworth et al. (New York: Norton, 1979) 382. 光景のみではなく，リヤ王の苦悩と悲哀は，マーサ・レイのそれとの共通性が見られ，ワーズワスの意識の中に存在していたのではないかと考えられる。
(29) Steinman 69.
(30) ワーズワスが心理に関心を持っていると指摘した批評家として，次の3人を挙げておく。Parrish, "Dramatic Technique in the *Lyrical Ballads*" 130; Parrish, "'The Thorn': Wordsworth's Dramatic Monologue" 154-55; Jacobus 230; Danby 58.
(31) *PW*, 2. 388-89.
(32) *PW*, 2. 513.
(33) Gérard 232. ジェラールによれば，語り手の想像力は人間の悲しみの真実へ浸透する。その人間の悲しみの真実がこの詩の実際のテーマであり，そしてそれは事実や罪や正義の領域の彼方に存在することになる。
(34) Parrish, "Dramatic Technique in the *Lyrical Ballads*" 131. 「詩は情熱である，即ち情緒の由来や知識である」から「情熱は苦しみを意味する言葉に源を持つ」へのワーズワスの発言の変化に，パリッシュは注目している。
(35) イギリス政府はフランス革命以降1790年代初頭から右傾化の傾向を強め，次々に弾圧政策をしき，1792-93年当時スパイが暗躍し，無闇な検挙が行われたという。以下参照，Michael Phillip, "Blake and the Terror," *The Library*, Sixth ser. 16 (1994): 263-97.
(36) Parrish, "Wordsworth's Dramatic Monologue" 159.

Poetry of Vulgarity
―― 旅の風景と空間をめぐるキーツの美学的認識 ――

後藤美映

　1818年の6月から8月にかけて，John Keats は友人の Charles Brown と共に，湖水地方からスコットランド北部の高地地方への徒歩旅行を敢行した。イギリスの南部に位置するロンドンの郊外から北部地方にいたる空間移動には，キーツがいかに地理的空間を認識し，どのような美学的態度によって，その土地固有の風景や経験を描写していったかについての経緯が克明に記されている。したがって，旅の間に書かれた13通の手紙と15編の詩は，単なる旅の記録にとどまらず，地理的空間に対するキーツの美学的，認識論的な様態を探るためのテクストとして読むことができる。

　本稿ではまず，旅と風景の背景にあった当時の美学的思潮を歴史的に考察し，次に，その時代の思潮と，旅におけるキーツの美学的，認識論的な態度とを比較対照する。その結果明らかになってくる興味深い点は，確かに詩人の美学的認識には当時の思潮の影響を免れ得なかった側面があったが，しかしむしろ，キーツの認識と時代の思潮との相違が，詩人の旅の独自性を提示している点である。

　ここでまず大きな見取り図として，当時の旅をめぐる概念とキーツの旅との逕庭をまとめれば，両者の開きは風景を観る態度の相違となって表れている。当時の旅はいわば，風景を眺めることによって得られる視覚的な快楽と，その風景を抽象的に表象する行為とを第一義としていた。一方，キーツの旅の重要な特質は，風景の表層を視覚的に観察して得られる快楽よりも，嫌悪感（disgust）という感情的，身体的な驚き，衝撃によって

与えられた経験の方にある。したがって本稿では，このような嫌悪感を契機として生じる美学的な認識が，いかにキーツの独自な経験を表現することになるかについて，主に手紙や，Robert Burns の墓と生家を訪ねた際に書かれた二つの詩，"On Visiting the Tomb of Burns" と "This mortal body of a thousand days" とを中心にして論じる。

(1)

キーツは，旅の途中で書いた Benjamin Bailey 宛の手紙の中で，自らの旅を次のように定義している。

> I should not have consented to myself these four Months tramping in the highlands but that I thought it would give me more experience, rub off more Prejudice, use me to more hardship, identify finer scenes load me with grander Mountains, and strengthen more my reach in Poetry, than would stopping at home among Books even though I should reach Homer.... (1: 342)[1]

> ホーマーが読めるといっても本に囲まれて家で落ち着いているよりも，僕は徒歩旅行によってより多くの経験を積むだろうし，より偏見を捨てて，より試練を重ねて，より美しい景色を目にし，より偉大な山々で自分自身を肥やし，詩における理解をより広げられるだろうと思わなかったならば，この４ヶ月高地地方を徒歩で旅することを承知すべきではなかっただろう……。

この手紙の記述から，キーツは旅を，詩人としての経験を広げ，より良い詩を書くための契機として想定していたことが窺われる。あるいは，下層中流階級出身の詩人が，貴族の子弟が行った大陸旅行（the Grand Tour）

と同様，教養と知識を身につける旅を，イギリス国内ではあるが実行したという点に，階級社会における上昇志向を読み取ることも不可能ではないだろう。[2] しかしそれだけではなく，キーツの旅の記述には，既存の美学的な風潮を揶揄し，それを乗り越えようとした態度を見いだすことができる。そこでまず，キーツの旅における美学的認識のあり方を，当時の美学的思潮や時代背景と関連づけながら考察してみたい。

　イギリス国内の景観を求めて旅する観光旅行は18世紀中期に流行し始め，1790年代から19世紀初期にかけてそのピークを迎える。[3] この流行の背景には，1770年代から William Gilpin によって推奨された，風景を眺める際の美学的な態度が大きな役割を果している。その美学的な態度は，均衡を保った配置と調和した色彩とをもつ風景や，峨々たる岩山や廃墟に理想的な風景を見出した。すなわち，大陸旅行によってイギリスでの興隆がもたらされたイタリア絵画を現実の風景そのものに見いだそうとする，「絵を観るような」眼差しを基本に据え，眼差される風景を「ピクチャレスク」と形容した。[4] さらに，こうしたピクチャレスク・トラベルに付随して，1794年に Uvedale Price によって出版された *Essays on the Picturesque* は，旅においてのみならず，庭園内におけるピクチャレスクな造園術を説き，風景を自らの邸宅内に所有したいという地主階級の欲望の表れを具現化させた。したがって，ピクチャレスク・トラベルと造園は，庭園の内と外の両方をめぐって展開された，絵画的風景を所有するという欲望の発現という点で同義であったといえる。[5]

　また，所有するという欲望は観ることによってのみならず，旅を書き留めておきたいという，書く行為によっても示された。当時流行していたあまたの旅行案内書や旅行記は，旅につきものの記述するというオブセッシブな衝動を如実に表している。William Combe と Thomas Rowlandson の *The Tour of Doctor Syntax in Search of the Picturesque* において，ギルピンを模したシンタックス博士は，記述する衝動を畳みかけるような

文体で次のように記している。

> I'll make a TOUR —— and then I'll WRITE IT
> You well know what my pen can do,
> I'll prove it with my pencil too: ——
> I'll ride and write and sketch and print,
> And thus create a real mint;
> I'll prose it here, I'll prose it there,
> I'll picturesque it ev'ry where.⁽⁶⁾

> 私は旅をするつもりです —— そしてそれを記すつもりです
> わたしのペンでやれることは　みなさんもよくご存じのこと,
> わたしも筆でそれをやってみましょう ——
> 馬に跨り，記し，写生し，印刷し，
> そうして旅の本物の宝庫を作り上げてみましょう
> そこかしこで旅を書き記します。
> あらゆる場所でピクチャレスクな情景を見出すつもりです。

　旅の「本物の宝庫」("a real mint") という語句が示しているように，旅を記述することは，風景を活字によって知識として体系化することであり，結局は旅の風景を所有し収集する行為である。旅を記述することに対するこのような衝動は，キーツとブラウンの旅の記述においても見いだすことができる。キーツは旅を記した自分の手紙が多くの人の目に触れることを意図していたし，ブラウンは最初から旅の記録を出版することを考えており，実際その計画は実現した。⁽⁷⁾ つまり，風景を観ることとそれを記述するという衝動は，領地を「囲い込む」という私有地化の身振りに似て，風景を所有したいという欲望を，観察して記述するという知識の体系化と

蓄積によって押し進めようとした身振りであるといえる。

　しかしさらに，風景を観て記述する際に問題となってくることは，旅の主体が当時最も相応しいと考えられた観察態度をいかに身につけるかという美学的方法論が定式化されていたことである。つまり，当時のピクチャレスク美学において何よりも重視されたことは，良い「趣味」(taste) を保つということであった。旅の主体が良い趣味を保つことは，風景を抽象的観念によって一般化できるという能力を身につけることによって保証された。さらに，抽象的な理論化は，理性的観察によって導かれると考えられた。[8] このことは，「理論」を意味する theory という語の定義を考えてみた場合に明瞭になってくる。すなわち，theory はギリシャ語の theoria に由来し，theoria は，sight, spectacle という意味であることを考慮に入れれば，旅行者と理論家は理性的な眼差しによって密接に結びついているといえる。[9]

　さらに，抽象化や一般化へといたる観察を行うためには，風景に対してある一定の距離を置くことが要求された。したがって，客体を間近で子細に観察するのではなく，「眺望」(prospect) という言葉に代表される広い視界を保持することが風景の抽象化のために必要となった。[10] このような「礼儀正しい」観察の態度は多くの場合旅行者である男性主体によって代表され，他方その対角線上に位置する非理性，非礼は，女性と下層階級の一般庶民の属性として対照的に扱われた。[11]

　要約すれば，旅の風景に対する美学的認識において，風景を抽象化するための知の体系は，普遍的，均質的な空間意識を土台にするものであるという当時の思潮の核に行き当たる。さらに，この空間の同質性を，ピクチャレスクという視覚的な快楽およびその記述に対する衝動に重ね合わせてみれば，当時の旅や風景観察は，あらかじめ体系づけられた，距離を置いて眺められる絵画のような風景を，物理的な移動は伴うものの，均質的な空間において再度確認していく行為に過ぎないということになる。また，旅

Poetry of Vulgarity ─ 旅の風景と空間をめぐるキーツの美学的認識 ─　　181

で風景を観る際の態度は，観ることは同時に記述することであるという，可視性と言表可能性とは一致するという表象の文法に乗っ取った態度である。すなわち，観るという視覚的な認識には同時に，観られる対象をあらかじめ理性によって一般化し，その理性によってロゴスとしての言葉を生み出していくという行為が伴っている。その結果，言語に翻訳可能な風景が量産されていくことになるのである。

　旅の記述であるキーツの手紙にも，当時のこうした美学的な態度を反映したピクチャレスクな風景描写が登場してくる。詩人は弟 Tom に宛てた手紙の中で，湖水地方の Ambleside にある滝を観てこう記している。

> At the same time the different falls have as different characters; the first darting down the slate-rock like an arrow; the second spreading out like a fan ─ the third dashed into a mist ─ and the one on the other side of the rock a sort of mixture of all these....The space, the magnitude of mountains and waterfalls are well imagined before one sees them; but this countenance or intellectual tone must surpass every imagination and defy any remembrance. I shall learn poetry here and shall henceforth *write more than ever, for the abstract endeavor of being able to add a mite to that mass of beauty which is harvested from these grand materials, by the finest spirits, and put into etherial existence for the relish of one's fellows.* I cannot think with Hazlitt that these scenes make man appear little. *I never forgot my stature so completely ─ I live in the eye; and my imagination, surpassed, is at rest....* (1: 300-01, 強調筆者)

同時に，様々な瀑布が，同じようにさまざまに異なった性質を呈して

いる。最初の滝は矢のように放出して粘板岩を流れ落ちているし，二番目の滝は扇のように広がっている——三番目の奔流は霧となっている——そして岩の向こう側にある滝はそうした滝が混ざり合ったような種類の滝だ……。空間の広がりや山々の偉容や滝などは，それを目にする前に容易に想像できよう，しかしこのような風景の外観あるいは知的な風合いはあらゆる想像を超えているに違いないし，似たような風景など思い起こしもできないに違いない。僕はここで詩を学び，最も鋭敏な精神によって，このような壮大な題材から獲られるあの偉大なる美にさらにもう少しの美を付加できるような，また，仲間たちも享受することが可能になるように，その美を超越的な存在へと変化させることができるような，抽象化のための努力に向けてこれからもっと創作していこうと思う。このような風景によって人間は小さく見えてしまうというハズリットには賛成できない。僕はそれほど完全に自分の姿を忘れたことはない。僕は目の中に生きており，圧倒された僕の想像力は休んでいる……。

　この手紙では，すばらしい風景をもとに詩を書くことと，「抽象化のための努力」("the abstract endeavor") とが結びつけられている。すなわち，風景を詩として記述するための抽象的な思考を学ぼうというキーツの意図が示唆されている。そしてそこには，風景を「超越的な存在」("etherial existence") へと翻訳していく手続きが述べられている。このように，ここには，抽象的，普遍的な風景を描写しようとする詩人のスタンスが明らかにされているのである。

　また湖水地方にある滝の風景に関しては，William Wordsworth が *Guide to the Lakes* の中で言及している。[12] キーツ自身はワーズワスの *Guide to the Lakes* を知っていたであろうし，ピクチャレスクに関する知識はキーツとその友人たちに共有されていたであろうことを推測した場合

——実際の風景は想像を超えるものであったのだが——事前にピクチャレスクな風景を滝に見出そうと意図していた可能性も考えられる。(13) すなわち，実際に風景を観察することに先立って，Guide to the Lakes 等の案内記に象徴される，形式化された知の体系が存在し，キーツはそれに影響を受けていたとも考えられる。したがって，キーツの旅をめぐる景観描写には，風景を表象し記述するための理性的な観察態度に加えて，体系化された普遍的な空間意識を読み取ることもできる。

さらに，William Hazlitt がワーズワスの The Excursion について触れ，山岳地帯に住む人々が隠棲して孤立すればするほど，その自我意識は強固になり，自然の偉大さに頑なな心を持ち，自然の前では卑小な存在にしか見えないと述べたことに触れている。(14) この考え方を受けて，キーツは自らがハズリットとは異なり，風景に対峙し，それを凝視する自己の姿を強烈に意識することを述べている。すなわち，キーツは，いわば，カメラ・オブスキュラ（camera obscura）の中に開けられた小さな穴から外界の風景を覗く場合のように，自己を目の働きと一体化したものとして捉えているのである。

カメラ・オブスキュラとは，人間の視覚作用をモデル化した暗い箱で，そこには小さな穴が開けられており，穴から覗いた世界が外界であり，それを観察する人間が主体として設定されている。(15) この光学器機にみる世界観は，観察される外界と観察する主体との分断を確定的な前提条件としており，この二分化された認識モデルに従って，外界は視覚を中心とした主体の観察によって分析されカタログ化されるものとして提示される。ピクチャレスクとは，このカメラ・オブスキュラ的な認識構造をもとに対象を観察し構成しようとする，視覚の働きに焦点をおいた美学的認識である。そして，ピクチャレスク美学は，合理主義と自然科学の発達とともに展開されたともいえ，視覚による外界の客観的な分析により，均質で脱身体的な視点と，見るという快楽とを生み出したと考えられる。

こうした当時のピクチャレスク美学が促進した視覚の快楽は，キーツの手紙の随所に記されている。例えば，John Reynolds 宛の 7 月 13 日付けの手紙にキーツは次のように記している。

> I had no Conception that the native place of Burns was so beautiful.... O prejudice! it was rich as Devon ―― I endeavour'd *to drink in the Prospect,* that I might spin it out to you as the silkworm makes silk from Mulbery leaves.... (1: 323, 強調筆者)

> バーンズの生まれた場所がこのように美しいとは思ってもみなかった……。ああ，なんという偏見！そこはデヴォンシアのように豊かな風景だった ―― 僕は眺望に見入るよう努めた，蚕が桑の実から絹を作り上げるように僕が君にその眺望を紡ぎ出せるようにと……。

「眺望に見入る」（"drink in the Prospect"）ことが強調されているように，風景を視覚的に堪能しようという意識的な態度がこの手紙でも窺える。「眺望」はまた，風景の断片を抽象化する際のスタンスとして重要な概念である。このような視覚中心の客観的な認識にはやはり，旅と風景を形成する中心概念を定式化した当時の美学が大きな影響力を投げかけていたと考えられる。そしてキーツの風景描写も当時の美学的主潮の影響を免れていなかったといえる。

(2)

　このように，旅において風景を観るキーツの態度は時代の趨勢に影響を受けている側面がある。しかし，同時に注目すべきことに，ピクチャレスク美学とは反対のベクトルを持つと考えられる箇所が手紙にはみられる。当時の主潮に対するそのような反美学的な態度によって，キーツの旅は一

転して独自の特質を帯びることになる。

　まず，キーツは視覚的な描写を完全には肯定せずに，「僕の友人には誰にでも僕の手紙を見せてください ── 彼らは描写には興味を持たないかもしれないが ── 描写はいつでも悪しきものだ……」("Let any of my friends see my letters ── they may not be interested in descriptions ── descriptions are bad at all times …," 1: 301) と述べている。さらに別の手紙では「僕はこの徒歩旅行での僕らの歩みを君が追えるように努力して書くつもりだ ── そのような記述は旅行記などでは面白味のないものとなってしまうだろう ── 僕が経験したことを書くことによって以外はね……」("I shall endeavour that you may follow our steps in this walk ── it would be uninteresting in a Book of Travels ── it can not be interesting but by my having gone through it …," 1: 329) と一般の旅行記にみられる記述の退屈さを指摘している。このような態度は，交通網の発達によって観光旅行がマス・ツーリズム初期の形態を帯び，時代のファッションとして消費されていくことに対する否定的な気持ちを表現している。実際，キーツとブラウンはファッショナブルな tourist としてではなく，水膨れをつくり骨を折って歩く，travail を実践する travel を選択している。[16]

　また特に手紙の書き方においてキーツは，行を書き連ねるというよりも，リニアーな平面性に堕すことを回避するかのように，行間に湖のスケッチを挿入したり，横書きの手紙の中で詩行を縦書き（cross scribe）にしたりしている。[17] そうすることによって，旅の記述は直線的な活字の平面性に取って変わって，図像的な空間性を帯びてくる。それはいわば，時間軸上に直線的に進行していく旅の経験を否定し，空間的な重層として浮かび上がる記憶の積み重ねとしての旅の経験を詩人が求めていることの表れとも解釈できる。

　さらにキーツの認識の独自性を明らかにする点として，風景を適切な距離を置いて観察するという美学的姿勢が，嫌悪感や不安といった感情によっ

て揺るがされるということが挙げられる。例えば、バーンズの生家を訪ねた際にキーツは、嫌悪感によって風景を認識するという独特の経験を記している。キーツがバーンズの生家を訪れてみると、生家は酒を売る店となっていた。そこで生前の詩人と知り合いだったという酒屋の主人と話をするのであるが、彼の俗物的なおしゃべりにキーツは辟易し、嫌悪感を抱く。[18] この嫌悪感は、"On Visiting the Tomb of Burns" という詩において、バーンズの才能と、貧しく卑俗な土地との間に大きな溝が存在するという悲惨な現実に対する虚無感となって歌われる。

　　The town, the churchyard, and the setting sun,
　　The clouds, the trees, the rounded hills all seem,
　　Though beautiful, cold ─ strange ─ as in a dream
　　I dreamed long ago. Now new begun,
　　The short-lived, paly summer is but won
　　From winter's ague, for one hour's gleam;
　　Though saphire warm, their stars do never beam;
　　All is cold beauty; pain is never done
　　For who has mind to relish, Minos-wise,
　　The real of beauty, free from that dead hue
　　Sickly imagination and sick pride
　　Cast wan upon it! Burns! with honour due
　　I have oft honoured thee. Great shadow, hide
　　Thy face ─ I sin against thy native skies.[19]

　　町、教会の墓地、そして沈む太陽、
　　雲、木々、なだらかな丘、全てが
　　美しいが冷たく見える ─ 奇妙に見える ─

ずっと昔に見た夢の中のように。今や新たに始まった,
短命で,蒼白い夏は
おこりを患ったような冬の季節から生じ,一時微かに輝くばかり
サファイアのような暖かさだけれども,星たちは決して輝かない
全てが冷たい美である,苦痛は決して止むことがない
なぜなら,誰が一体,病んだ想像力と病んだ名誉心が与える
あの死の色合いから逃れて,ミノス王のような賢明さでもって
真の美を味わう心を持っているだろうか！
バーンズよ！十分な敬いの心をもって
わたしはあなたを崇めてきた。偉大なる霊よ,あなたの顔を隠せ ──
わたしはあなたの故郷の空に背いている。

「病んだ想像力と名誉心」("Sickly imagination and sick pride")が風景に与えた「死の色合い」("that dead hue")は,バーンズの人生にみられる悲惨さにキーツが感情移入した結果生じた,自らの虚無感に裏打ちされている。あるいは,キーツはバーンズの生活環境が期待を裏切るような陰鬱さと卑俗さによって特徴づけられていたことを認識し,そのような現実に対する嫌悪感や幻滅が不安定さとなって詩に表現されている。

この不安定さとは礼儀正しい理性的な観察態度を崩すことを意味する。最終行において,崇拝した詩人の顔を仰ぎ見ることができないという姿勢は,絶望に頭を垂れることであり,同時に観察するという理性的な姿勢を崩すことである。そもそも「奇妙な」("strange")という,既存の価値観を反古にしてしまう反応と,「昔見た夢を見ているような」("as in a dream / I dreamed long ago")という視界の不透明さによって,クリアーな視界による観察は不可能になっている。

理性的な観察が可能な場合,観察される対象は通常定式化された知の体系へと還元され,言語によって表象され得る。観察における上記の不安定

さは，嫌悪感が言葉による表象を不可能にしてしまう感情の表出であることを示している。すなわち，表象できない感情は，理性的な観察と記述を不可能にし，既存の知へ回収することを不可能にする「奇妙な」感情となる。しかし，見方を変えれば，嫌悪感という感情は，還元化を免れ，表象の圏域を抜け出す契機となる。

　嫌悪感を抱いてもなお良い趣味を保持するような場合には，嫌悪すべき対象に「手を加え」("improve")，客観的に表象していく必要が生じる。[20] キーツはある場合には，こうした嫌悪感の改良や，抽象化も行っている。例えば，スコットランドの少女たちの様子や彼女たちの住居は，その土地の貧しさを象徴する光景として嫌悪感をもって眺められるのではなく，人間本来の「自然な」("primitive")形態であるとみなされる。

> The children jabber away as in a foreign Language ── The barefooted Girls look very much in keeping ── I mean with the Scenery about them ── Brown praises their cleanliness and appearance of comfort ── the neatness of their cottages &c It may be ── they are very squat among trees and fern and heaths and broom, on levels slopes and heights ── They are very pleasant because they are very primitive ── but I wish they were as snug as those up the Devonshire vallies ....(1: 318-19)

> 子どもたちは外国語で話すようにわけのわからないおしゃべりをしている ── 素足の少女たちはとても調和しているように見える ── 彼女たちの周りの光景と調和しているという意味だが ── ブラウンは彼女たちの清潔さや気持ちの良い見た目を誉めるんだ ── 小屋のこぎれいさとかをね ── おそらくそうだろうね ── 彼女たちの小屋は木々やシダやヒースやエニシダの中にあって，また平地や坂や高台にあって，

とても低い造りになっている，それらはとても自然なので気持ちがいい――しかしできたらデヴォンシアの谷の上に立つ小屋と同じくらいこぎれいならいいのに……。

ここには嫌悪感が改良され，既成の価値観へと翻訳されていく手続きが示唆されている。この手続きの根底には，自然とは何か普遍的，本質的なものであり，それを抽象化し表象することが，礼儀正しい観察を体現しており，その客観的な距離感が見る主体を良い趣味の持ち主として安全圏におくという考え方が潜んでいる。つまり，期待を裏切る幻滅や嫌悪感は「自然らしさ」という普遍的な概念に還元され，翻訳されている。

しかし，嫌悪感という感情を身体的で，特異な視点として表現すれば，それは良い趣味とは対立する「卑俗性」(vulgarity) とみなされる。したがって，良い趣味とされるピクチャレスクな描写は嫌悪感によって卑俗性を帯びてしまうことになるが，キーツの詩の独自性は観察に要求される安定した視界や距離感を不安定にする，この嫌悪感や幻滅によって認識に生じたズレにこそある。

バーンズの生家を訪れた際に書いたもう一つの詩である "This mortal body of a thousand days" において，このような認識の亀裂は，遠近法的な安全な視点に立って観察しているはずの主体の身体性が持つ不安定さを露出させることになる。つまり，キーツの身体性は，バーンズの不滅の名声に対して，肉体の物質性として対照的に語られる。

> This mortal body of a thousand days
> Now fills, O Burns, a space in thine own room,
> Where thou didst dream alone on budded bays,
> Happy and thoughtless of thy day of doom!
> My pulse is warm with thine old barley-bree,

My head is light with pledging a great soul,
My eyes are wandering, and I cannot see,
Fancy is dead and drunken at its goal;
Yet can I stamp my foot upon thy floor,
Yet can I ope thy window-sash to find
The meadow thou hast tramped o'er and o'er,——
Yet can I think of thee till thought is blind,——
Yet can I gulp a bumper to thy name,——
O smile among the shades, for this is fame!

この千日の命の肉体が
おお、バーンズよ、あなた自身の部屋の空間を占めている、
ここであなたは一人、詩の名声を得て
自らの生を幸福に、気ままに夢見ていた！
わたしの脈はあなたも飲んだ昔ながらのウイスキーで温かく、
わたしの頭は偉大なる魂のために乾杯してすっきりして軽い、
わたしの視線はさまようが、視ることができない、
空想の働きは止み、この場で萎えている
それでもわたしは、わたしの歩みをこの床に印すことができる、
それでもわたしは、あなたが何度も歩いた野原を見つけようと
この窓枠を開けることができる、——
それでもわたしは、思いが定かでなくなるまであなたのことを思い、——
それでもわたしは、あなたの名のもとに満杯を傾けることができる、——
ああ、霊の中にいて微笑め！これが名声というものなのだから！

バーンズの家は、視覚的な平面性によってではなく、立体的な空間として、「脈」("pulse")、「頭」("head")、「足」("foot") といったキーツの肉体

性を通して表現される。それは崇拝する先輩詩人の生活を目の当たりにするという感動とも解釈できるが，千日という寿命を自覚した脆い肉体を体現するキーツの身体性が，バーンズの永遠の名声に対する大きなズレとしての不安を介在させているともいえる。

　それと同時に，この詩において二分化されているはずの外界の普遍性は主体の身体性と不可分に錯綜している。主体の側におけるこうした身体性の突出は，同時に客体の側の不安定さをも露わにする。すなわち，不滅の名声を得たとして描かれるバーンズも，今は「霊」("the shades") という不透明な対象として扱われている。主体と客体とが不安定に交錯するこの詩句は，視覚的で冷静な観察を無効にする卑俗な身体性の現れととることができる。良い趣味とは対極にあるこの身体的卑俗性によって，バーンズの暮らしていた環境の物質的リアリティーが表出されるが，そのリアリティーはキーツの不安定な身体性と不可分であったと結論づけることができる。

　この場合キーツの不安定な身体性とは，礼儀正しく客体と距離をおいた，普遍的な身体性ではなく，弟トムの病状の悪化，旅における自分自身の肉体的疲労，バーンズの赤裸々な性に比較した自分自身の性に対する気後れ等，様々な要素に起因する困惑によって生み出されたと考えられる。このような不安定な風景は，実は風景というものが個々の文脈における断片的な現実によって成り立つことを明らかにし，主体の身体性を捨象した普遍的な世界像を揺るがすことになる。

　このように嫌悪感や不安感は，既存の知の体系へ還元することができない，いわば「奇妙な」経験を引き起こす。そしてその場合にみられる認識のズレは，還元不可能な見慣れない他者性と，個々の現実の断片性を浮上させる。一方それに対する見る主体の側の困惑は身体性によって表現される。つまり，「バーンズの悲惨さがペンの軽やかな動きに鈍い重みとなる」("His [Burns's] Misery is a dead weight upon the nimbleness of one's quill...," 1: 325)と手紙の中で詩人が述べるように，観察を揺るがす「鈍い重み」("a dead weight")に象徴される物質的，身体的重圧感のために，嫌悪感を表象するための言葉は失われたまま，抽象的な記述が成立不可能となるのである。逆に言えば，こうした身体の卑俗性が，礼儀正しい普遍的な主体性に亀裂を与え，均質なはずの客体の物質性を暴くことにもなる。

　このようにキーツの旅における，既存の美学的態度には収まりきらない，卑俗な姿勢には詩人独自の美学的態度が認められる。そしてそうした感情を契機として生みだされた風景には，最終的に，脱身体的な観察に求められる距離感を危うくする，感情や身体の直接性が喚起される。しかし，見る主体の不安定な身体性が個々の文脈において生み出す不均一な風景の中に，バーンズの墓参をめぐるキーツの経験の独自性が映し出されているのである。

　同様に，卑俗な観察の中に主体の身体性が立ち上がってくる例は，手紙の風景描写にも窺える。7月11日のレノルズ宛の手紙の中でキーツは風景描写に自身の肉体性を織り込む。

> I'll not run over the Ground we have passed. that would be merely as bad as telling a dream —— unless perhaps I do it in the manner of the Laputan printing press —— that is I put down Mountains, Rivers Lakes, dells, glens, Rocks, and Clouds, With beautiful enchanting, gothic picturesque fine, delightful, enchanting, Grand, sublime —— a few Blisters &c —— and now you have our journey thus far.... (1: 322)

> 僕は僕らが通った土地については概説しないつもりだ，そんな行為は夢を語って聞かせることにも似てただ悪しきことだ——おそらく僕が

ラピュタ島民の印刷機のような手法で記述しなければの話だけど ――つまり,山々,川,湖,谷,峡谷,岩,雲を,美しく魅力的だ,ゴシックだ,精妙なるピクチャレスク,ほれぼれするようだ,魅力的だ,壮大だ,崇高だ ―― わずかな水膨れなどなど ―― といった形容をつけて概説することだ,これまでの僕らの旅とはこういうことさ……。

景観の美と足の「水膨れ」("Blisters")の並列は,視覚による快楽の中に突然の身体性を喚起する。風景観察のためにカタログ化されたおきまりの形容詞の羅列の後に,奇妙なズレとしての身体性が持ち込まれる。また,このような言葉の並置は,「ラピュタ島民の印刷機」("the Laputan printing press")という Jonathan Swift の *Gulliver's Travels* への言及からも推測できるように,言葉が並べられていく際の恣意性や偶発性を強調しており,観察や言葉の使用における既存の規則性を揶揄することになる。

このように,風景のフレームに侵入してくる身体性によって,風景がその土地において,それぞれ違った主体の背景によって生み出されていく固有の空間性を持っていることが明らかになる。したがって,その空間性はピクチャレスクな風景が生み出す自然らしさというものに潜む普遍性,均質性を解体する可能性をはらんだものとなる。

(3)

前述したように,嫌悪感を契機とする不安定な身体性の表出は,良い趣味に対して卑俗であるとみなされる。ところが特筆すべきことに,この卑俗性(vulgarity)という語こそ,John Gibson Lockhart が,*Endymion* を始めとしたキーツの初期の詩作と,コックニー派と揶揄された仲間たちを *Blackwood's Edinburgh Magazine* において痛罵した際に使用した語なのであった。

In this exquisite piece ["written on the day when Mr Leigh Hunt left prison"] it will be observed, that Mr Keats classes together WORDSWORTH, HUNT, and HAYDON, as the three greatest spirits of the age.... Wordsworth and Hunt! what a juxta-position! The purest, the loftiest, and, we do not fear to say it, the most classical of living English poets, joined together in the same compliment with the meanest, the filthiest, and the most *vulgar* of Cockney poetasters.[21] （強調筆者）

このすばらしい作品の中で，見れば解るように，キーツ君はワーズワス，ハント，ヘイドンをこの時代の三大人物として同じ扱いをしている……。ワーズワスとハント！何という並列！最も高潔で，最も高貴で，恐れずに言えば，生きているイギリス詩人の内で最も正統である詩人が，最も下品で，最も卑猥で，コックニーのへぼ詩人の内で最も卑俗な詩人と同じような敬意を払って同列に処せられているとは。

このように，キーツを含むコックニー派の詩人たちの詩作は「卑俗な」（"vulgar"）という形容によって蔑視された。この主因は，キーツの詩にみられるような規則を逸脱した語と語の偶発的な結びつきや，口語的な語彙の使用にあった。詩におけるそのような自由さは，まさにコックニー派とそれを代表する Leigh Hunt の詩の特質であるとみなされ，古典主義的な正統さとはかけ離れた卑俗性をもつと嘲笑された。[22] すなわち，自由な創作とは，新古典主義を代表するオーガスタン時代の詩や理想芸術を信奉したロイヤル・アカデミーの信念とは大きく異なり，良い趣味を体現する中心的な世界からみると周辺に位置する卑俗なるものとして定義された。例えば Alexander Pope は詩や散文において，推敲を重ねた語句と，文体におけるバランスとが示す，厳密な客観性を意識的に提示している。一方

キーツは *Endymion* の序論において,ともすれば「感傷」("mawkishness")に堕する傾向を自覚したうえで,自然発生的で未成熟な創作を強調しており,このようなキーツの態度はポウプの創作態度とは極端な対照を示している。[23]

また,同様に George Gordon Byron もコックニー派のスタイルを「卑俗性」という語によって性格付けており,これによってキーツやコックニー派の詩作についての社会的な評価が明らかになってくる。

> The grand distinction of the under forms of the new school of poets is their *vulgarity*. By this I do not mean that they are *coarse*, but "shabby-genteel," as it is termed.... It is in their *finery* that the new under school are *most* vulgar, and they may be known by this at once....[24]

> 新しい詩人たちの一派が持つ,下層階級の形式が示す重要な特徴は,その卑俗性にある。こう言ったからといって,彼らが下品だといっているわけではない,言ってみれば,「さもしい紳士ぶり」である……。新しい下層階級の一派が最も卑俗な点は彼らの装飾過多にあり,同時にそれによって衆目の集まるところとなっているのかもしれないが……。

バイロンが指摘するコックニー派の卑俗性とは,多分に階級の差異を示唆している側面を持っている。コックニー派の社会的階級の低さが彼らのスタイルの卑俗さと結びつけられている。また,バイロンが示唆する装飾過多のスタイルは,植物や自然による細密画的な修飾語句に溢れた作品ともいえる *Endymion* に見て取ることができる。そうしたコックニー派のスタイルは,ロイヤル・アカデミーを代表する Sir Joshua Reynolds が提唱した,個々の特性よりも抽象的な全体性のまとまりを目指す理想芸術とは

異なる。[25]

　しかし,卑俗性に対する非難は,詩のスタイルや属する階級にばかり向けられたわけではない。攻撃はさらに,コックニー派が居住したロンドン郊外の地理的周辺性と,異教のギリシャ・ローマを詩の題材とする彼らの宗教的な卑俗性とに潜むリベラルな政治性をも対象としていた。

　まず,地理的側面における卑俗性は,中産階級の勃興と郊外に付された歴史的なイメージによってもたらされた。1750年あたりから始まった郊外への人口移動は,郊外において所有できる宅地や居心地の良い家庭生活を求めたブルジョワジーの土地所有の願望を実現させた。したがって,郊外に対する地理的連想は,新興階級がもたらした新しい生活の規範や風潮と重なった。このようなロンドン郊外の発達は,都市と田舎の境界を曖昧にし,上層階級にとってはその境界の曖昧さやブルジョワジーの経済的台頭が,地理的,経済的な脅威であったと考えられる。そして上層階級はそうした脅威に対して,趣味の卑俗性を持ち出して対抗したとも推測できる。さらに郊外は15世紀から,売春などの行為を含むアンダー・ワールドとして,また食肉のための屠殺といった忌み嫌われた商売が行われる場所としての歴史的イメージを持っており,18世紀においても性的,身体的な意味での卑俗性を持ち続けていた。[26] したがって,キーツが1817年から1820年に住んだHampsteadは,ロンドン郊外が暗示した社会階級的な周辺性と性的な卑俗性とを合わせ持つ場所であり,当然コックニー派の詩のスタイルにも同じ刻印が刻まれたと考えられる。

　次に,コックニー派の宗教における卑俗性は,ヘレニズムを題材とするその手法に由来していた。当時エルギン卿によってギリシャ・ローマの大理石像をイギリスに持ち込むことが推進された。しかし,その反対派は代理石像がもつ野卑な物質性を反対理由として指摘した。[27] そしてさらに,大理石像の出自であるギリシャ・ローマの異教性が,普遍的なキリスト教精神にとって,卑俗な宗教性を含意していたと考えられる。[28] したがって,

こうしたギリシャ・ローマの神話を古典主義的美としてよりもむしろ，自由な異教性や奔放な性の世界として詩の題材にしたキーツは，題材の選択においてすでに卑俗性を持ちあわせており，大理石像にみるような身体的な物質性を芸術に持ち込むことを肯定しているとみなされたと考えられる。このように，コックニー派の地理的，宗教的な周辺性は，さまざまな意味合いをはらみながら最終的にはリベラルな政治性にみられる卑俗性と同一視された。

　こうした「卑俗性」をめぐるコックニー派に対する非難は，言い換えれば，当時の美学において良い趣味を持つと考えられていた者の視点からなされた非難である。この点で最も特筆すべきことは，卑俗なるものは，正統と異端の境界を危うくする不安な存在であると考えられたことである。高尚な題材を卑俗な言葉で取り上げるコックニー派の卑俗性も，やはり境界を越えてしまうその手法から生じてくるものであった。[29] 結局，卑俗性とは，客観的に観察すべき対象を抽象化せず，自らの身体性や，対象の持つ物質性をさらけ出していく態度に潜む，境界を超越するという行為に付けられた形容といえる。

　このようにコックニー派の卑俗性と，キーツの旅における卑俗性とは，良い趣味にもとるという点において同義となる。良い趣味を保持した芸術や風景描写とは，いわば見る主体が均衡を保った姿勢によって生みだす脱身体的な上品さである。一方，卑俗な趣味とは，見る主体が持つ感情や不規則性によって象徴される，不安定な姿勢によって生み出される身体的な俗世性であると定義できる。

　さらに，理想的な芸術がクリアーな遠近法的舞台効果を反映した芸術であると考えた場合，卑俗な芸術とは，主体と客体との安定した距離感の喪失や不透明性を反映しており，理想的な芸術が保持する遠近法的視覚効果をその不透明な視界によって失効させるということができる。そしてこのようにして生じたズレや不安定さを通して記述されたキーツの旅は，嫌悪

感によって象徴される還元不可能な体験によって，断片的な風景を固有の文脈において認識し，主体と外界の関係における身体的な不安定さを浮き彫りにした旅であったといえる。均質的空間性に立脚した，視覚による礼儀正しい認識とは異なる，キーツのこうした体験にこそ独自の空間認識が生じてくる。すなわち，キーツの空間認識とは，普遍性へと定式化されない輻輳した現実と，個々の地理的，精神的文脈において見出されるキーツ自らの身体性との間の振幅によって生み出されるといえる。

またさらに，この卑俗性を射程において浮かび上がってくる空間性は，キーツがバーンズの性質を指して形容した，「南方型」のものであるということができる。[30] 南方型とは，北方の厳格さや規則性に対して，感情や激しさの表象であるとも考えられる。あるいは，イタリアやギリシャなどの南の地を旅し，詩の舞台とした後期ロマン主義の，国境を越える地勢的な外向性をそこにみとめることもできる。[31] しかし，この南方型の地理的空間性を最も顕著に特徴づける点は，主体と客体の境界，上品さと卑俗さの境界を超えるという手法や，それに伴う不安や困惑を詩に表現するという行為なのである。あるいは，ワーズワスが社会の大きな変化の中で，牧歌的，有機的な自然を正統なイギリスの起源としてみなし，その自然との絆を再確認しようとしたこととは対照的に，キーツが詩作と外界の現実性との間に断片的でズレを伴った不安定な身体性を見いだしたことにも一つの南方型の特質を見ることができる。ワーズワスにとってイギリスの田舎や土地が，英国性を保つ普遍的な救済の地であったとすれば，キーツの南方型の空間性によって描かれたスコットランドの土地は，嫌悪によって文脈づけられる，断片的で還元不可能な現実の諸相を反映したものであったといえる。

註

（1）John Keats, *The Letters of John Keats: 1814-1821,* ed. Hyder Edward

Rollins, vol. 1 (Cambridge, MA: Harvard UP, 1958) 342. キーツの手紙についてはこの版を使用し，これ以後引用の末尾に巻数とページ数を記す。
（2）キーツの詩をこのような観点から読み解いた先駆的な批評として Marjorie Levinson がまず挙げられる。Marjorie Levinson, *Keats's Life of Allegory: The Origins of a Style* (Oxford: Basil Blackwell, 1990) 4-5. また，Alan Bewell は，キーツの詩に散見される多くの植物のイメジャリーを，海外への航海によってもたらされ収集された，富や権力などを象徴する庭園と結びつけ，そうした庭を詩作において所有しようとする詩人に，社会階級における上昇志向をみている。Alan Bewell, "Keats's 'Realm of Flora,'" *Studies in Romanticism* 31 (1992): 76.
（3）Elizabeth A. Bohls, *Women Travel Writers and the Language of Aesthetics, 1716-1818* (Cambridge: Cambridge UP, 1995) 66.
（4）Christopher Hussey, *The Picturesque: Studies in a Point of View* (1927; London: Frank Cass, 1983) 34, 66 等参照。
（5）高山宏『庭の綺想学——近代西欧とピクチャレスク美学』（ありな書房，1995）144-56 ページ。
（6）William Combe and Thomas Rowlandson, *The Tour of Doctor Syntax in Search of the Picturesque: A Poem* (London: R. Ackerman, 1812) 5. Qtd. in *The Illustrated Wordsworth's Guide to the Lakes*, ed. Peter Bicknell (Exeter: Webb & Bower, 1984) 15; James Buzard, *The Beaten Track: European Tourism, Literature, and the Ways to Culture, 1800-1918* (Oxford: Clarendon P, 1993) 21.
（7）Ian Jack, *Keats and the Mirror of Art* (Oxford: Clarendon P, 1967) 106-07. キーツは6月25日から27日にかけて書かれたトム宛の手紙の最後にこのような意図を明らかにしている。"Content that probably three or four pair of eyes whose owners I am rather partial to will run over these lines I remain ...." (1: 301)
（8）John Barrell, "The Public Prospect and the Private View: The Politics of Taste in Eighteenth-Century Britain," *Landscape, Natural Beauty and the Arts*, eds. Salim Kemal and Ivan Gaskell (Cambridge: Cambridge UP, 1993) 81; Bohls 67.
（9）エリザベス・ディラー，リカルド・スコフィディオ「観光旅行：スーツケーススタディ」『Anywhere』（NTT 出版，1994）96 ページ。内田隆三，多木浩二，八束はじめ「＜プログラム＞—あるいは空間の言説と思考をめぐって」『10＋1』（INAX 出版，1995）31ページ。
（10）Jacqueline M. Labbe, *Romantic Visualities: Landscape, Gender and Romanticism* (London: Macmillan, 1998) xi.
（11）Barrell 81; Bohls 67-69.

(12) Bicknell 145-46.
(13) Carol Kyros Walker, *Walking North with Keats* (London: Yale UP, 1992) 16; Jack 107-09.
(14) William Hazlitt, *The Complete Works of William Hazlitt*, vol.19 (London: Dent and Sons, 1933) 23-24. Qtd. in Walker 154n.
(15) Jonathan Crary, *Techniques of the Observer: On Vision and Modernity in the Nineteenth Century* (Cambridge, MA: MIT P, 1993) 25-66.
(16) Buzard 1-2.
(17) Walker 184; Rollins 1: 344.
(18) Walker 175n10.
(19) John Keats, *The Poems of John Keats*, ed. Jack Stillinger (Cambridge, MA: Harvard UP, 1978) 266. キーツの詩についてはこれ以後この版を使用する。
(20) John Macarthur, "The Butcher's Shop: Disgust in Picturesque Aesthetics and Architecture," *Assemblage* 30 (1996): 35, 37.
(21) G. M. Matthews, ed., *Keats: The Critical Heritage* (London: Routledge, 1971) 99.
(22) Jerome J. McGann, *The Beauty of Inflections: Literary Investigations in Historical Method and Theory* (Oxford: Clarendon P, 1985) 28-29.
(23) Carey McIntosh, *The Evolution of English Prose 1700-1800: Style, Politeness, and Print Culture* (Cambridge: Cambridge UP, 1998) 45-48; Keats, *The Poems* 103.
(24) Matthews 130; Levinson 4.
(25) レノルズの the Royal Academy of Art と，キーツを含むコックニー派の詩が載せられた雑誌である *The Annals of the Fine Arts* の対立や思想の相違については Paul Magnuson を参照。Paul Magnuson, *Reading Public Romanticism* (Princeton: Princeton UP, 1998) 192-202. レノルズに関しては次を参照。Barrell 86. キーツの初期の作品にみられる装飾性については次を参照。Bewell 78-79.
(26) Elizabeth Jones, "Keats in the Suburbs," *Keats-Shelley Journal* 35 (1996): 24, 27-29.
(27) Noah Heringman, "'Stones so wonderous Cheap,'" *Studies in Romanticism* 37 (1998): 57-58. 反対派の理由は大理石像の持つ物質性のみではなく，もちろんそれがイギリスに帰属するべきかについての是非も問題となっていた。
(28) Magnuson 174-75. キーツは旅行中，スコットランドにおける長老派の宗

教的厳格さがその土地の人々の人間性を抑圧している,という強い非難の気持ちを長老派に抱いている。
(29) McGann 30.
(30) キーツは1818年7月7日のトム宛の手紙の中で "his [Burns's] disposition was southern" (1: 320)と述べている。
(31) Marilyn Butler, *Romantics, Rebels & Reactionaries: English Literature and its Background 1760-1830* (Oxford: Oxford UP, 1981) 123-27.

ロレンスの文明観

吉村治郎

(1)

　ロレンスは小説家であると同時に優れた文明批評家でもあった。また，その文明観は彼の文学と不可分の関係にあることはいうまでもない。例えば，ロレンス文学の中核をなす性の哲学，自然への回帰なども彼の文明観を抜きにしてはその真意を理解することは難しい。彼の文明観への理解を欠けば *Women in Love, Lady Chatterley's Lover* などの代表的なロレンス文学は単なる好色文学とみなされる危険すらある。事実，日本においても *Lady Chatterley's Lover* の翻訳書が猥褻か文学かをめぐって法廷で争われた歴史もある。文明への洞察は彼の文学の重要な前提の一つといえる。
　彼の文明観は彼が反文明社会と考える古代世界や自然との対置によって明らかにされることが多い。例えば，文明を「文化」("culture") の時代，古代を「神話」("cult-lore") の時代と捉えてそれぞれの性格を次のように述べている。「文化は主として知性の活動であり，神話は感覚の働きである」("culture is chiefly an activity of the mind, and cult-lore is an activity of the senses")。[1] これは古代人と文明人の認識法の違いを指摘している。古代人は知性ではなく，主として「感覚」によって世界を把握しようとし，文明人は感覚よりむしろ「知性」に基づいて事物を理解する。例えば，古代人は雷を神の怒りと直観し，これを畏怖する。太陽は生命の源として崇拝され神の御座に祀られる。一方，文明人は雷を相反する電気

エネルギーの衝突と捉え，太陽は核反応によって「燃焼するガス球体」("a ball of blazing gas")[2]とみなす。すなわち，ロレンスが文明の本質とみなしているのは，理性的分析を通して事物や現象を客観的に理解したり，解釈しようとする合理的精神なのである。

　事物を客観的に分析し合理的に解釈しようとするこうした科学的精神がヨーロッパ社会で台頭する契機となるのがルネサンスである。ルネサンス以前の中世においてもこうした科学的認識法は存在していたが，直観や憶測，神話や迷信などに基づく，いわゆる感性的認識法とならんで，数ある認識法の中の一認識法に過ぎなかった。しかも，科学的認識法の主たる担い手は教会の聖職者たちだった。かれらは世界とその現象の合理的解明を通して万物の創造主たる神の御業を詳らかにし，それによって神を顕彰することを聖なる努めとしていた。やがてルネサンスの到来を迎えて，科学的認識法はにわかに脚光を浴びる。14世紀後半にイタリアに興り，16世紀初頭にはヨーロッパ全土を席捲した一大思潮ルネサンスの中心思想は人間中心主義である。それ以前の，宗教が支配的な中世では人間は神の導きを不可欠とする未熟で不完全な存在とみなされていた。ルネサンスはこのヘブライズム的人間観を一変させる。人間は不完全な存在ではなく，あらゆる可能性と理性の光を内に秘めた希望の存在とみなすヘレニズム的人間観が台頭する。こうしてルネサンスの洗礼を受けた人間は中世の桎梏から解放され自由意志と精神の独立を獲得する。人間はもはや神の僕ではなく，自らが自らの主人となった。この自由な気運に呼応して理性中心の科学的態度が一層重視されるに至る。そして，理性的判断を基礎とするこの認識法はさまざまな分野で応用され広く社会に浸透していった。こうして，人間中心主義に裏打ちされた合理的認識法を本質とするヨーロッパ近代文明が形成されていく。19世紀に至って，宗教と決別したこの合理的認識法はその他の認識法を圧倒して専制的地位を獲得する。ロレンスは，この「神なき合理主義の時代」と称される19世紀後半から20世紀始めにかけ

て生きた人である。

　原因があって結果が生じるという，因果律の観点から物事を分析し原因と結果のメカニズムを解明しようとするこの合理的認識法によって，これまで不治とされた病気の数々は原因が解明され治療法も確立された。力学の解明により機械も発明された。雷の知的分析を通して電気の存在を発見し，電気の性質の解析によって電気利用の道が開かれた。合理的認識法はまさに文明の進歩を切り開く切れ味鋭い知的メスであったが，輝かしい成果をあげるその合理的認識法の影に潜む暗い否定的側面をロレンスは決して見逃さなかった。ロレンスの目には，合理的精神を本質とするヨーロッパ文明の歴史は輝かしい進歩の過程ではなく，「長期にわたる人間のひそやかな死がはじまった」("the long, slow death of the human being set in")[3] 歴史と映った。そして，文明の所産であるさまざまな科学も機械もその死の産物としか思われなかった。

(2)

　ロレンスの文明弾劾の裏にはどのような理由があったのであろうか。「小説は刻々と変化するわれわれの生きた関係の虹を明らかにする完璧な媒体である」("The novel is a perfect medium for revealing to us the changing rainbow of our living relationships")[4] と述べるロレンスの小説宣言からもわかる通り，ロレンス文学は人間が生きて行く上で他者と結ぶ「関係」を中心テーマとする文学である。人間は孤独の中で人間になるのではなく，他の者との関わりを通して人間になることができる。しかもこれが人間になる唯一の道である。したがって，「関係」の如何によって，その人の生の質は左右される。ここにロレンスが「関係」を重要視する理由がある。社会的関わりを通して人間の成長や生の質を問うている点でロレンス文学は人間の精神的成長をテーマとする，いわゆるBildungsromanの系譜に連なる文学といえるが，生を左右する根幹ともいうべき，この

「関係」が文明によって蚕食されていることをロレンスは本能的に直観したのである。1915年9月に出版された The Rainbow, 1920年11月の Women in Love, 7年後の1927年2月の Lady Chatterley's Lover の三つの長編小説は，強弱の差はあるが，いずれも文明を意識した作品群である。とくに Women in Love は，Gerald という青年事業家に託して，ヨーロッパ近代文明の根幹たる合理主義の行く末を純粋な形で追求した激しい文明弾劾の書といってよい。以下，この小説を中心に，ロレンスの弾劾する文明の否定的側面を考察する。

　人が他者と結ぶ関係にはロレンスの場合大きく分けて二通りある。一つは人間関係，もう一つは人と宇宙・自然との関係である。人間関係だけでなく宇宙や自然との関係も重視する点はロレンスの特徴といえる。文明社会においてはこの二つの関係がいかにいびつなものになるかという問題を真正面から扱った小説が Women in Love である。この小説では四人の主要な人物が登場するが，一番重要な人物は Gerald Crich という青年事業家である。彼は合理主義を本質とする文明の申し子として描かれている。炭坑主であった父 Thomas の死後，新しい経営者となったジェラルドは父の経営方針を一新する。雇い主としてだけでなく，情け深い人間として炭坑夫たちを物心両面で援助することも惜しまなかった父の博愛精神に基づいた経営を一掃し，息子は徹底した合理化を推進する。炭坑夫たちとの人間的つながりを一切断ち切り，純粋に雇用主として臨んだ。こうした合理化は彼自身も驚くほどの成果をあげた。数年のうちに会社は石炭を地下から奪いとる鋭利な機械組織そのものと化す。その順調さに自らの中に万能の神が宿っているのではないかという錯覚に囚われることもあった。しかし，合理化が完了し，たった一人なにもしないでいる夕暮れ時など，わけのわからない恐怖と虚無感に襲われる。一方，合理化にともないジェラルドと炭坑夫たちの関係も一変する。炭坑夫たちは容赦のない合理化により完全に会社組織の歯車の一部となるが，ジェラルド自身も組織の機械的

一部と化してしまう。違いは彼が機械の司令塔となっている点のみだ。しかし，彼が機械の一部であることに変わりはない。そして，ジェラルドと炭坑夫たちの関係は，金谷氏の言葉を借りれば，金によって労働を売買する「キャッシュ・ネクサス」（"cash nexus"）であり，雇用者と使用人という「機能関係」（"function nexus"）だけである。[5] いずれも冷たいメカニックな関係でしかなく，人に「生の充足」（ful-filment）を与える血の通う有機的関係ではない。合理化完成後，ジェラルドを襲う不可解な恐怖や虚無感の原因の一つはこの生命の温もりを欠いたメカニックな関係にある。

　人は秩序や合理性を求めずにはおれない頭脳的存在である一方，理性と相反する感情や本能を備えた感性的存在でもある。そして人を根底から衝き動かすものはむしろ感情や本能的領域である。この二つが解放される時，人は自らの「生存理由」，ロレンス自身の言葉でいえば，「生の充足」を獲得する。従って，人が持つこの感性的領域は理性的領域と同等か，もしくは，それ以上に人の生命線だといえる。他者とメカニックな関係しか結ぶことができないジェラルドは生命線ともいうべき感性的自己を解放することができない。それ故，抑圧された彼の内なる自己は，夕暮れ時，彼が我に戻る時，不可解な虚無感となって彼に復讐するのだ。では，このような合理的精神の持ち主であるジェラルドは人生をどのように眺めているのであろうか。Women in Love の中の "In the Train" と題された章で，ジェラルドが友人 Birkin と話をする場面がある。君の人生の中心はどこにあるかと尋ねるバーキンにジェラルドは次のように答える。

> "I don't know——that's what I want somebody to tell me. As far as I can make out, it doesn't centre at all. It is artificially held *together* by the mechanism." [6]

「私にはわからない。——それこそ私が教えてほしい点だ。私の理解では，人生には中心なんてありっこないということだ。人生は人工的にメカニズムによって均衡が保たれているにすぎない。」

　この一節は機械的思考法しかできないジェラルドは人生についてもやはり機械的見方しかできないことを物語っている。彼が信ずるものはメカニズムだけである。ここには機械的関係を越えて社会と生きた関係を結び，そこに積極的な生の意義を見いだそうとする姿勢は見られない。というより，彼はそれができないのだ。それが機械的合理主義の宿命なのである。従って，彼は，人生において重要な意義を持つはずの結婚も社会の伝統的儀式以上の意味を見いだすことはできず，従うべき社会のメカニズムの一環とみなすだけである。こうした考えしかできないジェラルドは当然のことながら女性と正常な関係を結ぶことができない。なぜならば，男と女の関係は本質的に感性的領域に属する問題であって，合理的領域の問題ではないからである。恋愛の失敗は恋人 Gudrun の側にも一部原因はあるとはいえ，彼が機械的人生観しか持ち得ぬために他者と不毛な機械的関係しか結ぶことができない所に最大の原因がある。優れた知性の持ち主として，合理主義の通用する事業の世界では神のごとき力を発揮できるが，まったく未知の感性的領域では無力な赤子同然となる。グドルーンが的確に「あなたは愛することができないのよ」("You cannot love")[7] と批判するようにジェラルドは愛する術を持ち得なかった。

　　二人の関係にはもう一つ歪みがあった。それは，自らの内部から湧き上がる得体の知れない恐怖と虚無感を解消するために，彼がグドルーンを利用せざるをえなかったことである。ジェラルドは不安に怯え泣き叫ぶ子供であり，グドルーンはその子を心身ともに慰め鋭気を与える母であった。一見，男と女の関係に見える二人は実は母と子の関係でしかなかったのである。24章 "Death and Love" においてロレンスはそうした二人の内的

関係を性的場面に託して無意識の深みから描いている。

> And she, she was the great bath of life, he worshipped her. Mother and substance of all life she was. And he, child and man, received of her and was made whole. His pure body was almost killed. But the miraculous, soft effluence of her breast suffused over him, over his seared, damaged brain, like a healing lymph, like a soft, soothing flow of life itself, perfect as if he were bathed in the womb again.[8]

そして女は、女は生命の偉大な浴槽であり、男は女を崇拝した。母であり、あらゆる生命の実体、それが女であった。そして男は、子となり、男となって、女を受け容れ完全となった。男の純粋な肉体はほとんど死の淵にあった。だが、女の胸よりほとばしる奇跡的な、やわらかな流れが、病を癒すリンパ液のごとく、やさしくなだめる生命の流れそのもののごとく、男と、焦土と化した男の脳を潤した。男はあたかももう一度胎内に湯浴みしたかのごとく完全となった。

一方、グドルーンの側にも破綻の原因があった。彼女は一応、芸術家であるが芸術に一生を捧げるつもりは毛頭なかった。たまたま今のところ、芸術に携わっているだけであった。とはいえ他に彼女の心を捉えるものもなかった。実は、彼女は何者をも冷ややかに眺めざるを得ないシニシズムにとりつかれていたために、どんなものにも心から没頭できなかった。このため、人であれ芸術であれ、何者とも真剣な関係を結ぶことができなかった。いいかえれば、シニシズムのために周囲の現実と出会うことができず、出口のない自己の牢獄に閉じこめられもがいていたのである。そんな時彼女はジェラルドと出会う。彼女の目に彼は次のようにみえた。

He was sheerly beautiful, he was a perfect instrument. To her mind, he was a pure, inhuman, almost superhuman instrument. His instrumentality appealed so strongly to her.⁽⁹⁾

　男は本当に美しかった，男は完璧な道具と化していた。女の目に男は，純粋な，非人間的な，ほとんど超人間的といってよい道具に見えた。男が道具と化していること，それが女の心を強く捕えた。

文明のシンボルである道具，広くいえば機械と化しているジェラルドはまさに合理主義の権化となっているが，グドルーンは彼の強大な機械的魅力に強く惹かれたのだ。彼女の心の中では，機械と化した彼の圧倒的な力の前に跪きたいという本能が，そして屈することによって，その力を自由に操りたいという女性特有の本能が頭を擡げる。彼女は牢獄から逃れ，自己を取り戻す機会を求めていた。ジェラルドと出会って，その解放の力を彼に見たと思う。しかし，それは錯覚にしか過ぎなかった。彼もまた仮借ない合理主義の刃に深手を負った男であった。解放はおろか，却って彼の深手を癒す手段とされてしまう。しかし，こうした一方的犠牲を強いる人間関係は長続きするはずはなかった。当初はジェラルドの強大な力の前に屈していたが，やがて我を取り戻した彼女は彼との決別を決心する。ジェラルドは深手を癒す唯一の拠り所を失い雪山で命を断つ。不完全ながらも彼を生の現実に繋ぎとめていた絆が断たれたからである。

　生命あふれる関係を築きあげることに失敗した二人は挫折するが，ジェラルドの合理主義もグドルーンのシニシズムも感性よりも知性が勝ち過ぎる所から生まれたものである。もちろん二人はその事実に対して無自覚である。二人には，頭脳的，知性的領域の病的肥大化と感性的領域の極端な抑圧と枯渇が見られる。ロレンスはここにヨーロッパ近代文明の弊害を直観したといえる。なぜなら科学的合理精神を第一原理とするこの文明は知

性の極端な肥大化を強制する一方，その反動として感性を抑圧し枯渇させるからである。ロレンスにとって，それは生命の流露を約束する感性の主体が死に瀕しているとしか思われなかった。ジェラルドとグドルーンは，まさに病める文明人のシンボルとして描かれているのである。

（3）

　前章ではロレンスの重視する人間関係を検討したが，次に同様に重い意味をもつもう一つの関係，人間と宇宙・自然との関係を考えて見よう。

　ロレンスは炭坑夫の息子として生まれ育ったこともあり，彼の文学は自然感が豊かである。しかもロレンス文学においては宇宙や自然は単に小説の舞台設定のための背景ではない。かかわり方次第で人間のありかたを左右する重要な実体として位置づけられている。では，合理主義思考に染まった文明人は自然に対してどのような態度をとるであろうか。ロレンスはジェラルドを通してそれを描いている。自然に対する彼の態度は，石炭，馬，兎などとの接し方によく表れている。とくに，石炭に対する彼の態度は自然に対する彼の根本的姿勢を要約している。父が亡くなり自らが炭坑経営にあたらねばならなくなった時，ジェラルドは会社の合理化を進めるなかで次のような思いを抱く。

> He had a fight to fight with Matter, with the earth and the coal it enclosed. This was the sole idea, to turn upon the inanimate matter of the underground, and reduce it to his will.[10]

> 彼は，物質すなわち大地と大地に眠る石炭に戦いを挑んだ。地下に眠る物質に挑みかかり，己が意志に屈従せしめること，それが彼の唯一の観念であった。

石炭の効率的な採取をめざすのは事業家として当然の仕事とはいえ,「地下に眠る物質に挑みかかり,己が意志に屈従せしめる」態度は象徴的である。ここには,自然は征服の対象であり,人間に奉仕すべきものとする支配する者と支配される者の構造が認められる。こうした態度は,「人間の意志はすべてを決定する因子だ。人間は万物の長である。人間の知性は人間の意志に従順であらねばならぬ。人間の意志は絶対的だ,唯一絶対的なものだ」("The will of man was the determining factor. Man was the arch-god of earth. His mind was obedient to serve his will. Man's will was the absolute, the only absolute."),[11] とする態度から生まれる必然的帰結といえる。

　では合理的精神からこのような征服的,攻撃的態度と人間への絶対視が生まれるのはなぜであろうか。それは合理的精神が専ら知性的判断に基づく認識法だからであり,この認識法はあくまでも人間の側から対象を理解する一方的方法であって,自然の側から人間を眺める逆の視点を欠いているからである。また,知的判断自体の持つ性質にも起因する。知的判断の特徴は判断する者とされる者とのあいだに主体と客体の関係が成立する点にある。これは裁く者と裁かれる者の関係といってよく,当然,裁く主体の方が優位に立つ。また対象を知的に理解すること,すなわち,対象の性能を知ることは対象をコントロールする優位な立場に立つことでもある。したがって,知的判断はその性格上必然的に判断する主体と,される客体の間になんらかの支配と被支配の関係をもたらすといえる。知的判断に基づく合理精神の権化たるジェラルドが自然界に対して支配者としての意識を持つのはそのためである。ロレンスはもちろんこうした態度を人間の思い上りとして厳しく弾劾する。しかし,それは単に倫理的道徳的観点からの批判ではない。ヨーロッパ文明の歴史全体を視野にいれた上での,人間の存在論にかかわる批判である。

　ロレンスによれば,人間は本来,太陽や月と呼応しあっているという。

ちょうど海が月に呼応して潮の満ち干が起こるように、人間の血潮は太陽の鼓動を感じ、月の光に呼応しながら脈打っている。古代人や異教徒は文明人とは異なり、まさにこの血の意識によって自然を感じ、自然と繋がれていた。血の意識による認識は、知性によるそれとは違って、対象を距離をおいて眺めるものではない。直観や本能による無距離の認識なので、そこには主客の関係が存在する余地は皆無といってよい。したがって、支配と被支配の関係は成立しない。また、この血の認識のもたらす知識は、知的認識による知識が対象に関する「分析的知識」であるのに対して「全知」(knowledge in full) というべき生きた知識である。したがって、古代人や異教徒にとって自然は敵意や支配の対象とはならず、むしろ崇拝の的であった。ロレンスによると、キリスト教以前の古代世界や、異教の世界では「人間はコスモスと共に生き、それが己れを越える偉大なものであることを知っていた」("A man *lived* with the cosmos, and knew it greater than himself.")[12] のである。

　ところで、ロレンスが自然や宇宙を人間を越えた絶対的実体としている点はワーズワスに代表されるロマン派的自然観との類似が認められる。また一木一草に神性を認め、自然への参入は神との邂逅を意味する点もロレンスとワーズワスに共通している。ロレンスのそうした自然観は"Snake" と題された有名な彼の詩をみれば明らかである。この詩の中で「蛇」はロレンスが神と考える「創造的神秘」の化身として登場している点からもロレンスの汎神論的自然観が窺われる。しかし自然との邂逅が血の意識を媒介とする点はロレンス独自のものといえるが、そうした血の意識を媒介とした自然との繋がりが消滅しはじめるのはキリスト教以後であるとロレンスはみなしている。キリスト教は人間を霊肉二元論で捉え、肉に対する精神の優位性を説く。肉体は欲望の宿る暗黒地帯であり、精神は神にも近い知性の宿る場所とされ、前者は抑圧され、後者は善なるものとして称揚された。肉の否定と精神の肯定に伴い、血の意識を媒介とする自

然との繋がりは衰退し，かわって，知性を媒介とする自然観が台頭する。したがって，「私の大いなる宗教，それは血を信仰することだ。血は知性より賢明だからだ」("My great religion is a belief in the blood, as being wise than the intellect")[13] と宣言する血の信仰家ロレンスにとって，キリスト教を母体として始まったヨーロッパ文明2000年の歴史は，人間が本来もっていた血の意識を抹殺し人間を自然から切り離す歴史としか思われなかった。ロレンスのこうした歴史観は，「われわれはコスモスを失ったのだ」("We have lost the cosmos")[14]，「感応系統を抹殺するのに2000年を要したのだ」("It has taken two thousand years to kill them [the great range of responses].")[15] という言葉によく表れている。

　以上みたように，血の意識による認識から知性による認識への変化は自然に対する態度を大きくかえるものであった。血の意識は，人間は悠久の営みを繰り返す自然の大きな流れの一部であることを教える。これは自然界の側から人間をみる態度といえ，ロマン派的自然観に近い。一方，知性による認識は，ジェラルドの例が示す通り，人間を自然界と敵対させ，人間を絶対視する態度をもたらす。これは人間の側から自然界を眺め，支配し，自由にコントロールする態度であり人間中心主義そのものといえる。血の意識による認識から知性による認識への転換は，自然中心の自然観から人間中心の自然観へと百八十度変換することを意味する。合理主義の最大の難点は，この人間中心主義が人間を支配者として自然界に敵対させ，ジェラルドのいう「万物の長」という意識を無意識の内に起こさせる点にある。地球における生命興亡の永い歴史から見れば人類も自然の一部であって特別に選ばれた存在ではない。人類は，生成と消滅を無限に繰り返しながら滔々と流れる生命の大河に浮かぶ一瞬の泡沫に過ぎない。恐竜が地上から消滅し，別の生命がとって代わったように，人類も適応を誤れば別の生命にとって代わられるかもしれない。[16]「人間は万物の尺度ではない」("man is not the criterion")。[17] そのように考えるロレンスとすれば，

人間を「万物の長」とするジェラルドの自負は人間の思い上りが頂点に達した根の深い自己陶酔としか思われなかった。したがって，人間に「万物の長」とする意識を植え付ける必然性を秘めた合理精神は，自然界における人間本来の位置を誤認させる危険な本質を持つ精神であったのだ。合理主義一色に染まった現代はとくに社会全体がその誤りを犯している。しかも，それに対して無自覚であるところにロレンスは現代文明の根深い悲劇を感ずると共に，言いようのない危機感を抱くのである。 *Lady Chatterley's Lover* の冒頭でロレンスは言う，「われらの時代は本質的に悲劇の時代である」("Ours is essentially a tragic age")。[18]

(4)

合理精神は2000年にわたるヨーロッパ・キリスト教文明の歴史を貫く精神的支柱であり，本質である。したがって，合理精神に対するロレンスの危機意識は単なる一過性の問題に対する懸念ではなく，ヨーロッパ文明の歴史全体にかかわる重みをもっている。それだけに文明に対するロレンスの危機感は深く，重いものであったに違いない。

しかし，文明，とりわけ現代文明を悲劇の時代と捉えながらも，彼は決して虚無主義者にはならなかった。積極的に活路を求めた。自然への回帰，肉の復権，性の哲学，これらは文明の弊害に対抗するための彼なりの試みであった。彼は，自然，肉体，性の中に文明によって枯渇した生命の蘇生と生の流露を求めたのである。それによって，理想とする人間本来の源境へ復帰することを願ったのだ。

またロレンスは積極的な行動の人であった。彼はメキシコ，オーストラリアなど，まだ文明に毒されていない地域を訪ねた。古代エトルリア文明の遺跡にも足を運んだ。そこに自然と人間とが一体となった生命感溢れる理想の世界を夢見たからである。

しかし，自然への回帰，肉の復権，性の哲学が彼の希求して止まなかっ

た生の流露を真に約束するものであったかどうかは神のみが知るところである。また，文明を遠く離れたメキシコ，オーストラリアの地で彼がはたして夢見た理想郷にたどりついたかどうか，知るすべはない。しかし，合理精神の限界と，その否定的側面を鋭く抉った見識の高さは異論の余地はないであろう。彼の見識は現在も立派に通用するばかりでなく，その正当性は一層重みをましているようにみえる。欧州という一地方に産声をあげたヨーロッパ文明は営々とその版図を広げ世界を席捲する支配的文明になっている。この文明の本質をなす合理精神の侵略性と攻撃性のなせるところといえるが，この文明の綻びも一通りではない現在，文明に対するロレンスの洞察は病巣を的確に抉る名医の診断に似て，より一層の説得力をもって光輝くかにみえる。

註

(1) D. H. Lawrence, *Apocalypse* (1931; Harmondsworth: Penguin, 1974) 47.
(2) *Apocalypse* 27.
(3) *Apocalypse* 31.
(4) D. H. Lawrence, "Morality and Novel," in *Selected Literary Criticism*, ed. Anthony Beal (1956; London: Heinemann, 1967) 113.
(5) 金谷展雄『D. H. ロレンス論』(南雲堂, 1988) 114 ページ。
(6) D. H. Lawrence, *Women in Love* (1921; London: Heinemann, 1954) 51.
(7) *Women in Love* 453.
(8) *Women in Love* 337.
(9) *Women in Love* 408.
(10) *Women in Love* 220.
(11) *Women in Love* 216.
(12) *Apocalypse* 27.
(13) D. H. Lawrence, Letter to Earnest Collings (17 Jan. 1913), *D. H. Lawrence*, ed. Diana Trilling (New York: Viking, 1947) 563.
(14) *Apocalypse* 27.
(15) *Apocalypse* 30.

(16) ロレンスがダーウィンの進化論に近い考えを持っていたことは *Women in Love* において，作者の分身であるバーキンに次のように語らせていることからも明らかである。

"'God cannot do without man.' It was a saying of some great French religious teacher. But surely this is false. God can do without man. God could do without the ichthyosauri and the mastodon. These monsters failed creatively to develop, so God, the creative mystery could dispense with man, should he too fail creatively to change and develop. The eternal creative mystery could dispose of man, and replace him with a finer created being. Just as the horse has taken the place of the mastodon." (*Women in Love* 470)

(17) *Women in Love* 469.
(18) D. H. Lawrence, *Lady Chatterley's Lover* (1928; Harmondsworth: Penguin, 1961) 5.

イェイツと＜失意のオード＞
── ロマン派的ジャンルの一変奏 ──

池田栄一

　1937年11月から翌年9月にかけて，W. B. Yeats は "The Circus Animals' Desertion" を書いた。死期を半年後に控えた73歳の老人が，それまでの詩業を振り返りながら，今やうたうべき主題が枯渇したことを嘆くこの詩を，Frank Kermode は Coleridge になぞらえて，イェイツの "Dejection Ode" と呼んだ。[1] しかし Wordsworth とコウルリッジがそれぞれ "Ode: Intimations of Immortality from Recollections of Early Childhood" と "Dejection: an Ode" を書きあげたのは，彼らが33歳と29歳のときであって，若い二人の「失意」と比較したとき，老いたイェイツの＜失意のオード＞には独自の響きが感じられる。この特異さには，イェイツの中期から後期の詩を読み解くひとつの鍵が潜んでいるのではないか。そこで本稿では，まず＜失意のオード＞というジャンルの成立を，ロマン派に頻出する「鳥」のイメージに着目して考察し，それを踏まえて，このロマン派的ジャンルをイェイツがいかに継承し，さらにそれを変奏したかを検証してみたい。

（1）ロマン派の「鳥」たち

　古来ナイチンゲールは，その鳴き声の美しさのために，詩人たちが好んで取りあげた題材のひとつである。なかでも Milton が Il Penseroso において，「調べ妙にして憂い深し！」（"Most musical, most melancholy!" 62）[2] とナイチンゲールに呼びかけたとき，この歌鳥を「憂いの鳥」とみ

る文芸上のトポスが誕生した。このトポスは18世紀末においてもまだ支配的であって,[3] コウルリッジが "The Nightingale: A Conversational Poem"[4] (1798年執筆) を書いたのは, なによりも当時の感傷的ナイチンゲール観に異を唱えるためであったと考えられる。彼はミルトン流の「哀れを誘うフィロメラの調べ」("Philomela's pity-pleading strains," 39) を否定し, 盟友ワーズワスと妹Dorothyにこう呼びかける。

> My Friend, and my Friend's Sister!　we have learnt
> A different lore: we may not thus profane
> Nature's sweet voices always full of love
> And *joyance*!　'Tis the *merry* Nightingale
> That crowds, and hurries, and precipitates
> With fast thick warble his delicious notes,
> As he were fearful, that an April night
> Would be too short for him to utter forth
> His love-chant, and disburthen his full soul
> Of all its music!　（40-49, 強調筆者）

> わが友よ, そしてその妹よ。わたしたちは
> 違う考え方をしてきた。いつも愛と
> 歓びにあふれている自然の甘い歌声を
> そんなふうに冒涜はしない。ナイチンゲールは
> 陽気だからこそ, その妙なる調べを
> 突如として, せきたてるように歌い出し
> せわしげなさえずりをひっきりなしに迸らせる。
> 恋を歌い, ありったけの調べを心の底から
> 吐き出すには, 四月の夜は短すぎると

恐れるかのように。

「憂いの鳥」から「歓びの鳥」へ——ナイチンゲールをめぐる文芸上のトポスは，ここでコウルリッジによって意図的に置換されている。文学史的にみれば，これは Gray や Warton が好んだ感傷的な "melancholy" からロマン派の創造的 "joy" へと，時代の感性を示すキーワードを移行させようとする巧妙な詩的戦略であったと言えるだろう。だが，コウルリッジによるナイチンゲールの変貌はそれだけにはとどまらない。彼はこの歌鳥の群れを，古城，月光，暗い森といったゴシック的風景のなかに棲まわせ，鳥たちに超自然的属性を賦与しようとする。次の引用は，一時雲のうしろに隠れた月が再び神秘的な光を放ちはじめる場面である。

>   till the Moon
> Emerging, hath awaken'd earth and sky
> With one sensation, and those wakeful Birds
> Have all burst forth in choral minstrelsy,
> As if one quick and sudden Gale hath swept
> An hundred airy harps!   (77-82)

>   やがて月が姿を現すと
> 大地と大空は心をひとつにして目を覚まし
> 目ざとい小鳥たちも一斉に大合唱を始めた。
> まるで一陣の突風が何百という風琴を
> かき鳴らしたように。

魔術的な月の光に照らされ，ゴシックの森でさえずっているのは，もはや生身のナイチンゲールではなく，神秘性を帯びた「幻」の鳥であり，その

鳴き声は、「一陣の突風」によって奏でられる「風琴」の音色と同化している。言うまでもなく、「風」は「想像力」を表現するためにロマン派詩人が愛用した比喩であって、ここでコウルリッジは"as if"というまさに魔術的レトリックを駆使して、ナイチンゲールを「想像力」、つまり詩的霊感そのものへと昇華・神格化しようとしているのである。

　鳥の崇高化・神格化という現象は、ひとりコウルリッジのみに起こったわけではない。どのロマン派詩人においても、鳥たちはもはや現実の肉体を奪われ、神秘的・超自然的な存在へと変貌させられている。たとえばワーズワスの"To the Cuckoo"[(5)]（1802年執筆）では、かっこうは具体的な「鳥」("Bird," 3)から人の眼には見えぬ「さまよえる声」("a wandering Voice," 4) に変身する。

　　　　　　Thrice welcome, darling of the Spring!
　　　　　　Even yet thou art to me
　　　　　　No bird, but *an invisible thing,*
　　　　　　A voice, a mystery;
　　　　　　………………
　　　　　　O blessèd Bird!　the earth we pace
　　　　　　Again appears to be
　　　　　　An *unsubstantial, faery* place;
　　　　　　That is fit home for Thee!　　(13-16, 29-32, 強調筆者)

　　　　　ようこそ、春の寵児よ！
　　　　　今でも君は、僕にとって
　　　　　鳥ではなく、目に見えぬ存在、
　　　　　声だけの、神秘な存在なのだ。
　　　　　………………

嗚呼，祝福された「鳥」よ！
　　足もとの大地はふたたび
　　まぼろしの，妖精の地，
　　まさに君にふさわしい住み家だ。

　コウルリッジがナイチンゲールで試みた神格化が，ここでは一層徹底され，深められている。そして注目すべきなのは，かっこうの鳴き声が，ワーズワスに少年時代の「幻ゆたかなりし日」("visionary hours," 12) を現出させる契機となっている点だ。つまり，かっこう（そしてコウルリッジのナイチンゲール）は，単に抽象化・普遍化されているだけではない。むしろ，詩的霊感と一体化する地点まで崇高化・神格化されたことが，ここでなによりも重要なのである。

　ロマン派第二世代の詩人たちによる「鳥」の理想化も，この現象の延長線上に捉えることができる。Shelley は "To a Skylark"[6] (1820 年執筆) で，雲雀に「ようこそ快活な精よ！　おまえは鳥ではない」("Hail to thee, blithe Spirit! / Bird thou never wert," 1-2) と呼びかける。雲雀は「肉体から離れた歓び」("an unbodied joy," 15) そのものであり，「霊妙な狂想曲」("harmonious madness," 103) を詩人に教授する詩的霊感の源なのだ。同様に Keats も "Ode to a Nightingale"[7] (1819 年執筆) で，ナイチンゲールに「おまえは死すべく生まれたのではない，不滅の鳥よ！」("Thou wast not born for death, immortal bird!" 61) と呼びかける。そしてその甘い歌声にうっとりと聞き入る詩人を包む「陶酔感」("an ecstasy," 58) とは，束の間とはいえキーツに降臨した詩的霊感の別表現にほかならない。ロマン派の第一世代によって「鳥」が詩的霊感（ミューズの恩寵）の象徴にまで高められ，それが比喩表現としていったん確立したあとでは，シェリーやキーツはその伝統をごく自然に利用することができたのである。では，なぜロマン派詩人はこれほどまでに「鳥」

にこだわったのか。

　おそらくこうした「鳥」の神格化という現象は，時代の深層で起こりつつあった「想像力」観の変革という，より根本的な地殻変動の一環として理解できるのではないか。詩の創造原理としての「想像力」という概念は，先行するいかなる時代にもまして，ロマン派において聖化・崇高化された。[8] まずコウルリッジによって「空想」(fancy) から峻別された「想像力」(imagination) は，シェリーにおいては「理性」(reason) と対立し，「理想美」(Intellectual Beauty) を直観する力とみなされ，キーツにおいては「真実」(truth) を生み出す母体にまで高められたのである。こうした「想像力」の崇高化の背景には，言うまでもなく，ロマン派によって戦略的に推進された詩作観，芸術観の，まさにコペルニクス的転換があったことは疑いない。詩作とは，古典主義者たちが標榜するような，外なる理神論的自然の「模倣」(mimesis) ではなく，詩人の内なる自然の「表出」(expression) にほかならない。M. H. Abramsの巧みな比喩を借りて言えば，詩作の場としての「精神」(mind) のメタファーが，外界を模写ないし反映する＜鏡＞から，内なる光を放射して外界を照らし出す＜ランプ＞へと，あるいは深淵から霊感の水を湧き出す＜泉＞へと，決定的に置換されたのである。[9]

　こうして惹起された「想像力」の崇高化は，同時にその陰画として，詩的霊感の夭折，枯渇に対する詩人の不安と恐怖を胚胎した。想像力の枯渇は，ただちに詩人の＜死＞を意味したからである。ここから詩魂の衰退や凋落をうたう＜失意のオード＞という，すぐれてロマン派的ジャンルが生み出されることになる。ロマン派詩人たちが陸続とうたいあげた偉大なオード群は，まさにこの詩的霊感の降臨と喪失，あるいは喪失と蘇りを共通のモチーフとする，詩作をめぐるメタ・ポエム群として読むことができる。こうした文脈においてはじめて，彼らが好んで題材としたロマン派の「鳥」たち——ワーズワスのかっこう，シェリーの雲雀，コウルリッジ，キーツ

のナイチンゲール——は，虚空からの「声」によって詩人に束の間の至福を与えたあと，再び虚空へと飛翔し去る「想像力」そのものの的確な詩的形象化であったことが理解されるのである。[10] ＜失意のオード＞とは，ロマン派による「想像力」の崇高化が必然的にもたらした「時代の陰画」であった。

ではここで，＜失意のオード＞というジャンルの誕生に伴って，「鳥」と詩人との関係がどう変容したかを，キーツの "Nightingale" を例にとって確認しておきたい。霊感の訪れを受け甘美な恍惚に身も心も委ねていた詩人は，詩の最後に至ったとき，虚空に飛び去るナイチンゲールから自分が見棄てられたことを知る。

Forlorn! The very word is like a bell
　　To toll me back from thee to my *sole* self!
………………
Adieu! adieu! Thy plaintive anthem fades
………………
Was it *a vision,* or a waking dream?
　　Fled is that music … Do I wake or sleep?
　　　　　　　　　（71-72, 75, 79-80, 強調筆者）

見棄てられた！　このことばが弔いの鐘のように
　　僕をお前から　孤独の身に引き戻してしまう。
………………
さようなら！　お前の哀しみの歌が消えていく
………………
僕が見ていたのはまぼろしか，それとも白日夢か。
　　あの調べは消えた——僕は眠っているのか，覚めているのか。

聞き惚れていたナイチンゲールに「別れ」を告げる，という詩の終わり方は，コウルリッジの "The Nightingale" にもみられる――「さようなら，さえずる鳥よ！　明日の晩まで」("Farewell, O Warbler!　till tomorrow eve," 87)。さらに Charlotte Smith の *Elegiac Sonnets* (1784年)中の Sonnet vii, "On Departure of the Nightingale"[11] にも，次の類似表現がみえる。おそらくこうした「別れ」の形は，ロマン派以前にまで遡る結句の定型のひとつであったと考えられる。

> Sweet poet of the woods! ―― a long adieu!
> 　Farewel, sweet minstrel of the year ...

> 森の甘き詩人よ！　久しくお別れだ。
> 　さようなら！　毎年巡ってくる甘き吟遊詩人よ……

しかしながら，スミス，コウルリッジ，キーツと年代順に並べてみたとき，ナイチンゲールと詩人との「別れ」には，前二者とキーツとでは決定的な差異が認められる。スミスの場合，美化されてはいてもナイチンゲールは現実の鳥であり，詩人との再会が暗黙のうちに前提とされているのに対して，キーツの場合，一方的に彼を見棄てた「霊感」が再び降臨する保証はない。(コウルリッジの場合は，ちょうど両者の過渡期的段階を示している。) 彼方へと消え去っていく「鳥」に別れを告げた詩人を襲うのは，想像力の枯渇への深い不安と憂鬱と絶望であったに相違ない。ほとんど狂気と隣り合わせのこうした喪失感こそは，たとえば1802年のワーズワスに訪れた「失意」の本質であったと想像される。

> I thought of Chatterton, the marvellous Boy,
> 　The sleepless Soul that perished in his pride;

> Of Him who walked in glory and in joy
> Following his plough, along the mountain-side:
> By our own spirits are we deified:
> We Poets in our youth begin in gladness;
> But thereof come in the end *despondency* and *madness*.
> 　("Resolution and Independence," 43-49, 強調筆者)[12]

　わたしはチャタトンのことを思った，あの天才児，
　人生の盛りに逝った，あの眠りを知らぬ魂を。
　また別の詩人，栄光と歓びのうちに
　山腹に鋤を押して歩んだ詩人のことを。
　わたしたちは自らの精神によって神にもなる。
　わたしたち詩人は歓喜のうちに青春へと旅立つ，
　だがやがては失意と狂気とが待ち受けている。

天才詩人と謳われながら，わずか18歳で若い命を自ら絶ったチャタトン，詩才を十分に発揮することなく37歳の若さで夭折したBurns，精神の奈落に沈む友人コウルリッジ。そしてワーズワス自身にも詩的霊感の喪失を嘆くときが迫っていた――「あの幻の輝きはどこに行ったのか。今はどこにあるのか，あの光，あの夢は」("Whither is fled the visionary gleam? / Where is it now, the glory and the dream?" "Immortality Ode," 56-57)[13]。彼もまた「鳥」に見棄てられた失意の詩人のひとりなのだ。＜失意のオード＞はこの深い「失意と狂気」から生みだされたジャンルなのである。

　このようにロマン派固有のジャンルとみられる＜失意のオード＞を，さらにエイブラムズはもうひとつのキー・メタファーである不可視の「風」(breeze) を手掛かりとして，ルネサンス後期のGeorge HerbertやHenry

Vaughanの信仰告白詩,中世の St. Augustine の *Confessions*(VIII, xi-xii), Dante の *Purgatorio*(XXVIII, 7-2),さらには旧約聖書の *Song of Songs*(4:12-16)にまで系譜的に遡り,「魂の救済」という一層広い宗教的・文学的コンテクストのなかに位置づけている。[14] そこでは神からの魂の離反 ── "dejection" と呼ばれる精神的枯渇状態 ── が,神の息吹き(聖霊)である「風」(恩寵)によって救済されるという共通したパターンがみられる。エイブラムズによれば,想像力の死と再生を主題とするロマン派の＜失意のオード＞は,18世紀の "melancholy" や "spleen" の詩の伝統に連なるのではなく,もっと古い信仰の詩が世俗化したものであって,「神」ならぬ「美の精霊」から見放された詩人が,詩的霊感の「風」に共鳴する「アイオロスの竪琴」と自らを化すことで,詩魂の蘇生を希求するという図式が継承されているのである。

　もちろんこの図式にもかかわらず,ひとたび失われた「想像力」が再び詩人の内に蘇るという保証はどこにもない。詩人は(もし詩人であり続けたいならば),それぞれのやり方でこの幻滅の悲哀を乗り越えねばならない。ワーズワスのように「幻の輝き」の喪失を容認し,それを償う新たな宗教的・倫理的価値を「自然」のなかに見出すか,コウルリッジのように恋人への「愛」に支えを求めるか,あるいはシェリーやキーツのように「鳥」との一瞬の陶酔的合体を願うか ── 詩人たちはさまざまな＜失意のオード＞を奏でることになる。では,「最後のロマン派」を自称するイェイツは,どのように自らの失意と向き合い,それを詩にうたったか。＜失意のオード＞というロマン派的ジャンルの継承と変奏という観点から,彼の「白鳥」の詩篇を中心に考察してみたい。

(2) イェイツの白鳥

　イェイツもまた,「鳥」に惹かれた詩人だった。彼の詩には鳩,鷹,孔雀,椋鳥などさまざまな鳥たちが登場するが,そのなかで最も重要な象徴

的意味を担っているのが白鳥であることは間違いない。ロマン派においても，たとえばコウルリッジは白鳥のなかに超自然的な美の極致を見ているが ("Lewti, or the Circassian Love-Chaunt" 第5連)[15]，イェイツの白鳥は，そうしたネオプラトニズム的な象徴と，アイルランド伝説由来の白鳥 ("The Withering of the Boughs" や "Baile and Aillinn") とが融合したものだと考えられる。[16]

　＜失意のオード＞というロマン派的ジャンルの伝統から言えば，まず取りあげるべきは "The Wild Swans at Coole"[17] であろう。1916年10月，51歳のイェイツは Galway 州にあるクール荘園を訪れる。この荘園にはジョージ朝様式の館，広大な七つの森，白鳥の飛来する湖水があり，イェイツにとってはアイルランドの高貴な貴族文化を象徴する土地である。また領主 Lady Gregory の母性的愛に包まれて，幾度となく心の傷を癒してくれた空間でもあった。19年前の1897年夏，「つれなき美女」Maud Gonne への報われぬ恋の悩みに加えて，愛人 Olivia Shakespeare にも去られた32歳のイェイツは，傷心を抱いてこの地を訪れ，湖水に浮かぶ白鳥の群れに心を慰められたことがあった。[18] そして今回もまた，モード・ゴンに最後の求婚を斥けられた失意の詩人の眼前には，19年前と変わらぬ姿で湖水を漂う白鳥たちがいる。詩の第3，4，5連を引用してみよう。

　　　　I have looked upon those brilliant creatures,
　　　　And *now my heart is sore.*
　　　　All's changed since I, hearing at twilight,
　　　　The first time on this shore,
　　　　The bell-beat of their wings above my head,
　　　　Trod with a lighter tread.

　　　　Unwearied still, lover by lover,

> They paddle in the cold
> Companionable streams or climb the air;
> *Their hearts have not grown old;*
> Passion or conquest, wander where they will,
> Attend upon them still.
>
> But now they drift on the still water,
> *Mysterious,* beautiful;
> Among what rushes will they build,
> By what lake's edge or pool
> Delight men's eyes when I awake some day
> To find *they have flown away?*　　(13-30, 強調筆者)

あのとき以来この華麗な白鳥の群れを眺めてきたが
いま私の心は痛む。なにもかもが
変わってしまったのだ。たそがれどき
はじめてこの湖畔にたたずみ
頭上に鐘打つような羽音を聞きながら
足取りも軽く散策したあの日とは。

なおも倦むことなく，つがいをなして
白鳥は，冷たく心地よい流れで
水を掻き，空へと舞いあがる。
白鳥の心は老いることがない。
どこをさすらおうとも，白鳥は
常に情熱と征服欲をそなえているのだ。

しかしいま白鳥は静かな湖面に漂っている。
神秘だ，美しい。

白鳥はどこの葦間で巣づくりをするのか
　　　どの湖畔で，どの池で
　　　人の眼を楽しませるのか。ある日私が目を覚まして，
　　　白鳥が飛び去ったのに気づくときには。

　ロマン派の「鳥」たちの末裔として，イェイツの白鳥もまた「神秘的な」("Mysterious," 26) 存在へと崇高化されていて，詩の最後には彼方へと飛び去ってしまう。そして，時間の流れを超越したこの不変・不滅な白鳥と対比する形で，19年の歳月によって「なにもかもが変わってしまった」詩人の痛切な「老い」の自覚が強調されている。注目すべきことに，詩人の心の痛みは，失恋の痛手そのものではなく，むしろモード・ゴンに結婚を拒否されても，その事実を冷静に受けとめ，19年前のように心燃えることのない自らへの焦燥感に起因している。[19] ひたむきな情熱と内なる若さが失われたという自覚，すなわち「心の老い」こそが，この詩の基調音にほかならない。恋の情熱に燃え，つがいをなし，心が老いることのない白鳥の姿は，老いていく詩人の裏返された願望的自画像なのである。

　この「心の老い」という主題は，＜失意のオード＞のモチーフを変奏したものだと考えられる。ロマン派にとっての「失意」とは，第一義的には創造力の衰えのことではない。むしろ詩作の過程で訪れる本能的な「歓び」の喪失こそが，その主眼なのだ。言い換えれば，天啓として降臨する詩的霊感（ヴィジョン）との陶酔的一体感が「歓び」の本質を形成していて，この「歓び」を失ってもなお詩作を続けざるをえない詩人の宿命が「失意」を生み出すのである。Harold Bloom はイェイツの "The Wild Swans" がワーズワスの "Lines written a few miles above Tintern Abbey, on Revisiting the Banks of the Wye during a Tour, July 13, 1798" のパターンを継承したものだという，興味深い指摘をしている。[20] 1798年7月，ワーズワスは5年ぶりにワイ川の岸辺を再訪し，変わらぬ自然のたたずま

いを前にして，自分と自然との関係が決定的に変化したことを自覚する。

>   That time is past,
> And *all its aching joys* are now no more,
> And *all its dizzy raptures.* Not for this
> Faint I, nor mourn nor murmur: other gifts
> Have followed, for such loss, I would believe,
> Abundant recompence. (84-89，強調筆者)[21]

>   あの時代は過ぎ去った。
> そしてあの頃の疼くような歓びと
> 目眩く恍惚感も消え去った。しかし
> 私は落胆もせず，嘆きもせず，愚痴もいわない。
> ほかの賜物が天から授けられたからだ。それは
> この喪失を償ってあまりあるものだと信じよう。

5年前にこの地を訪れたときには，まだワーズワスは自然との間に本能的，直接的な一体感を抱くことができた。しかし今の彼には，かつての「疼くような歓び」は失われている。こうして自然との本能的交歓から疎外された自分を意識したとき，「天上の光をまとい，夢の輝きと鮮やかさにつつまれた」("Apparelled in celestial light, / The glory and the freshness of a dream," "Immortality Ode," 4-5) 自然の喪失を償うものとして，ワーズワスは倫理的意義を自然のなかに「発見」せざるをえないのだ。同様にイェイツもまた，19年前には湖畔を足取り軽く散策し，白鳥との一体感を経験したにもかかわらず，時の流れは彼から心おどる「歓び」を奪ってしまった。つまり「心の老い」とは，ロマン派的創造原理の鍵である「歓び」の喪失を，イェイツ流に言い換えたものにほかならない。そして詩の

最後で虚空へと飛び去る白鳥が、ここでもまた「詩魂」、つまり詩的霊感を象徴しているとすれば、あとに取り残された詩人を襲う「失意」とは、性欲の減退と分かちがたく結びついた想像力の衰えであったと考えてよかろう。それを裏付けるかのように、"The Wild Swans" と相前後して書かれた幾つかの詩篇には、当時の詩作上の危機が「老い」の自覚という形で表明されている。たとえば "Lines Written in Dejection"（1915 年 10 月執筆）は、最晩年の "The Circus Animals' Desertion" を早くも予表した、中期における＜失意のオード＞の変奏として読むことができる。

> The holy centaurs of the hills *are vanished*;
> I have nothing but the embittered sun;
> Banished heroic mother moon and *vanished*,
> And now that I have come to fifty years
> I must endure the timid sun.　(7-11, 強調筆者)[22]

> 山の神聖なケンタウルスはいなくなった。
> 私に残っているのは苦々しい太陽だけだ。
> 高潔な母なる月も追放されて姿を消した。
> 私はもう五十歳になったのだから
> おどおどした太陽にも耐えねばならない。

謎めかした用語法ではあるが、「神聖なケンタウルス」や「高潔な母なる月」は、これまでイェイツに詩の素材を提供してきた神話的・夢幻的世界を指す。たしかに 1902 年から 1908 年にわたる長い沈黙期間を経て、彼の創作意欲は徐々に回復しつつあったが、かと言って、かつてのケルト的神話世界に回帰することはもはや許されない。彼に残された「苦々しい太陽」とは、内なる創造力を蝕む客観的現実（劇場経営の煩わしさなど[23]）だけ

ではなく，うたうべき主題の枯渇という，より深刻な詩作上の危機をも指していたとみてよい。つまり，イェイツはこの苦境を逆手にとって，「主題の枯渇」というロマン派由来の主題を彼なりに変奏しているのである。

ここで重要なのは，イェイツがワーズワスと違って，「喪失を償ってあまりあるもの」の訪れを拒絶し，あくまで内から湧きあがる詩的霊感（インスピレーション）にこだわる姿勢を貫いている点である。"The Wild Swans" の直後（1917年2月25日）に書かれたエッセイ "Anima Hominis"（*Per Silentia Lunae* に所収）のなかで，イェイツは詩人の「老い」と想像力の関係について，こう論じている。

> A poet, when he is growing old, will ask himself if he cannot keep his mask and his vision without new bitterness, new disappointment. Could he if he would, knowing how frail his vigour from youth up, copy Landor who lived loving and hating, ridiculous and unconquered, into extreme old age, all lost but the favour of his Muses?[24]

> 老いてゆく詩人は自問する。新たな苦しみ，新たな失意なしには，詩人は己れの仮面とヴィジョンを保ち続けることはできないのではないか，と。若さから生じる活力など実にはかないものだと悟ったからには，彼はなんとかランドーのような生き方ができないものかと思う。ランドーは人を愛し憎み，笑われながらも決して人に屈せず，尋常ならざる高齢まで生きながらえて，なにもかも失ったが，ただひとつミューズの恩寵には恵まれたのだ。

のちにイェイツは彼独自の秘教体系を記した *A Vision* のなかで，この Walter Savage Landor (1775-1864) を，ダンテやシェリー（そしておそ

らくイェイツ自身)と並べて月の第17相に分類している。第17相に類型されるのは「ダイモン的」(Daimonic)人間で,ちょうどダンテとベアトリーチェの関係にみられるように,理想的な美女を喪失した詩人が,想像力によってその補償的イメージを創造するタイプである。[25] イェイツは自らの老いを痛切に自覚すればするほど,90歳近くなっても「ミューズの恩寵」を失わなかったランドーの生き方に憧れずにはおれないのだ。対照的に,ワーズワスに対する異様なまでの酷評——「齢80まで老いさらばえて,崇められ,才能の枯渇したワーズワス」("Wordsworth withering into eighty years, honoured and empty-witted")[26] ——は,この文脈においてはじめて理解される言葉であろう。

虚空に飛び去っていく白鳥と湖畔に取り残される詩人。精神的危機に直面するたびに,イェイツは何度もこの光景に立ち返る。われわれが次に白鳥の姿を目撃するのは,跳梁する悪と狂気の時代相を描いた "Nineteen Hundred and Nineteen"[27] である。この詩もまた,「精巧で美しいものがあまた消え去った」("Many ingenious lovely things are gone," 1) という深い喪失の嘆きから始まる。過去の偉大な芸術も栄光もすべて破壊しつくす狂暴な現代にあって,詩人はそれを超越した「孤高の魂」("the solitary soul," 60) として自らを位置づけ,さらにその魂を,はかない命の微光が消えなんとする白鳥の姿に象徴化している。

> The swan has leaped into the desolate heaven:
> That image can bring wildness, bring rage
> To end all things, to end
> What my laborious life imagined, even
> The half-imagined, the half-written page;   (79-83)

白鳥は荒涼たる天へ飛び去った。

> その姿は狂暴さと憤怒を呼び込み
> すべてを葬り去る。
> わが苦難の人生が想像したことも
> 想像半ばにして書きさしの頁さえも。

　吹きすさぶ狂暴な嵐は，詩人の想像力が生み出した作品も，想像力の働きそのものさえもすべて掻き消してしまう。つまり，ここで荒涼たる天へと飛び去る白鳥は，イェイツの内で消えかかる詩的霊感（インスピレーション）を暗示していて，その代わりに彼の心のなかで湧きあがってくるのは，自己破壊的な「狂暴さ」と「憤怒」にほかならない。時代の精神的荒廃という外なる狂気は，詩人の内なる狂気へと反転し，彼を次々と妄想に駆り立てるのである。そして興味深いことに，後期のイェイツにおいては，この「激しい憤怒」（"savage indignation"）[28]こそが，逆に想像力を刺激し，詩を生み出す原動力となっていくのだ。

　イェイツの白鳥は，その後 "Leda and the Swan"[29]（1923年執筆）や "The Tower"[30]（1925年執筆）に姿をみせたあと，最後に1931年2月に書かれた "Coole Park and Ballylee, 1931"[31]に登場する。クール荘園は土地税の増額によって維持が困難になり，1927年には森林省の手によって強制買収されていた。また館の主であったグレゴリー夫人も癌に冒されて衰弱し，この詩が書かれた翌1932年5月にはこの世を去ることになる。つまりこの詩は，今まさに消滅しつつある高貴なアイルランド文化の伝統に寄せるイェイツの挽歌なのである。ここでもまた，冬ざれたクール湖畔にたたずむ詩人は，「突然舞いあがる白鳥の雷鳴のごとき羽音」（"sudden thunder of the mounting swan," 14）を聞く。

> Another emblem there!　That stormy white
> But seems a concentration of the sky;

> And, like the soul, it sails into the sight
> And *in the morning's gone,* no man knows why;
> And is *so lovely* that it sets to right
> What knowledge or its lack had set awry,
> *So arrogantly pure,* a child might think
> It can be murdered with a spot of ink.　(17-24, 強調筆者)

　あそこにもうひとつの表象が！　あの嵐なす白は
　まるで大空が一点に凝縮したかと見紛うばかりだ。
　魂さながらに，可視の世界へと飛来し
　翌朝には姿を消している。その謎を誰か知る。
　その清純なる美しさは，知識が生む過ちや
　無知ゆえの過ちを正すものだ。
　あまりにも誇り高く純粋無垢，子供ならきっと
　インクの一滴でも抹殺できると思いかねまい。

この白鳥については，イェイツ自身が妻に宛てた 1932 年 2 月 3 日付の手紙のなかで，「きのう白鳥——インスピレーションの象徴だと僕は思う——が突然舞いあがる場面を書いた」[32]と謎解きをしている。とすれば，この白鳥の突然の飛翔をどう解釈すべきだろうか。たしかに引用の 4 行目は，＜失意のオード＞の定型からすれば，詩的霊感の消失を暗示していると読める。しかしその前後の描写は，むしろ白鳥の姿を借りてイェイツに一瞬降臨した詩的霊感の神々しさを歌いあげてはいまいか。さらに Daniel A. Harris は，前連における動詞の時制の変化や指示語（"Another emblem *there*!　*That* stormy white"）の特徴に着目して，飛翔する白鳥は今現在の眼前の風景ではなく，過去に見たヴィジョンが，ちょうどワーズワスの「時の点」のごとく現在に蘇っているのだと読

む。[33] 白鳥はたしかに飛び去った。しかし同時に,それは詩人の記憶の風景のなかで,恍惚的ヴィジョンとして蘇るのだ。ここにはイェイツ一流のレトリックがある。現在の白鳥(詩的霊感)は否定されながら,同時に一閃の詩的ヴィジョンとして描かれることで,逆説的に肯定されているのである。

だが,こうした陶酔的瞬間はたちまち消え去り,詩人は冬枯れた現実の風景に引き戻される。飛び去った白鳥は,単に詩的霊感の枯渇という個人的な危機だけにとどまらず,クール荘園の＜死＞を通して,ロマン派的な詩精神の終焉──「かの偉大な栄光はすべて失せた」("all that great glory spent," 39)──をも象徴しているからである。

> We were the last romantics —— chose for theme
> Traditional sanctity and loveliness;
> Whatever's written in what poets name
> The book of the people; whatever most can bless
> The mind of man or elevate a rhyme;
> But all is changed, that high horse riderless,
> Though mounted in that saddle Homer rode
> Where the swan drifts upon a darkening flood.　(41-48)

> われらは最後のロマン派──選んだ主題は
> 昔から伝承された高潔さと美だった。
> 詩人たちの言う民族の書に書かれたものばかり,
> 人間精神をことほぎ,詩歌を高めるものばかりだった。
> しかしすべてが変わった。今はあの天馬に乗るものもいない。
> かつてはその鞍にホーマーが跨ったものだが。
> 暮れなずむ湖面に,あの白鳥が漂うあたりを。

「最後のロマン派」とは，第一義的にはグレゴリー夫人や Synge といったアングロ・アイリッシュの文学伝統に属する作家たちを指すが，イェイツにとっての「ロマン派」とは，はるか遠く古典古代のホーマーにまで遡る，詩的霊感に恵まれた詩人たちを総称するものと考えられる。そのロマン派的な詩精神が今まさに死を迎えんとしているのだ。興味深いことに，虚空へと飛び去ったはずの白鳥は，最終行では再び湖面に漂っている。"Where the swan *drifts*"（時制は現在）は，文法的には前行の "Homer rode"（時制は過去）にかかる。この時制の不一致からくる曖昧さをどう解すればよいだろうか。たしかにホーマーが天馬ペガサスを駆った栄光ある過去は失われた。しかし最終2行を読む読者は，天駆けるホーマーの残像が消えないうちに，時の流れを超えて現在も存在する「詩魂」の普遍的な姿を，白鳥のなかに見出すのではないだろうか。当時のイェイツの周囲には，「現代詩ぶろうとして工場や大都会のことを書くのだと決めこんでいる」[34] 若い世代の詩人たちが台頭してきていた。すでに 66 歳になる老詩人は，自らが拠って立つロマン派的詩精神の終焉が近いのを意識しながらも，それゆえにかえって，「詩魂」の不滅性を強調せざるをえなかったのである。

（3）モチーフとしての＜失意＞

イェイツは生涯のうちに何度も深刻な失意に見舞われ，そのたびに＜失意のオード＞をうたいあげることによって危機を乗り越えてきた。逆に言えば，彼は＜失意のオード＞を書くたびに，新たな詩境へと踏み込んでいったのである。「白鳥」の詩篇群は，そうした節目節目に残された里程標であるとみてよい。イェイツの詩からは 1931 年の "Coole Park and Ballylee" を最後に，白鳥は姿を消すが，それは必ずしも失意の終焉を意味するわけではなかった。それから3年間，インスピレーションに恵まれなかった彼は，1934 年4月5日にシュタイナッハ法回春手術を受ける。[35]

イェイツにとって，性的能力の回復と詩的能力の回復は常に密接に関連していたからである。結局この手術は彼の肉体になんら蘇りをもたらすことはなかったが，一方その精神に及ぼした効果は絶大で，詩人の想像力は再びたぎりたち，最晩年の5年間は旺盛な創作力による多産な時期を迎えることになる。

　＜失意のオード＞という観点から注目したいのは，中期では失意の原因であった「老い」が，晩年に近づくにつれて，むしろそこに開き直り，そこから歌をうたい出す立脚点として肯定的な意味合いを帯びてくる点である。それに応じて，1920年代までは顕著であった，詩想と秩序の喪失を悲しむ詠嘆調の文体は消え，新たな仮面として，奔放な率直さで性を語る「御しがたい極道老人」(The Wild Old Wicked Man) が登場してくる。そのあまりの猥雑さを非難されたイェイツは，Dorothy Wellesley 宛の手紙でこう自己弁明している。

> You think it horrible that lust and rage
> Should dance attention upon my old age;
> They were not such a plague when I was young;
> What else have I to spur me into song.[36]
>
> 色欲と憤怒が，この老いぼれのご機嫌とりとは
> おぞましいかぎりだと，君は思うだろう。
> 若いころは，こんなにも悩まされはしなかった。
> だが今，ほかの何を拍車にして歌を作れというのか。

あるいは "An Acre of Grass"[37] では，詩人は「たるんだ想像力」("loose imagination," 9) を決然と斥け，その代わりに Shakespeare に登場する Timon や Lear，さらには William Blake のような「老人の狂気」("an old man's frenzy," 13) を授かりたいと願う。このように晩年の詩集には，老齢の安息を潔しとしない激烈な憤怒と狂気が渦巻いている。

「老い」の自覚とは，同時にまた「死」の予感にほかならない。迫りくる死を予感したとき，イェイツはこれまでの己れの詩業を省みながら，彼にとって最後の＜失意のオード＞となる "The Circus Animals' Desertion"[38] を書いている。

> I sought a theme and sought for it in vain,
> I sought it daily for six weeks or so.
> Maybe at last, being but a broken man,
> I must be satisfied with my heart…. (1-4)

> おれは題材をさがした。さがしたが無駄骨だった。
> かれこれ六週間，来る日も来る日も題材さがし。
> 老醜をさらすこの身では，どうやらついにおれも
> わが胸のうちで事足れりとせねばなるまいか……。

若かりしころ，サーカス団の見世物よろしく彼の詩を華々しく飾った題材は，老いたイェイツのもとから逃げ去ってしまった。Bradford の草稿研究によれば，この詩の表題は，"Tragic Toys" から "Despair" へ，さらにはより直截的な "On the Lack of a Theme" へと詩作の過程で揺れ動いている。[39] そして失意に沈む詩人は初期の詩を彩った登場人物たちを，ひとりずつ惜別の情を込めて列挙していくほかない。（こうした固有名詞を数えあげていく技法は，たとえばイースター蜂起で死亡した知人たちをひとりずつ列挙する "Easter 1916" を想起させる。）このサーカスの動物たちは，彼の挫折した願望から創り出された「夢」にすぎなかったことを，詩人は苦々しく自覚する。

> Those masterful images because complete
> Grew in pure mind, but out of what began?
> A mound of refuse or the sweepings of a street,
> Old kettles, old bottles, and a broken can,
> Old iron, old bones, old rags, that raving slut
> Who keeps the till.　Now that my ladder's gone,
> I must lie down where all the ladders start,
> In the foul rag-and-bone shop of the heart.　（33-40，強調筆者）

> 完璧だからこそ傲慢なあのイメージ群は
> うぶな心に育った。だがその始まりは何であったか。
> ごみの山，街頭の塵あくた，
> 古やかん，古びん，つぶれたブリキ缶，
> 鉄屑，枯骨，ぼろ布，銭箱を抱えて
> わめきちらす売女。おれの梯子が失せたいま，
> すべての梯子が始まる場所で寝そべるしかない。
> 心のなかにある，汚い屑屋の店先に。

　言うまでもなく，「梯子」とは想像力のことであって，かつては天にも届くこの梯子によって，ロマンティックな「夢」を次々と創造しえたのだ。だがその梯子が消失した現在，詩人は「夢」の素材である「心」に立ち返るしかない。たとえそれが「汚い屑屋の店先」であろうと。5回繰り返される "old" という形容詞は，その徹底した自己否定によって，かえって自嘲的な軽みを生み出している。昔の夢をすべて失い，はきだめ同然の胸のうちに身を置くしかないという裸の自意識こそは，イェイツが生涯の果てに行き着いた境地だった。

　かつてロマン派詩人たちは，想像力の枯渇を嘆くとき，その「喪失を償っ

てあまりあるもの」を，最終的にキリスト教的な（あるいはそれに類似した）道徳観念に求めた。しかしイェイツは，そういう伝統的な解決を選ぶことに最後まで抵抗する。彼はあくまで詩的霊感の訪れにこだわりながら，何度も繰り返し＜失意のオード＞を書き続けた。彼にとっての「想像力」とは，いわば詩人の業(ごう)のようなもので，安易に老人の悟りに逃げ込むことを許さないのだ。

では，イェイツにとって＜失意＞とは一体何であったか。彼の全詩業を通読してみると，そこにはさまざまに形を変えた＜失意＞が，通奏低音のごとく鳴り響いているのが聞こえる。モード・ゴンへの叶わぬ恋の痛手，肉体（性欲）の衰えに伴う想像力の凋落，アイルランドの最良の文化が顧みられることなく消滅していく時勢への怒りと嘆き，老いへの狂おしい呪詛。こうした絶えざる落胆と絶望を盛るべき恰好の器として，イェイツは＜失意のオード＞というロマン派的ジャンルを「発見」したのである。彼にとって＜失意＞とは詩作の一貫したモチーフであったとさえ言えるだろう。とりわけ一連の「白鳥」の詩篇は，このジャンルを受け継ぎ，彼なりに変奏した絶唱であって，その意義はロマン派の「鳥」たちの延長線上においてこそ理解されなければならない。同時にまた，イェイツはこのジャンルを受動的に継承したわけではなかった。ほとんど時代錯誤とも呼ぶべき気概と身振りをもって，彼は消えかかる「想像力」を鼓舞し，その炎を一層あかあかと燃えあがらせ続けた。これは現代におけるロマン派の遺産の活性化の好例であって，われわれはそこに「最後のロマン派」を自負するイェイツの矜持を見る思いがするのである。

註

(1) Frank Kermode, *Romantic Image* (London: Routledge, 1957) 89-91.
(2) John Milton, *Milton: Complete Shorter Poems,* ed. John Carey

(London: Longman, 1968) 142.
(3) Robert Mayo, "The Contemporaneity of the *Lyrical Ballads,*" *Wordsworth: Lyrical Ballads,* eds. Alun R. Jones and William Tydeman (London: Macmillan, 1972) 86, 115. Mayo によれば、当時ナイチンゲールは "one of the most approved subjects of popular poetry" だった。
(4) Wordsworth & Coleridge, *Lyrical Ballads 1798,* ed. W. J. B. Owen, 2nd ed. (Oxford: Oxford UP, 1969) 37-41. *Lyrical Ballads* からの引用は全てこの版に拠り、以下 *LB* と略記する。
(5) William Wordsworth, *The Poetical Works of William Wordsworth,* eds. E. de Selincourt and Helen Darbishire, vol.2 (Oxford: Oxford UP, 1940-49) 207. 以下 *PW* と略記する。
(6) P. B. Shelley, *Shelley's Poetry and Prose,* eds. Donald H. Reiman and Sharon B. Powers (New York: Norton, 1977) 226-29.
(7) John Keats, *The Poems of John Keats,* ed. Mariam Allott (London: Longman, 1970) 525-32.
(8) 17, 18世紀までは "imagination" という用語よりも、むしろ "invention" が好んで使われた。
(9) M. H. Abrams, *The Mirror and the Lamp: Romantic Theory and the Critical Tradition* (London: Oxford UP, 1953) 57, 60.
(10) 古典主義時代を代表する Pope (1688-1744) には、"cuckow," "lark," "nightingale" の用例が、各語につきわずか1例しかないのは示唆的である。Emmet G. Bedford and Robert J. Dilligan, comp. *A Concordance to the Poems of Alexander Pope,* 2 vols. (Detroit: Gale Research Company, Book Tower, 1974) 参照。
(11) Keats 531 に引用。
(12) Wordsworth, *PW,* 2. 236.
(13) Wordsworth, *PW,* 4. 280.
(14) M. H. Abrams, "The Correspondent Breeze: A Romantic Metaphor," *English Romantic Poets: Modern Essays in Criticism,* ed. M. H. Abrams (New York: Oxford UP. 1975) 44-49.
(15) S. T. Coleridge, *The Poetical Works of Samuel Taylor Coleridge,* ed. James Dykes Campbell (London: Macmillan, 1938) 28.
(16) イェイツの「白鳥」のイメージについては、Thomas R. Whitaker, *Swan and Shadow: Yeats's Dialogue with History* (Chapel Hill: U of North Carolina P, 1964); Giorgio Melchiori, *The Whole Mystery of Art: Pattern into Poetry in the Work of W. B. Yeats* (London: Routledge, 1960) 73-132; Thomas Parkinson, *W. B. Yeats: The*

Later Poetry (Berkeley: U of California P, 1971) 124-49 参照。
(17) W. B. Yeats, *The Collected Poems of W. B. Yeats* (London: Macmillan, 1961) 147-48. イェイツの詩からの引用は全てこの版に拠り、以下 *CP* と略記する。
(18) W. B. Yeats, *Memoirs* (London: Macmillan, 1972) 125: "I was tortured by sexual desire and disappointed love.... I was never before or since so miserable as in those years that followed my first visit to Coole." R. F. Foster, *W. B. Yeats: A Life I: The Apprentice Mage 1865-1914* (Oxford: Oxford UP, 1997) 181-82 等を参照。
(19) A. Norman Jeffares, *A New Commentary on the Poems of W. B. Yeats* (London: Macmillan, 1984) 130-31.
(20) Harold Bloom, *Yeats* (Oxford: Oxford UP, 1970) 191.
(21) Wordsworth, *LB* 114.
(22) Yeats, *CP* 164.「老い」の主題は、同時期の "Men Improve with the Years" (*CP* 152-53), "The Living Beauty" (*CP* 156), "A Song" (*CP* 156-57) にもみえる。
(23) Jeffares 150.
(24) Yeats, *Mythologies* (London: Macmillan, 1959) 342.
(25) Yeats, *A Vision* (London: Macmillan, 1962) 141-45.
(26) Yeats, *Mythologies* 342.
(27) Yeats, *CP* 232-37.
(28) この表現は "Swift's Epitaph" (*CP* 277) にみえる。スウィフトの墓碑銘にあるラテン語 "saeva indignatio" を翻訳したもの。劇 "The Words upon the Window-Pane" では "fierce indignation" と訳されている。*The Collected Plays of W. B. Yeats* (London: Macmillan, 1952) 602.
(29) Yeats, *CP* 241. "Leda and the Swan" は、イェイツの＜失意のオード＞の系譜のなかでは異質な詩に見えるが、もし「白鳥」（ゼウスの化身）を「天啓としての詩的霊感」、「レダ」を「選ばれた人間である詩人」の隠喩であると読めば、受胎の瞬間を暗示する「腰部の震撼」("A shudder in the loins," 9) とは、霊感を受けた詩人の恍惚感の隠喩であって、そこに「聖」を「性」として語るイェイツの強烈な願望充足を読み取ることができるだろう。
(30) Yeats, *CP* 223: "the swan must fix his eye / Upon a fading gleam, / Float out upon a long / Last reach of glittering stream / And there sing his last song."
(31) Yeats, *CP* 275-76.
(32) Joseph Hone, *W. B. Yeats: 1865-1939* (Harmondsworth: Penguin,

    1962) 429.
(33) Daniel A. Harris, *Yeats: Coole Park and Ballylee* (Baltimore: Johns Hopkins UP, 1974) 235-36.
(34) Yeats, *Essays and Introductions* (London: Macmillan, 1961) 525.
(35) シュタイナッハ法回春手術と最晩年の詩作については、Richard Ellman, *Four Dubliners* (London: Abacus Little Brown, 1991) の "W. B. Yeats's Second Puberty" に詳しい。
(36) Yeats, *CP* 359.
(37) Yeats, *CP* 346-47.
(38) Yeats, *CP* 391-92.
(39) Curtis Bradford, *Yeats at Work* (Carbondale: Southern Illinois UP, 1965) 158, 161, 164.

あとがき

　本書は，昨年九州大学を停年退官された吉野先生へのオマージュであり，ロマン派文学を研究するわれわれの誠意をこめた論文集である。
　本書の構想がもちあがったのは，3年前の冬の夜のことである。イギリスでの一年間の研究生活から戻られた吉野先生を囲んで，教え子や同僚が集まった折りのことだった。先生のイギリスでの研究の成果をさらに拝聴したいという思いと，教え子や同僚であるわれわれの日々の研鑽の軌跡をまとめ，一冊の本として上梓したいという願いが交錯したからである。
　大学院生のころ，吉野先生のゼミを拝聴したわれわれにとって，それぞれに思い出がある。筆者にとって先生のイメージは，肘当てのついた上品なブレザーで教室に来られ，理路整然と説明をされる先生の姿だった。大学院時代にワーズワス，イェイツ，エリオットの教えを請うた記憶は，さらに，平成元年春から始められたワーズワス『序曲』の読書会へと受け継がれた。先生は学生や後進の指導に惜しみなく力を注がれ，その成果が吉野昌昭編著『ワーズワスと「序曲」』（1994年）として結実したのだった。本書は，先生の御指導の延長線上にあるという意味において，その続編とすることもできるだろう。
　イギリスの現代詩の研究によって学究生活にはいられた先生は，近年アレキサンダー・ポウプを中心とする18世紀の詩人に関心を広げられている。それは先生の御研究の幅の広さを示すとともに，理性の時代といわれる，18世紀イギリスの＜秩序＞や＜シンメトリー＞という文化の特徴に，先生が強く惹かれたからではないだろうかと推察する。
　おもえば，先生が公私にわたって追求されたのは，この均整の感覚ではなかったかと思う。周囲の者にはやさしく微笑みかけながら，自分には厳

しい姿勢を貫くという，先生御自身の美学のようなものがそこにはあったからではないだろうか。研究者として，教師として，さらに激動の改革期をむかえた九州大学の言語文化部長として，それは先生の無言の姿勢に一貫して示されていたように思われるのである。そうした先生の姿勢に，われわれは自戒をふくめて，多くの示唆を受けてきたし，これからも受け続けるであろうと思う。先生へのオマージュとして，本書を上梓できたことはわれわれにとって無上の喜びである。

　最後に，この企画を快くお引き受けいただいた松柏社の森信久氏と編集部の里見時子氏にお礼を申し上げる。両氏の御好意なくしては，この企画はこれほど順調に進まなかったと思われる。また，本書の書式等の統一については，細心の注意を払ったつもりだが，書式等の不手際があれば，それはすべて編集をお手伝いしたわれわれの責任である。

　　　　　　　　　　　　　　平成１２年春
　　　　　　　　　　　　　　初井貞子，中村ひろ子，高橋　勤

索　引

* 　各論文中で言及された主な人物名とキー・ワードを和文表記の五十音順に配列した。
** 　作品名は人物名の下にアルファベット順に配列した。

ア　行

アイオロスの竪琴		226
アウグスティヌス　St. Augustine		226
Confessions		226
アディソン　Joseph Addison		2, 9-11
The Spectator		13
アーノルド　Matthew Arnold		97-98
アン女王　Queen Anne		6, 11
イェイツ　William Butler Yeats		217-241
"An Acre of Grass"		238
"Anima Hominis"		232
"Baile and Aillinn"		227
"The Circus Animals' Desertion"		217, 231, 239-240
"Coole Park and Ballylee, 1931"		234-237
"Easter 1916"		239
"Leda and the Swan"		234
"Lines Written in Dejection"		231
"Nineteen Hundred and Nineteen"		233
Per Silentia Lunae		232
"The Tower"		234
A Vision		232
"The Wild Swans at Coole"		227, 229, 231-232
"The Withering of the Boughs"		227
ウー　Duncan Wu		54
ヴァージル（ウェルギリウス）　Publius Vergilius Maro		64, 126
『エアネーイス』		126
Georgics		64
ウィルソン　John Wilson		69, 76, 78-79, 85
ウェルズリー　Dorothy Wellesley		238
ウエスト　Thomas West		15-16
A Guide to the Lakes		15
ウォートン　Thomas Warton		219
ヴァロン, アネット　Annette Vallon		56, 96, 100, 108-127, 170

ヴォーン　Henry Vaughan	225-226
ウルフ　Virginia Woolf	149
Moments of Being	149-150
エイブラムズ　M. H. Abrams	98, 222, 225-226
エディンバラ・レヴュー　*Edinburgh Review*	67
エピファニー　'epiphany'	131-155
エリオット　T. S. Eliot	93, 151
Four Quartets	151
エルギン卿　Earl of Elgin	196
『オエディプス王』	124
オースティン　Jane Austen	64

カ　行

カメラ・オブスキュラ　camera obscura	183
カーモード　Frank Kermode	150-151, 217
カルヴァート　William Calvert	28, 99
キーツ, J.　John Keats	176-199, 221-224, 226
Endymion	193, 195
"Ode to a Nightingale"	221, 223
"On Visiting the Tomb of Burns"	177, 186-187
"This mortal body of a thousand days"	177, 189-191
キーツ, T.　Thomas Keats	181, 191
『旧約聖書』(*Song of Songs*)	226
ギル　Stephen Gill	65
ギルピン　William Gilpin	10-11, 15, 21, 178
Observations on the River Wye	15
国木田独歩	97-98
グレイ　Thomas Gray	15, 219
Journal in the Lakes	15
グレゴリー夫人　Lady Gregory	227, 234, 237
劇的独白　dramatic monologue	158, 164-166. 168. 171
ケント　William Kent	9
コウムとロウランドスン　William Combe & Thomas Rowlandson	178
The Tour of Doctor Syntax in Search of the Picturesque	178
コウルリッジ　Samuel T. Coleridge	68, 76, 82, 111, 126, 217-222, 224-227
"Dejection: an Ode"	217
"Lewti, or the Circassian Love-Chaunt"	227
"The Nightingale: A Conversational Poem"	218, 224
"The Rime of the Ancyent Marinere"	81, 85

ゴドウィン　William Godwin		99
Political Justice		100
ゴールズワージー　John Galsworthy		110
The Apple Tree		110-112
ゴン　Maud Gonne		227, 229, 241

サ 行

サウジー　Robert Southey		67
サール　John Searle		14
シェイクスピア，O.　Olivia Shakespeare		227
シェイクスピア，W.　William Shakespeare		238
『リア王』		168
『ロミオとジュリエット』		118
ジェラール　Albert S. Gérard		170
シェリー　Percy Bysshe Shelley		221-222, 226, 232
"To a Skylark"		221
シェンストン　William Shenstone		10
ジャコウバス　Mary Jacobus		67, 163
シャフツベリー　Earl of Shaftsbury		2, 9
ジョイス　James Joyce		150
A Portrait of the Artist as a Young Man		150
ジョーンズ　Robert Jones		27-29, 32
ジョンストン　Kenneth Johnston		111
シング　John Millington Synge		237
スウィッツァー　Stephen Switzer		9
スウィフト　Jonathan Swift		193
Gulliver's Travels		193
スタインマン　Lisa M. Steinman		168
スミス　Charlotte Smith		224
Elegiac Sonnets		224

タ 行

ダービシャ　Helen Darbishire		31, 162
ダーウィン　Charles R. Darwin		62
ダンテ　Dante Alighieri		127, 226-232
Purgatorio		226
『神曲』		126
ダンビー　John Danby		167
チャタトン　Thomas Chatterton		224-225
ドゥ・セリンコート　Ernest de Selincourt		30

「時の点」 'spots of time'　　　　　　　　　18-19, 22, 46, 93, 124, 131,
　　　　　　　　　　　　　　　　　　　　135, 147, 149, 235
土地の霊　Genius of the place　　　　　　4, 22, 70-71
トムソン　James Thomson　　　　　　　　9, 64
　　　The Seasons　　　　　　　　　　　　64

ナ 行

ナポレオン　Napoleon Bonaparte　　　　　77

ハ 行

バイロン　George Gordon Byron　　　　　195
ハズリット　William Hazlitt　　　　　　　87, 181-184
ハートマン　Geoffrey Hartman　　　　　　71
バトラー　James Butler　　　　　　　　　65
ハーバート　George Herbert　　　　　　　225
パリッシュ　Stephen Parrish　　　　　　　158, 171
パルラーディオ　Andrea Palladio　　　　　1, 4, 5
パルラーディオ様式　　　　　　　　　　　1, 2, 5 14, 16
バーリントン卿　Earl of Burlignton　　　　1, 3, 4, 7, 15, 17
ハリス　Daniel Harris　　　　　　　　　　235
バーンズ　Robert Burns　　　　　　　　　177, 186-187, 189-192, 198,
　　　　　　　　　　　　　　　　　　　　225
ハント, J.　John Dixon Hunt　　　　　　　13
ハント, L.　Leigh Hunt　　　　　　　　　194
ピクチャレスク　The Picturesque　　　　　2, 9- 12, 14-16, 62, 69, 71,
　　　　　　　　　　　　　　　　　　　　178-184, 189, 192-193
ピーターボロー卿　Lord Peterborow　　　　10-11
ヒル　John Spencer Hill　　　　　　　　　29
『フェアリー・クィーン』 Faerie Queene　　126
フェニック　Isabella Fenwick　　　　　　　76
プライス　Uvedale Price　　　　　　　　11, 178
　　　Essays on the Picturesque　　　　　　178
ブラウアー　Reuben A. Brower　　　　　　7
ブラウン, C.　Charles Brown　　　　　　　176, 179, 185, 188
ブラウン, L.　Lancelot Brown　　　　　　 9
『ブラックウッズ・エディンバラ・マガジン』
　　　Blackwood's Edinburgh Magazine　　193
ブラッドフォード　Curtis Bradford　　　　239
ブルーム　Harold Bloom　　　　　　　　229
ブレイク　William Blake　　　　　　　　166, 238

索引 *251*

ベアトリーチェ	233
ヘイヴンズ　Raymond D. Havens	27, 31, 53
ヘイドン　Benjamin R. Haydon	194
ベイリー, B.　Benjamin Bailey	177
ベイリー, J.　Joanna Baillie	157
A Series of Plays	157
ボウピュイ　Michel Beaupuy	79
ポウプ　Alexander Pope	1-24, 194-195
An Essay on Man	12-14
"Epistle to Earl of Burlington"	3, 17
"Epistle to a Lady"	12
"Epistle to Cobham"	13
Windsor-Forest	6-10, 12
ホーマー　Homer	177, 237
『オデュッセイ』	126
ホラティウス　Horace	7-8

マ 行

ミル　John Stuart Mill	97-98
ミルトン　John Milton	104, 124, 217-218
Il Penseroso	217
Paradise Lost	104, 126
ムアマン　Mary Moorman	163
メイヨー　Robert Mayo	67
メランコリー　'melancholy'	35-50, 55-57, 107-108, 219, 226

ラ 行

ランドー　Walter Savage Landor	232, 233
リーダー　John Rieder	77
リード　Mark L. Reed	27
レヴンソン　Marjorie Levinson	101
レプトン　Humphry Repton	9
レノルズ, J.　John Reynolds	184, 192
レノルズ, J.　Sir Joshua Reynolds	195
ロウ　Nicholas Roe	104, 108
ロックハート　John Gibson Lockhart	193
ロベスピエール　Maximillien Robespierre	100, 108
ロレンス　D. H. Lawrence	202-215
Apocalypse	203-204, 212-213

Lady Chatterley's Lover	202, 205, 214
The Rainbow	205
"Snake"	212
Women in Love	202, 205-211

ワ 行

ワーズワス, ウイリアム	William Wordsworth	1-2, 14-23, 27-57, 62-87, 93-127, 131-155, 157-171, 182-183, 194, 198, 212, 217-218, 220-222, 224-226, 229-230, 232-233

Alfoxden Notebook	65-75
Adventures on Salisbury Plain	64-65
'Advertisement'	67-68, 77
The Borderers	63, 100, 104, 170
The Descriptive Sketches	32-34, 46, 48
The Excursion	183
"The Female Vagrant"	168
The Five-Book Prelude	31, 54-55
"Goody Blake and Harry Gill"	40
Guide to the Lakes	15-19, 182-183
Guilt and Sorrow	101, 109, 168
"The Idiot Boy"	40, 68
"Immortality Ode"	217, 225, 230
Lyrical Ballads	63-64, 66, 67-69, 71, 74-76, 84, 87, 157-158, 166, 168
A Letter to the Bishop of Llandaff	63
"Lines written in early spring"	75,
"The Mad Mother"	40
"Nutting"	141-142, 149
"The Old Cumberland Beggar"	65, 85
"Old Man Travelling"	65
'Preface'	63, 68, 76-77, 80, 84, 86
The Prelude	18, 20-21, 27, 29-31, 34-35, 38-57, 69-71, 76, 83, 101, 105-108, 111, 118-127, 131, 134-149, 152-155, 157, 162
The Recluse	82-83
The Ruined Cottage	63, 65-66, 81, 85, 96, 100, 110, 115-118, 168-169

The Ruined Cottage MS. B	72
"Resolution and Independence"	66, 124, 225
The Salisbury Plain	64, 100-110, 119-120
'Simplon Pass Lines'	46-48
'Snowdon Lines'	27-57, 153-155
"There was a boy"	144-147, 152-153
"Tintern Abbey"	34-36, 38, 41, 45, 50-52, 69, 74-76, 84, 94-101, 110, 119, 125, 127, 131-134, 229
"The Thorn"	40, 100, 111-115, 158-171
"The Three Graves"	40
"To the Cuckoo"	220
The Two-Part Prelude	18-20, 75
ワーズワス，アン・キャロライン Ann Caroline Wordsworth	100, 108, 110, 114, 121, 124, 127
ワーズワス，ジョナサン Jonathan Wordsworth	27, 53, 65, 81
ワーズワス，ジョン John Wordsworth	55-56
ワーズワス，ドロシー Dorothy Wordsworth	76, 78, 95, 98, 100, 126, 218
Grasmere Journal	78

執筆者紹介　（執筆順）

吉野昌昭　　九州大学名誉教授・安田女子大学文学部教授

山内正一　　九州大学言語文化部教授

初井貞子　　帝京大学福岡短期大学国際コミュニケーション学科教授

高橋　勤　　九州大学言語文化部助教授

中村ひろ子　福岡大学人文学部助教授

時枝千富美　福岡大学非常勤講師

後藤美映　　福岡教育大学教育学部助教授

吉村治郎　　九州大学医療技術短期大学部助教授

池田栄一　　東京学芸大学教育学部教授

ロマン派の空間

2000年6月1日　初版発行

編著者　吉野昌昭
発行者　森　信久
発行所　株式会社　松柏社
　　　　〒102-0072　東京都千代田区飯田橋2-8-1
　　　　TEL 03 (3230) 4813（代表）
　　　　FAX 03 (3230) 4857

装丁　ペーパーイート
製版　前田印刷(有)
印刷・製本　(株)平河工業社
ISBN4-88198-936-7
略号＝1047
Copyright © 2000 by Masaaki Yoshino
本書を無断で複写・複製することを禁じます。
落丁・乱丁は送料小社負担にてお取り替え致します。